우리 고전 다시 읽기

유충렬전

구인환(서울대 명예교수) 엮음

좋은 책 좋은 독자를 만드는 —
㈜신원문화사

머리말

수천년 동안 한 민족이 국가의 체제를 갖추어 연면한 역사와 전통을 계속해 왔다는 것은 인류 역사를 살펴봐도 그렇게 흔한 일이 아니다. 그리고 그 민족이 고유한 문자를 가지고 후세에 길이 전할 문헌을 남겼다는 것은 더욱 흔한 일이 아닐 것이다.

이러한 면에서 볼 때 우리 한민족은 세계 어느 나라와 비교해도 손색없고, 자랑스러운 역사와 전통을 이어왔다. 우리 한민족은 5천 여 년의 기나긴 역사를 통하여 수많은 외세의 침략을 받아 백척간두의 국난을 겪으면서도 우리의 역사, 한민족 고유의 전통을 면면히 이어온 슬기로운 조상이 있었다. 이러한 까닭으로 오늘날 빛나는 민족의 문화 유산을 이어받은 것이다.

고전 문학(古典文學)이란 실용성을 잃고도 여전히 존재할 만한 값어치가 있고, 시대와 사회는 변해도 항상 시대를 초월하여 혈연의 외침으로 우리의 공감대를 울려 주기에 충분한 문화적 유산이다. 그러므로 오늘을 사는 우리들은 조상의 얼이 담긴 옛

문헌을 잘 간직하여 먼 후손들에게까지 길이 이어주어야 할 사명감을 가져야 할 것이다.

고전 문학, 특히 국문학(國文學)을 규정하는 기준이 국어요, 나라 글자라면 우리 민족의 생활 감정을 표현한 국문 작품이야말로 진정한 국문학이 된다 할 것이다.

그러나 우리 고유 문자의 탄생은 오랜 민족 역사에 비해 훨씬 후대에 이루어졌다. 이 까닭으로 우리 민족은 일찍부터 외국의 문자, 즉 한자가 들어와서 사용했다. 이처럼 우리 선조들이 고유 문자가 없음을 한탄할 때에, 세종조에 와서 마침 인재를 얻어 훈민정음이 창제되었다. 하지만 여전히 한자가 독보적인 행세를 하여 이 땅에 화려한 꽃을 피웠다. 따라서 표현한 문자는 다를지언정 한자로 된 작품도 역시 우리 민족의 생활 감정을 나타낸 우리의 문학 작품이다. 이러한 귀결로 국·한문 작품을 '고전 문학'으로 묶어 함께 싣기로 했다.

우리 글이 창제된 이후에도 우리 선조들의 손으로 쓰여진 서책이 수만 권에 달한다. 그 가운데에서 국문학상 뛰어난 몇몇 작품을 선정하는 것은 물론 산재해 있는 문헌의 자료를 수집하기 위해 숨어 간직되어 있는 작품을 찾아내는 것도 여간 어려운 일이 아니었다. 그럼에도 이만한 성과를 거두고 이만한 고전 문학 작품을 추리는 것은 현재를 삼는 우리의 당연한 책임이자 의무이다. 다만 한정된 지면과 미처 찾아내지 못한 더 많은 작품이 실리지 못한 것이 아쉬울 따름이다.

엮은이 씀

차례

유충렬전 · 11

작품 해설 · 209

유중렬젼

 대명(大明)[1] 영종 황제 즉위 초에 명나라의 황실(皇室)이 미약하여 법령이 잘 시행되지 아니하고, 남만 북적[2]과 서역 등의 외적들이 모반할 뜻을 갖고 있었다. 그래서 천자는 서울인 남경에 더 이상 머물러 있을 생각이 없고, 다른 곳으로 도읍을 옮기고 싶은 생각뿐이었다.

 이때 마침 창혜국[3] 사신으로 임경천이라는 사람이 왔다. 천자 이를 반겨 맞이하고 융숭하게 대접한 후에 천도(遷都)를 의논하였다. 이에 대하여 임경천은,

 "소신이 옥루에서 육대산천을 망기하니 금황지지가 마땅한 줄로 아오. 천하 명산 오악(五嶽)[4] 중에서 남악 형산이 가장 신

---

1) 명나라가 자기 나라를 자존(自尊)하여 일컫던 말.
2) 남만과 북적. 곧 남쪽과 북쪽에 있는 오랑캐.
3) 고대, 중국 동방에 있었던 나라 이름.
4) 중국의 고대 천자가 돌아가며 수렵을 하여 제후를 회동하게 하고, 각 방면의 진산(鎭山)으로 한 다섯 영상(靈山). 곧 동의 태산, 서의 화산, 남의 형산, 북의 항산과 중앙의 숭산.

령한 산으로 일국 주룡이 되고, 창오산 구리봉은 변화하여 외청룡이 되었고, 소상강 동정호는 수세가 광활하여 내청룡이 되어 내수구를 막았으니 제왕주가 장구할 것이요. 또한 소신이 수년 전에 본국에서 망기하온즉 북두칠성 정기가 남경에 하강하고, 삼태성 채색이 황성에 비쳤으며, 자미원 대장성이 남방에 떨어졌소이다. 이는 미구에 신기한 영웅이 날 징조인데 황상께서는 어찌하여 조그마한 일로 이러한 금성지지를 놓으려고 하시며, 선황제 만만 구방지지를 어찌 일조에 놓으시려 하십니까?"
하고 아뢰었다.

천자는 이 말을 들은 뒤 마음이 쇄락하여 도읍 옮기심을 파하고 국사를 다스리기에 전념하였다. 이 때문에 시절은 태평하고 인심은 더없이 조완하였다.

이때 조정에 유심이라는 한 신하가 있었다. 전일 선조 황제 개국 공신 유기[1]의 십삼대 손이요, 전 병부상서 유현의 손으로, 세대 명가이며 공후작록이 그 집에서 떠나지 아니하였다. 유심은 벼슬이 정언주부이며, 사람됨이 정직하고 성정이 민첩하고 마음이 충성해서 국록은 점점 늘고 가산이 비길 데 없이 부유하였다. 게다가 작법이 화평하니 세상 공명은 일대에 제일인지라, 그야말로 만민이 칭송하는 바가 되었다.

다만 그에게 섭섭한 것이 있다면 슬하에 일점 혈육이 없는 점이었다. 이 때문에 유심은 자나깨나 한탄하고 선조에 제사를 드릴 때마다 혼자 앉아 우는 말이 일과였다.

"내 몸에 무슨 죄 있어 국록을 먹으면서도 자식이 없소이까?

---

1) 중국 원나라 말 명나라 초의 유학자이자 정치가. 자는 백온. 천문과 병법에 통함. 명 태조를 도와 중원을 얻어 성의백이 됨.

그러니 세상이 좋다고 한들 좋은 줄 어찌 알며, 부귀가 영화로
되 영화로운 줄 어찌 알겠소. 죽어서 청산에 묻힌 백골 뉘라서
거두며, 선영행화를 뉘라서 주장하리요!"

이런 말을 하며 하염없는 눈물을 옷깃에 적시고, 한없이 스스
러워해서 보는 사람이 민망할 정도였다.

부인 장 씨는 이부상서 장윤의 장녀이다. 남편 옆에 앉아 있
다가 이런 말을 듣게 되면, 장 씨의 마음은 슬픈 감정에 말할
수 없이 빠져 들어가 자연 이런 말을 하게 된다.

"상공의 무후(無後)²⁾함은 소첩의 박복한 탓인 줄로 아오. 첩
의 죄를 논하자면 벌써 버리셔야 할 것인데, 상공의 은덕으로
지금까지 부지하오니 부끄러운 말씀을 어찌 다 할 수 있겠소.
들사오니, 천하에 절승(絕勝)한 산이 남악의 형산이라 하오니,
수고를 생각하지 말고 산신께 발원(發願)하여 정성이나 들여 봅
시다."

이 말을 듣자 정언주부 유심은,

"하늘이 점지하셔서 팔자에 없는 것인데, 빌어서 자식을 낳
는다면 세상에 무자(無子)한 사람이 어디 있겠소."
하고 말하였다. 이에 장부인이 말하되,

"대체를 생각하면 그 말씀도 당연하오만, 만고 성현 공부자
도 이구산에서 빌어 낳았고, 정나라 정자산도 우성산에 빌었으
니, 우리도 빌어 봅시다."

이에 주부는 마침내 삼칠일 재계를 하고 소복으로 정성껏 단
장한 다음, 제물과 축문 등 갖출 대로 죄다 갖추어 부인과 함께

---

2) 대(代)를 이을 자손이 없음.

남악의 형산을 찾아갔다.

형산의 산세는 웅장하여 봉우리마다 우뚝우뚝 솟았고, 푸른 솔은 거침없이 울창하고, 층암절벽에 각색 백화가 다 푸르러 있었다. 소상강 아침 안개는 동정호로 돌아들고, 창오산 저문 구름은 호산대로 돌아가고 있었다. 간수성을 밟아 가며 휘어진 수양가지 부여잡고 육, 칠 리를 들어가니, 두 내외 앞에는 연화봉이 우뚝 솟아 보였다. 상대에 올라서서 사방을 살펴보니, 그 옛날 하우씨가 구년치수를 하시느라고 파 들어간 층암절벽의 옛터가 어제 일인 듯 완연하게 보이며, 산천이 매우 엄숙한 곳에 천제단을 높이 쌓아 백마를 잡던 곳이 완연해 보였다. 돌아서서 후면을 보면 옛날 위부인이 서동(書童) 오, 육 인을 데리고 도착하던 일 층 단이 무너져 있었다. 주부 내외는 이곳에 일 층 단을 따로 모아 젯밥을 정결하게 담아 놓기 시작하였다.

그리하여 부인은 단 아래에 엎드리고 주부는 단 위에 엎드려 분향 재배하고, 이미 마련한 축문을 맑은 음성으로 읽어 내려갔다.

그 축문에는,

'유세차 갑자년 갑자월 갑자일에 대명국 동성문 내에 거처하는 유심이 형산 신령전에 비나이다. 오호라, 대명 태조 창국 공신의 후손이라. 선대의 공덕으로 부귀를 겸전하고 일신이 무량하나, 연광의 반이 넘도록 일점 혈육이 없으니 사후 백골인들 뉘라서 엄토(掩土)[1]하며, 선영행화를 뉘라서 봉사하리요. 이리하여 필시 인간의 죄인이 될 것이라 생각하니 원한이 만심이라.

---

1) 흙이나 덮어서 간신히 지내는 장사.

이러한고로 더러운 정성을 신령전에 발원하오니 황천은 감동하와 자식 하나 점지하옵소서.'
라고 적혀 있었다.

맑은 음성으로 정성껏 빌고 나니, 지성이면 감천이라고 신령인들 어찌 무심할 수 있겠는가. 과연 단상의 오색 구름을 사면에 옹위한 일위 선관(仙官)이 청룡을 타고 내려와 말하기를,

"나는 청룡을 차지한 선관인데, 익성이 무도(無道)하기 때문에 상제께 아뢰어 익성을 죄 주라 하여 다른 방으로 귀양을 보냈도다. 그러나 익성이 글로 함험(含嫌)하여 백옥루 잔치 때에 익성과 대전한 후로 상제께 득죄(得罪)하고 인간에 내치게 되어 갈 바를 모르던 중, 남악 형산 신령들이 부인댁으로 지시해서 왔으니 부인은 애휼(哀恤)[2]하옵소서."
하고는 타고 온 청룡을 오운(五雲)간에 풀어놓으며,

"차후 풍진(風塵) 중에 그를 다시 찾을 것이다."
하고는 부인 품에 달려들었다.

부인은 놀라 깨어 일어났다. 그제야 일장춘몽(一場春夢)이라고 알게 되자 자식이 없어 불행한 장 씨는 황홀한 정신을 진정시켜 곧 남편을 부르게 하였다. 꿈 이야기를 들은 주부의 마음은 즐겁기 비할 데 없을 정도였다.

아니나 다를까, 과연 이날부터 태기가 있고, 만삭이 되었을 때에는 다시없이 귀여운 옥동자를 낳게 되었다. 꿈도 그러려니와 동자의 출산에도 신령스러운 서기가 가득 차 있었다. 산실의 방 안에 향기가 그윽하고, 문밖에는 서기가 번질거리고, 상관은

---

2) 불쌍히 여기어 은혜를 베풂.

만지(滿地)하고, 서해에는 충천하는가 하더니, 언뜻 일원 선녀가 오운을 타고 내려와 부인 앞에 꿇어앉는 것이 아닌가.

그리고는 백옥상 위에 차려 놓은 과실을 부인에게 건네주며, 선녀는 귀여운 입술로 이렇게 말하는 것이었다.

"소녀는 천상 선녀이온데 오늘 상제께서 분부하시기를, 자미원 장성이 남경 유심의 집에 환생하였으니 어서 내려가 산모를 구원하고 유아를 잘 거두라 하시기로 왔소이다. 백옥병에 향탕수(香湯水)를 부어 동자를 씻기시면 백병이 소멸하고 유리대[1]에 있는 과실을 산모가 잡수시면 수명이 장생불사(長生不死)하오리다. 이것을 드사이다."

산모는 그것을 꿈속처럼 받아들였다. 유리대에는 모두 세 개가 있었다. 산모는 그것을 모두 먹어야 할 것인지 몰라 하였다. 그러자 선녀가 또,

"이 과실 세 개 중에서 한 개는 부인이 잡수시고 또 한 개는 공자에게 먹일 것이고, 또 하나는 주부가 잡수셔야 하오. 옥황께옵서 각기 임자를 정하여 놓으신 것을 혼자서 어찌 다 잡수실 것이요?"
하고 일렀다.

선녀는 이어서 향탕수를 부어 아기를 씻고 씻은 아기를 채금 속에 뉘여 놓은 다음 산모에게 하직을 하고는 이내 오운에 말려 가벼이 허공으로 사라져 갔다. 선녀가 사라진 뒤에도 반공(半空)에 어린 서기는 한동안 떠날 줄 몰랐다.

부인은 기쁜 마음으로 일어나 앉았다. 산고에도 불구하고 부

---

1) 유리로 만든 주머니.

인의 정신은 상쾌하고, 청수(淸秀)한 기운은 말할 나위 없이 강하였다.

부인은 남편을 불러들여 아기를 보이고, 그러면서도 항상 만족하게 기쁜 웃음을 웃으면서 선녀와 선녀가 남겨 놓고 간 말을 하였다. 정언주부 유심은 감격해서 어쩔 줄을 모르며, 선녀가 사라져 간 공중을 향하여 옥황께 사례하고 축하해 마지않았다.

아기는 처음부터 웅장하고 기이하게 생겼다. 유심의 기쁨은 또한 말할 나위가 없었다.

"여보, 부인! 이 아이의 상을 보니 천인적강(天人謫降)[2] 적실하고 만고 영웅 분명하오. 전일 황상께옵서 도읍을 옮기시려 하실새, 창해국 사신이 남경에 하강하고 자미원 대장성이 황성에 떨어졌으니, 미구에 신기한 영웅이 나리라 하였는데, 그러고 보니 이 아이가 적실하니 이 어찌 기쁘다 아니할 수 있겠소. 오래지 않아 대장절월을 요하(腰下)에 횡대하고, 상장군 인수를 금낭(錦囊)에 넣어 가지고 부귀영화는 선영에 빛내고 망기영풍은 사해에 진동하게 되겠으니, 누가 아니 칭찬할 수 있겠소. 산신은 깊은 은덕 사후에도 난망이오. 백골인들 어찌하겠소."
하고 남편은 감동해서 기쁜 말을 금할 줄 모르는 것만 같았다.

유심은 모처럼 얻은 아들의 이름은 충렬이라 하고 자(字)는 선학이라고 하였다.

세월이 유수와 같았다. 충렬이 일곱 살이 되자, 벌써부터 골격이 뛰어나고 총명은 만인을 넘고, 필법은 왕희지[3]요, 문장은

---

2) 천상의 사람이 인간 세계에 귀양을 옴.

3) 중국 진나라 때의 서가. 해서 · 행서 · 초서의 삼체를 전아하고 웅경하게 귀족적인 서체로 완성했음.

이태백[1]이며, 무예장략은 손오[2]에게 닿게 되었다. 게다가 천문 지리는 흉중에 갈마두고[3] 국가 흥망은 주무 중에 매어 있었으니, 말타기와 칼 쓰는 기술이 또한 천신(天神)도 당하지 못할 정도였다. 다만 운이 불행해서 조물(造物)이 시기한 바인지 유심의 세대에 부귀 지극한 것은 사람의 흥진비래(興盡悲來)[4]가 미쳤으니 어찌 피할 수 있겠는가.

이때 마침 조정에 신하들이 있었다. 하나는 도총대장 정한담이요, 또 하나는 병부상서 최일귀라는 자였다. 원래 천상 익성으로 자미원 대장성과 백옥루 잔치 때에 대전한 죄를 상제께 득죄하고 지상에 귀양 와서 명나라 황제의 신하가 된 자여서, 그 내력과 같이 천상의 인물로 지략이 출중하고 술법이 신묘하기 그지없는 터였다. 그런 데다가 금산도관 도사를 데려와 별당에 거처시켜 놓고 술법을 배웠으니 만부 부당지용이 있고 백만군 중에 대장지재였다. 벼슬은 일품이고, 포악이 또한 무쌍해서 만민의 생사는 그에게 매어 있고, 일국(一國)의 권세는 그의 손끝에 달렸다고 해도 과언이 아니었다. 보는 사람은 그를 초회왕의 항적이요, 당명황의 안녹산이라고까지 하였다.

따라서 이들은 자기의 실력에 교만해져, 언제나 천자를 도모할 어둑한 모반의 마음을 갖고 있었다. 정언주부 유심의 직간(直諫)을 꺼리고, 그런가 하면 다른 상소들을 은밀히 배척하기

---

1) 중국 당나라 때의 시인. 촉나라 사천 사람. 천생이 호방하고 술을 좋아하여 흥이 나면 곧 시를 쓸 수 있는 천재 시인이었음. 두보와 아울러 시종(詩宗)이라고 함.
2) 중국의 병법가인 손자와 오자.
3) 모아 두고.
4) 즐거운 일이 지나가면 슬픈 일이 닥쳐온다는 뜻으로, 세상이 돌고 돌아 순화됨을 가리키는 말.

도 하였다. 이러구러 하던 중 이들의 기회는 온 것만 같았다.

영종 황제가 즉위하자, 열국 제왕들이 제각기 앞을 다투어 사신을 보내고 조공을 바쳤다. 그러나 다만 토번과 가달5)만은 예외였다. 그들은 자신의 강포(强暴)만을 믿고 천자를 능멸하고 조공을 바치지 아니하였다.

이런 때를 타서 정한담과 최일귀 두 사람이 천자께 아뢰었다. 그것은 이러하였다.

"폐하께옵서 즉위하신 후에 군덕(君德)은 만민을 덮고 천위(天威)는 사해를 떨치고 있사온데, 따라서 열국 제신이 모두 다 한결같이 앞을 다투어 조공을 바치옵는데, 오직 토번과 가달만이 저희들 강포만을 믿고 천명을 거스립니다. 신 등은 비록 재주 없사오나 이들 오만한 무리를 쳐서 항복을 받아 충신으로 돌아오고자 하옵니다. 그리하면 폐하의 위엄이 남방에 가득하고 신 등의 공명은 후세에 길이 전하리니, 바라옵건대 황상께옵서는 이러한 신 등의 충성심을 깊이 살피옵소서."

천자 역시 이들 남적들이 하루하루 강성해 감을 근심하고 계셨다. 그러던 참이라 두 신하의 충성심과 용기는 천자의 가슴을 만족한 신뢰의 감정으로 가득 부풀어오르게 하였다.

"경들의 마음대로 기병(起兵)하구려."

천자는 기쁜 미소로 이렇게 즉답하셨다.

정언주부 유심은 조회(朝會)6)하고 나오다가 이 말을 듣고 펄쩍 뛰며, 곧 탑전(榻前)7)으로 들어가 어전에 부복(俯伏)하였다.

---

5) 당·송 시대에 서장족을 일컫던 이름.
6) 모든 벼슬아치가 함께 정전(正殿)에 모여 왕께 조현(朝見)함.
7) 임금의 자리 앞.

"들사오니 폐하께옵서 남적을 치라 하시고, 이 때문에 기병하신다는 말씀이 옳으니이까?"

"한담의 말이 있기에 그렇게 하기로 하였소."
하고 천자는 아무렇지 않은 듯이 대답하였다.

"폐하! 아뢰옵기 황송하오나 어찌 망령되게 그런 중대사를 허락하셨소이까. 왕실은 지금 미약하고 도적은 강성하니 이것이야말로 범을 잡으려는 것과 같고, 달리는 토끼를 놀림과 같소이다. 한낱 새알이 천근의 무게를 어찌 견딜 수 있겠소이까. 가련한 백성들의 목숨만 없애고, 그러면 고혼(孤魂)인들 어찌 서럽다 아니하겠소. 바라건대 황상께옵서는 기병하지 마옵소서."

천자 무어라고 단안을 내려야 좋을지 몰라 한동안 묵묵히 회의의 감정으로 상대방만 내려다보았다.

그러자 낌새를 알아차린 교활한 정한담과 최일귀는 일시에 천자께 아뢰었다.

"유심의 말을 듣자오니 살지무석(殺之無惜)[1]이요, 오국 간신 동유로소이다. 대국을 저버리고 도적만을 칭찬하니 개미 무리를 대국에 비하는 것과 같고, 한낱 새알을 폐하께 비하는 것과 같은 것이니, 이 어찌 일대 간신이 아니며 만고의 역적이라 아니할 수 있겠소이까. 신들은 저어하건대 유심의 말이 가달을 못되게 하니, 그는 가달과 동심하여 내응이 된 듯하옵기로 우선 유심을 참(斬)[2]하고 가달을 치사이다."

천자는 이내 허락하셨다. 이런 허락을 듣고 한림학사 왕공열이 부리나케 어전에 엎뎠다.

---

1) 죽어도 아깝지 않을 만큼 그 죄가 매우 중함.
2) 참형. 목을 베어 죽이는 형벌.

"정언주부 유심은 선황의 개국공신 유기의 손이요, 사람됨이 정직하고 일심이 충성하온즉, 남적을 치지 말자는 그의 말은 그의 맑은 충성심에서 나온, 사리 당연한 것인 줄로 아오. 그럼에도 그의 말을 죄라 하와 충신을 죽이시면 태조 황제 사당 안에 유상공을 배향(配享)[3]하였으니, 춘추로 행사할 때 무슨 면목으로 뵈오며, 또한 유심을 죽이시면 이후 직간할 신하가 없을 것이니 황상께옵서는 깊이 생각하시와 그의 죄를 용서하옵소서."

천자는 이런 말을 듣고 슬며시 정한담을 돌아보셨다.

"유심을 죄하실진대 만사무석이오나, 공신의 후예라는 점을 고려하시어 죄목대로 다 하지 못하옵고 다만 정배(定配)나 하사이다."

"그 말이 옳을까 하오. 유심을 황성 밖으로 원찬(遠竄)하라."

천자는 마침내 그렇게 소리쳤다. 정한담은 청령하고 승상부 높이 앉아 곧 유심을 잡아내어 수죄(數罪)하기 시작하였다.

"네 죄를 논지하건대 선참후계(先斬後啓)[4] 당연하겠지만 국은이 망극하사 네 목숨만은 살려 준다. 차후에 다시는 그런 역적의 소리를 말라. 또 그런 말을 하면 능지처참(陵遲處斬)[5]이라는 것을 알라. 잔말 마라. 네가 갈 곳은 연북이다. 연북에 정배하고 어서 바삐 발행하라."

"내 무슨 죄 있기에 연북으로 간단 말인가! 왕망[6]이 섭정함에 한실(漢室)이 미약하자, 동탁이 장난질을 쳐서 충신이 다 죽

---

3) 종묘에 공신의 신주를 모심.
4) 군율을 어긴 사람을 먼저 처형하고 난 뒤에 임금에게 아룀.
5) 머리 · 손 · 발 등을 토막치는 극형.
6) 중국 전한 말기의 참주. 책모로써 평제를 죽이고 한조를 빼앗아 즉위하여 나라를 세웠으나, 내치와 외교에 실패하여 제위 15년 만에 멸망했음.

어 간 것을 아느냐! 이놈! 이 만고의 악랄한 역적! 나 죽은 후에 내 눈을 빼어 동문에 높이 달아라. 그리하여 가달국 적장 손에 네 머리 떨어지는 것을 완연히 보게 하고 지하에 돌아가되, 오자서[1]의 충혼이 부끄럽지 않도록 하라."

정한담은 분노가 충천해 올랐다. 그러나 천자의 명령을 넘어서 그를 죽일 수는 없었다. 그는 겨우 마음을 억제하며, 어명을 앞세우고 죄인에게 발명을 허락하지 않으려 애썼다.

정한담은 죄인의 반항을 피할 겸 궐문에 들어가려고 일어섰다. 그리고는 금부도사에게 엄명을 내려 죄인을 즉시 끌고 가도록 하였다.

금부도사의 명령 집행은 엄숙하여, 명령자의 마음에 만족하게 하고도 남을 정도였다.

할 수 없이 집행관들에게 끌려 적소(謫所)[2]로 갈 주인을 보자 유심의 가정은 왈칵 뒤집혔다. 곡성이 초상집 같았다.

"부인! 안심하오. 우리 연관이 반이나 넘도록 자녀 하나 없었다가 황천이 감동하셔서 이 아들을 점지하지 아니하셨소. 이제 우리가 이 아들에게 봉황의 쌍을 얻어 영화를 보려고 하였더니, 가운이 불행하고 조물이 시기하여 마침내 간신의 참소(讒訴)를 입게 되었구려. 이제부터 만리 적소로 떠나가면 피차 생사를 알지 못할 것이 아니겠소. 어느 날에 또 보겠소. 부인! 나 같은 인생은 조금도 생각하지 말고 이 자식을 잘 길러 후사를 받들게 해주오. 그러면 황천에 가도 눈을 감을 수 있겠지요. 부인의 깊

---

1) 중국 춘추 시대 초나라 사람. 이름은 원. 아버지인 사와 형인 상이 초나라 평왕에게 피살되었기 때문에 오나라에 가서 초나라를 쳐서 원수를 갚았다고 함.
2) 죄인이 귀양살이하던 곳.

은 은덕 후세에 갚으리다."

유심은 부인의 손을 잡고 그렇게 맹세해 보였다.

부인은 울기만 하고, 아직 어린 충렬은 어머니의 옆에 붙어서서 모든 것을 안다는 듯이 어머니와 아버지를 지켜보고 서 있었다. 유심은 아들의 손목을 잡았다.

"네 아비는 무슨 죄로 연경에 귀양간단 말이냐. 너를 두고 가는 애석함을 말한다면 단산에 날아가는 봉황이 알을 두고 가는 듯하고, 북해 흑룡이 여의주를 버리고 가는 듯하니, 도무지 분해서 견딜 수가 없구나. 가슴에 맺힌 한이라면 죽은들 잊을 수 있느냐. 네 아비 생각하지 말고 모친을 잘 모셔 무사히 지내며, 봄 풀이 푸르거든 부자 상면할 줄 알고 잘 있거라."

여기까지 오자, 불행한 아버지의 눈에서는 눈물이 비 오듯 쏟아졌다.

그는 겨우 진정하고 또 이렇게 계속하였다.

"구천에서 상봉한들 부자의 표시가 없어서야 되겠느냐. 이 칼을 잃지 말고 부디 잘 간수하여 두어라."
하고 아버지는 죽도를 끌러 어린 아들에게 주었다.

이때에도 얼음같이 차가운 포졸들의 재촉은 대단하였다. 불행한 죄인 유심은 겨우 행장을 차려 울고만 있는 처자와 이별하고 문밖으로 걸어 나왔으나, 정신이 아득하고 가슴이 천리나 내려앉은 것만 같아 도무지 걸을 수가 없었다. 한 번 걷고, 두 번 걷고, 열 걸음 백 걸음 걸을 때마다 구곡간장(九曲肝腸)[3] 다 녹고 일편단심 다 녹아 없어지는 것만 같았다.

---

3) 굽이굽이 깊이 든 마음속.

이쯤 되고 보니, 길가에서 보는 사람들 중에서 누가 감히 눈물을 아니 짓는 이가 있겠는가. 강산 초목인들 어찌 서럽다 아니하겠는가. 동성문 나서서 연경을 향해 걸어가건만 눈물은 비가 되어 땅을 적시는 것만 같고, 좌우 전후에 보이는 산천초목 온갖 삼라만상은 오직 이 불행한 죄인을 위하여 슬퍼해 주는 것만 같았다.

사흘을 갔을 때에는 청송령을 지나 옥해관을 당도하였다. 이때는 이미 가을로 접어든 팔월 망간(望間)[1]이라, 소슬한 가을 바람은 어깨를 넘어 낙엽은 소소하니 스산한데, 이따금 마을 집 앞에서 눈에 띄는 국화꽃은 나그네의 수심에 가득 차고, 푸른 하늘을 건너가는 달은 삼경 깊은 야회 도도하게 취하는 듯하였다. 객창 한등 깊은 밤에 촛불로 벗을 삼고 객침 베고 누워 있노라면, 타향의 가을은 나그네의 수심 다 녹이고야 만다. 공산에 우는 기러기는 한창 밖에서 슬프게 울기만 하니, 행역(行役)에 피곤한들 잠잘 가망조차 전혀 없어진다. 그래서 이날 밤을 뜬눈으로 지새고, 다음날 또다시 길을 떠나 소상강을 바쁘게 건너고 멱라수[2]에 다다르니, 이곳이야말로 초회왕의 만고충신 삼여 간신이 패를 보고 연못가에 장사지낸 곳이다. 후인들이 비감하여 회사정을 높이 짓고 조문을 지어 바쳤으니, 그 조문에는 '일월같이 빛난 충혼 만고에 빛나 있고, 금석같이 굳은 절개는 천추에 맑았느니라' 라고 적혀 있었다. 그러니 이 땅을 지나는 사람이면 누가 아니 감탄할 것인가.

---

1) 음력 보름께.

2) 중국 호남성 상음현의 북쪽에 있는 땅. 평강현에서 시작하여 상음현을 지나 상강으로 들어감. 전국 시대에 초나라 삼려대부 굴원이 빠져 죽은 곳으로 유명함.

이런 슬픈 글을 현판에서 읽어 본 불행한 유심은 문득 충심이 적발하여 행장의 필묵을 내들고, 회사정 바람벽 위에 큰 글씨를 써 내려갔다.

'대명국 유심은 간신 정한담과 최일귀의 참소를 만나 연경으로 적거(謫居)[3]하더니 일월같이 밝은 마음 변백(辨白)[4]할 길 전혀 없고, 빙설같이 맑은 절개 뵈일 곳이 없어 멱라수에 지나다가 굴삼려의 충혼을 만나 물에 빠져 죽는다!'

이렇게 써 놓고 유심은 서서히 물가로 내려갔다.

그의 결심은 벌써 비장해졌다. 우선 하늘을 향하여 축수하고 일성 통곡에다 옷자락으로 눈을 가린 다음 만경창파 푸른 물에 풀썩 뛰어들려고 하였다. 그러자 순간 영거(領去)[5]하던 포졸들이 깜짝 놀라 달려들어 그의 손을 잡았다.

"충성은 천신도 알 것이요. 그대의 죄안은 천자에게 매였으니 명을 받아 적소로 가옵다가 이곳에서 죽사오면 나 또한 죽을 것이오. 그대가 적소를 버리고 죽사오면 무죄함은 천하가 아는 바이니, 천행(天幸)으로 천자께서 감심(感心)하시어 쉬이 방송할 줄 모르고 죽어서 충혼이 될지라도 사는 것만 같겠소."

이런 식으로 포졸들이 한사코 만류하고, 손목을 잡아 백사장으로 끌어내는 바람에 유심은 하는 수 없이 죽음을 포기하는 도리밖에 없었다.

회사정을 지나 황주에 이르니 서희가 바로 여기였다. 송(宋)나라 망국 시에 일품대신(一品大臣)들이 국사를 돌보지 아니하

---

3) 귀양살이를 함.
4) 사리를 가려내어 똑똑히 밝힘. 변명.
5) 함께 데리고 돌아감.

고 풍악만 일삼고, 서회의 고운 태도를 서시[1]에게 비하였으니 어찌 망국(亡國)하지 않겠는가. 이런 땅을 뒤로 보고 석 달 만에 연경에 당도하였다.

유심은 귀양살이 가는 사람의 순서로서 우선 그곳 자사(刺史)[2]에게 예사(禮謝)하였다. 자사는 문서를 두루 살핀 후 그를 객실로 안내하였다. 이 객실이야말로 그의 불행한 운명을 최후로 결정지을 적소였다.

때는 눈 내리는 겨울로 연경은 더구나 무섭게 추운 극한 지대인지라, 다리가 푹푹 빠질 지경의 눈이 쌓이고, 한 번도 손을 대 본 일이 없는 퇴락한 객실 방의 냉풍은 그곳에 들은 사람의 심장마저 꽁꽁 얼어붙게 할 정도였다.

유심이 객실에 들어섰을 때에도 하얀 눈은 거침없이 내리고 있었다. 찾아 줄 사람은 없고 춥고 배고프고 외로움을 어찌 다 말할 수 있겠는가.

한편 정한담과 최일귀는 귀찮은 존재를 이런 식으로 멀리 쫓아 보낸 뒤로 점점 교만해지기 시작하였다. 세상은 그의 눈앞에서 하늘마저 내려다보일 정도였다. 그들은 어느 하루인가 별당으로 옥관 도사를 찾아 들어가 마음 속에 깊숙이 숨겨 온, 천자를 도모할 묘책을 물었다.

이에 대하여 도사는 말없이 문밖으로 걸어나가 조심스럽게 천기(天氣)를 관찰하고 들어왔다.

---

1) 중국 월나 때의 미인. 월왕 구천이 오나라에 패한 뒤에 미인계로 서시를 오왕 부차에게 보내니, 부차는 서시에게 혹하여 고소대를 짓고 정사를 돌보지 않다가 구천과 범소백의 침공을 받아 망했음.

2) 중국의 지방 관리. 한나라 때에는 정무(政務)의 감찰관이었으며 수·당나라 때에는 주 지사였음.

"요새는 밤마다 천기를 살펴온데 두려운 일이 황성에 있나이
다."

하고 그는 자신 있는 어조로 느릿느릿하게 입을 뗐다.

정한담은 놀라 급히 그 까닭을 물었다. 그리고 상대방의 설명
이 떨어지기도 전에 그의 마음은 벌써 무엇인가의 확신으로 굳
어지는 것 같았다.

"천상의 황태성이 황성에 비치는데, 그중에 유심의 집에 비
쳤단 말씀이오. 유심은 비록 멀리 연경에 가 있다고 하더라도
신기한 영웅이 황성 안에 살아 있다고 보면, 그대가 도모할 일
역시 어려운 듯하오."

이 한 마디로 정한담의 기대는 완전히 배신당한 것만 같았다.
그는 확신을 잃고 마음속에 무서운 혼란을 가져왔다.

그러나 그러한 마음의 혼란을 외면으로는 나타내지 않고 되
도록 정중히 그 자리를 떠서 밖으로 나왔다. 문밖에서 기다리고
있던 최일귀가 얼른 다가왔다.

"어찌 되었소?"

그렇게 묻는 최일귀의 귀에 대고 정한담은 도사의 이야기를
죄다 설명하였다.

"그럴 것이오! 도사의 신기함은 천신과 비길 수 있지요. 신기
한 영웅이 황성 안에 있다고 하면 진실로 마음이 황공하구려."

"지금 내가 생각하기로는 유심이 연만(年晩)[3]하였으면서도
자식이 없지 않았소. 그래서 수년 전에 형산에 올라가 산제를
지내고 비로소 자식을 얻었다는 이야기요."

---

3) 나이가 많음.

"그렇지요! 나도 그런 얘기를 들었지요."

"하니까 신기한 영웅이란 바로 자식을 가리키는 것인가 하오."

"적실 자식이지?"

"암!"

"그렇다면 좋은 도리가 있소."

"무슨 도리?"

"유심의 집을 아예 함몰해서 후환이 없게끔 하는 것이오."

"응!"

정한담은 자신감을 얻었다. 끄덕끄덕하던 고개를 마지막에 가서 힘껏 끄덕여 보였다.

계획을 꾸미고 실행을 이날 밤중으로 해치우기로 합의하였다. 쇠뿔도 단김에 빼라는 속담은 이들의 악사(惡事)를 돕는 데에도 천고의 명언이 된 것이다. 밤 삼경, 귀신도 잠들어 버릴 법한 고요한 밤에 가만히 승상부(承相府)에서 나와 나졸 십 여 명을 뽑아 유심의 집을 둘러싸고, 화약·염초를 갖추어 그 집 사방에 묻고, 화승(火繩)[1]에 불을 붙여 일시에 불바다로 만들어 버리자고 약속하였다. 이렇듯 끔찍한 방화살인 계획이건만 사실상 그들의 생명을 노리고 그들의 운명을 결정할 유심의 집에서는 누가 감히 알 수 있을 것인가. 남편과 생이별을 한 장부인은 아들을 데리고 눈물과 한숨으로 세월을 보낼 뿐이었다. 그리고 이날도 이러한 상황의 계속이었다.

밤늦게까지 한숨만을 쉬고 앉아 있다가 자신도 모르는 중에

---

1) 화약을 터뜨리기 위해 불을 붙이는 데 쓰던 노끈.

잠에 취해 버렸다. 부인은 잠 귀신에 포로가 된 것만 같았다.

그러자 전신이 하얀 백발 노인이 한 손에 홍선(紅扇) 한 자루를 들고 부인 앞에 슬며시 나타났다. 노인은 그 부채를 부인에게 넘겨주며,

"오늘 밤 삼경에 큰 변이 있을 것이니, 이 부채를 갖고 있다가 불꽃이 일거든 부채를 흔들면서 후원 담장 밑으로 가서 숨으시오. 그러다가 인적이 그친 후 만일 그렇게 못 할 때에는 옥황께서 주신 아들을 불 속의 고혼이 되도록 할 것이오."

이런 말을 남겨 놓고 노인은 간 곳조차 없이 사라져 버렸다.

부인은 놀라서 깨어 일어났다. 남가일몽(南柯一夢)[2]이었다. 도무지 알 수 없는 일이었다. 충렬은 깊이 잠들어 있고, 옆에는 노인이 건네준 홍선 한 자루가 놓여 있었다. 장 씨는 그것을 집어들고 몇 번이고 확인해 보았다. 그리하여 미소를 지으며, 그러나 노인의 예언을 상기하고 불안과 공포에 떨면서 깊이 잠들어 있는 어린 아들을 깨웠다. 둘이 한 덩어리가 되어 신비한 부채만을 믿고 숙명의 삼경까지 기다려 보기로 하였다.

삼경은 왔다. 아니나 다르랴, 삼경이 되기가 무섭게 사면에서 불길이 일시에 불타오르고, 이것을 돕는 듯이 일진 광풍이 미칠 듯 회오리쳐 올랐다. 그것은 마치 천불처럼 순식간에 앞뒤 집채에 붙어 들고, 대대손손 부귀영화를 누리며 지켜 온 거창한 저택을 완전히 재로 만들어 버리려 광분하였다. 값비싼 재물과 다시 얻기 어려운 가보 유물인들 이런 속에서는 소용이 있을 것인가. 그것은 세상과 인간을 망쳐 버릴 아비규환(阿鼻叫喚)[3]의 불

---

2) 덧없는 꿈.
3) 아비지옥의 고통을 참지 못해 울부짖는 소리. 심한 참상을 형용하는 말.

지옥이었다.

어린 충렬을 데리고 또 한 손으로는 꿈속의 노인이 남겨 놓고 간 신비의 부채를 흔들면서, 예고한 대로 후원의 담장 밑으로 은신한 장 씨는 거기서 사경이 될 때까지 숨어 있었다. 사경이 되어서야 겨우 인적이 드물고 불꽃이 죽어 갔기 때문이었다. 다만 중문 밖에 군사 두 놈이 지키고 있을 뿐이었다.

장 씨는 중문으로 나가지 못하고 후면 담장의 자그만 수채 구멍을 더듬어 뚫고 나갔다. 이 때문에 어머니와 아들의 온몸은 온통 피투성이가 되었다. 그러나 두 사람은 아픈 줄도 모르며, 그 길로 되도록 샛길을 더듬이 남천을 향하여 끝없이 도망쳐 갔다.

달빛 속에서 고요히 잠들어 가는 불난 옛집을 뒤에 남겨 놓고 한참 가니, 왼쪽 앞으로 높이 솟은 산이 달빛에 반사되어 까맣게 보였다. 안개가 자욱하고 오색 구름이 층층 말려 있는 듯하였다. 그것은 언젠가 장 씨와 장 씨의 남편이 자녀를 얻기 위하여 산제를 지내러 갔던 그 형산임에 틀림없었다. 산을 바라다보는 장 씨의 머릿속에는 그 옛날 칠 년 전의 온갖 기억이 일시에 피어올랐다. 그리고 그 기억의 그림에는 생이별한 불행한 남편의 전모가 선명한 광채를 가지고 두드러져 올랐다.

"충렬아! 너는 저 산을 아느냐? 칠 년 전에 네 부친과 저 산에 올라가서 산제를 지내고 너를 낳아 주십사 하고 천지신명께 빌었단다. 그러자 너를 낳았단다. 그런데 네 부친은 지금 어디에 계실꼬! 오늘의 이 광경을 보신다면 얼마나 놀라실 것인가. 저 신령한 산을 또다시 보게 되니 모든 것이 분해서 죽겠구나!"

어머니는 그런 말을 하며 눈물을 쏟았다. 어린 충렬의 눈에서도 눈물이 흘러 나왔다. 달빛이 두 사람의 눈물의 흔적을 비쳐 주었다.

"저 산에서 산제를 지낸 다음에 나를 낳았다고요? 그렇다면 저 산은 어째서 우리를 몰라줄까요? 참 이상해요."

아들은 혼잣말처럼 그런 말을 하였다.

장 씨는 더욱 목을 놓아 울기 시작하였다. 아들은 어머니를 달래고 어머니는 아들을 위로하면서 또 걷기 시작하였으나, 절망에 싸여 있는 불행한 장 씨의 울음은 좀처럼 그칠 줄 몰랐다. 눈물이 발을 멈추게 하고 옛 추억이 걸음을 묶어 놓는 것만 같았다.

충렬을 앞세우고 다시 걷기를 시작한 장 씨는 어느새 번양수를 건너 회수(淮水)[1]가에 다다랐다. 벌써 해는 저물어 마을의 밥짓는 연기가 뽀얗게 산밑으로 선반처럼 번져 가고, 새들은 제 집을 찾아 들고 있었다. 그러나 불행한 두 모자에게는 한 끼의 저녁도 잠자리도 제공해 줄 곳이 없었다. 더구나 대대로 부귀영화를 누렸던 어머니, 그 어머니의 코에 집 안에서 밥을 짓는 음식의 냄새가 풍겨 올 때 이 얼마나 운명의 비웃음이라 할 것인가.

그럴 때면, 어머니는 느닷없이 아들을 품에 안고 미친 여자처럼 울었다. 그러면서도 걸었다. 빨리 멀리 도망가야만 하였고, 뒤에서 누가 추격해 올지도 모르는 일이었다. 회수는 넓고 그냥은 건널 수 없었다. 두 모자는 물가를 헤매며 오직 하늘을 향해 탄식해 마지않을 뿐이었다.

---

1) 회하. 중국의 큰 강. 하남성 남부의 동백산 북쪽 기슭에서 발원하여 여러 지류를 합친 후 홍택호를 거쳐 강소성을 지나 대운하로 흘러 이어짐.

한편 유심의 집에 불을 지른 정한담과 최일귀는 그 집이 다 타 버린 흔적을 돌아보고, 마음속으로 만족해 마지않았다. 그 싯누렇게 금빛 돋아 보이던 적의 값비싼 재물과 가재가 죄다 재로 변해 버린 것도 고소하다 하려니와, 집에 남아 있던 사람 새끼는 고사하고 쥐·짐승 한 마리도 남지 않았을 것을 생각하면 더욱 통쾌하게 웃고 싶을 정도였다. 그들은 유심의 유가붙이라면 귀신도 증오하고 싶을 정도였다.

그런지라 완전 초토(焦土)가 되어 버린 유심의 집을 보고, 마음속으로 무섭고 음흉한 염라대왕처럼 이빨을 드러내어 웃고 난 두 사람은 그 길로 옥관 도사를 찾아갔다.

"유심의 집이 씨도 없이 타 버렸으니, 선생이 말씀하신 영웅이라는 것도 필시 타 죽었을 것이 아니오? 혹시 어떨까 단 한 번 천기를 보아 주오."

"이제는 삼태성이 황성을 터나 변양수를 비치고 있으니 그 일이 수상하구려. 내가 생각하기로는 아마 유심의 가권(家眷)[1]이 적소를 찾으려고 회수로 가지 않았나 싶구려."

밖에서 서서히 걸어 들어 온 도사의 입에서 이렇게 말이 떨어지자, 두 사람의 얼굴은 별안간 새파랗게 변해 버렸다. 경악과 의혹이 함께 얽힌 감정이었다.

"불길이 그토록 대단하였는데 설마 거기서 빠져나올 수 있었을까요?"

하고, 정한담은 얼마 후 입을 뗐다. 도사는 짤막하게 고개를 좌우로 흔들 뿐이었다.

---

1) 가족.

"그렇다면 그럴지도 모르겠군요. 진정 영웅이라면 그런 불에서 벗어날 수도 있을지 모르니. 그렇다면 군사를 보내어 잡는 도리밖에 없지요."

두 사람은 다시 외당으로 달려나와 날랜 군사 다섯 명을 뽑아 올리라고 호령하였다. 그리고는 뽑혀 온 군사에게 지금 당장 회수로 달려가서, 그곳을 지키고 있다가 모자 일행이 지나면 지체하지 말고 잡아 물에 집어넣어라, 만일 그러지 못할 때에는 너희는 물론 회수의 뱃사공까지 다 죽이리라 하고 엄명을 내렸다. 그리고 거기에다 충렬 모자의 대충 인상을 간략하게 덧붙여 설명해 주었다.

엄명을 받고 얼음처럼 긴장한 다섯 명의 나졸들은 말에 앉아 급히 뛰어 회수로 달려갔다. 그리하여 정한담의 명령을 뱃사공에게 전달하고 그 실천을 요구하였다.

"물론입죠! 누구의 분부라굽쇼!"

뱃사공의 대답은 간단하였다. 정한담의 권위는 그들에게도 태양처럼 빛날 것이었다.

사공은 작은 배 하나를 물 위에 띄워 놓고, 쥐를 노리는 고양이처럼 전신의 신경을 집중시켜 남쪽 물가만을 지켜보았다. 그러자 마침내 쥐가 나타났다. 고양이는 쏜살같이 그 앞으로 달려갔다. 먹음직스러운 고기였다. 사공의 욕기(欲氣)[2]는 금새 열을 가해, 허기진 고양이의 그것이라고 해도 좋았다. 욕망은 그들 짐승으로 변해 버리고야 만 것이었다. 아이를 데리고 있는 어여쁜 여인이 거기에 나타나 있는 것이 아닌가.

---

2) 가지고 싶은 마음. 욕심.

건널 길이 없이 물가에서 헤매다가, 그제야 배를 발견한 장씨와 어린 아들은 이제야 살았다고 생각하며 배가 오는 곳으로 달려갔다. 이 얼마나 우스운 운명의 장난이랴. 자신의 운명을 결정하고, 자기를 완전한 파괴에 몰아넣을지도 모르는 배를 향하여 그들은 두 손을 흔들고 환호성을 올리며 달려간 것이다.

사공은 마음을 깊숙이 감추고 표면만으로 친절과 선량을 가장하며 계획대로 움직여 갔다. 우선 기뻐서 달려드는 두 불행한 모자를 친절히 배에 올려 싣고 물 가운데로 노를 저었다. 이때에 노를 저으며 쉴새없이 힐끗힐끗 노려보는 사공의 얼굴 표정 중 그 어느 한 가지라도 장 씨가 관찰하였다면, 아마도 그 여자는 자신의 비극을 미연에 방지하였을 것이리라. 그렇건만 이때의 부인은 너무도 선량하고 순진하였다. 어린 아들의 순진함과 조금도 다를 것이 없었다.

물 가운데로 배가 들어섰을 때, 난데없이 바람이 일고 돛대가 쓰러지며, 그러자 별안간 어디선가 도적들이 우르르 달려들었다. 그리고는 부인을 잡아매고 결박짓고, 한쪽에서는 어린 충렬의 덜미를 잡아 물 속에 내동댕이쳤다. 이 모두가 순식간의 일이었다.

뒤늦게 아들이 없어진 것을 알아 본 장 씨는 자신의 고통에도 불구하고 아들을 불러 대기 시작하였다. 목에서 피가 넘어 올 정도였다. 그러나 이제야 칭칭 결박당한 몸으로 무슨 소용이 있을 것인가. 아들을 따라 물에 뛰어들고 싶어도 그럴 수가 없는 처지였다.

모두가 짐승같이 흥분한 도적들은 승리의 개가를 올리며 노를 저어 갔다. 뱃전에 앉아 부인을 정면으로 굽어보고 있는 사공 놈은, 이제는 완전히 고양이의 야비한 낯짝으로 변하였다. 잡은 쥐를 입에 물고 그것을 어떻게 처리할까, 어디에 가서 먹어야 좋을 것인가, 그러한 일만을 생각하는 듯 참으로 냉혹하고 호기에 넘쳐 있는 얼굴이었다. 배는 그의 지시대로 움직였다.

배가 물가에 닿았을 때는 어느새 동녘 하늘이 말갛게 밝아 왔다. 지칠 대로 지쳐 버린 장 씨는 거의 의식조차 잃은 듯하였다. 다만 입으로 아들의 이름을 중얼거릴 뿐이었다. 배에서 내린 도적들은 장 씨를 다시 말에 싣고 어디론가 그들의 길을 재촉하였다.

여기서 잠깐 사공을 소개하면, 그에게는 아들 셋이 있었다. 모두가 용맹이 과빈하고, 검술 또한 신묘한 무리들이었다. 장자의 이름은 마철이라고 하는데, 이 마철은 일찍 상처(喪妻)하고 아직 아내를 얻지 못하고 있었다. 그 점을 언제나 마음에 두고 있는 사공은 장 씨를 보다 우선 그 생각부터 한 것이었다.

비록 옷은 헐고 행로에 지친 몸이라고는 하나, 아직도 어여쁜 모습을 그대로 간직하고 있는 장 씨였다. 부귀영화를 마음껏 누려 온 온갖 품위와 미질(美質)[1]이 그대로 남아 있는 부인이었다. 흙에 묻혀 있는 보석이라고나 할까. 그러한 값비싼 소질을 부인은 말 못 할 불행 중에서도 다분히 노출시키고 있었다. 타고난 천성과 부유한 집에서 오랫동안 닦아 온 교양·습성 등을 속일 수는 없었다. 나이도 그다지 많지는 않았으니 그것조차 금상첨화가 아닌 것인가. 뱃사공은 모든 것을 마음속으로 측량해 보았다. 그리고 물에 던져 없애 치우는 것보다는 월등 유익한

---

1) 아름다운 성질이나 본바탕.

일이 아닌가.

정한담의 명령이라고 해도, 나졸들이 전해 온 명령조차 사공에게는 하늘에서 내린 복된 은혜라 아니 생각할 수 없었다. 부인을 보는 순간 그는 이와 같이 결정을 내려 버린 것이었다.

장 부인이 의식을 차렸을 때에는 어느 깊은 산중 굴속의 방에 갇혀 있는 자기를 깨달았다. 문은 철편(鐵片)으로 엄중하게 만들어 놓아 도저히 빠져나갈 구멍은 없었다. 주의를 끌 만한 아무것도 없었다. 포로로 잡혀 온 엄숙한 현실이 눈앞에 전개되어 있을 뿐이었다.

차차 자기를 알아보기 시작한 장 씨는 또다시 눈물을 쏟기 시작하였다. 인생의 모든 희망을 저버린 여자로서 자신이 한없이 가엾고 미웠다. 남편을 잃고, 집을 잃고, 자식을 잃은 자신, 그리고도 살아 남은 자신, 살아 남아서는 몸 하나 어찌할 수 없는 자신, 그것을 짓밟고 깨쳐 버리고 싶도록 미웠다. 자식을 생각하며 눈물을 흘리기도 하였다. 문을 두드리며 미친 사람처럼 소리를 지르기도 하였다.

"아! 나는 자식을 따라 죽지는 못하는가."

가슴을 두 손으로 치며 통곡하였다.

그리하여 기진맥진해서 쓰러져 있을 때, 계집 하나가 저녁을 차려 왔다. 장 씨는 그것을 먹지 않았다. 먹을 수가 없었다.

그러자 계집은 다시 미음을 가져왔다. 그것도 먹지 않았다. 계집은 몇 번 권하고 달랬다. 장 씨는 불시(不時)[1]로 먹고 싶어졌다. 아들이 그 후 소식을 꼭 알아야 한다는 절실한 의지가 작

---

1) 뜻하지 아니한 때.

용하였기 때문이었다.

장 씨는 절망해서 쓰러져 있는 동안에도, 알 수 없는 기대가 문득문득 머릿속을 비쳐 지나곤 하였다. 무어라고 정확히 단정할 수는 없지만, 아들은 살았으려니 하는 일종의 막연한 신념이 움터 그것이 시간이 갈수록 점점 강해 왔다. 천신이 감동하고 신령이 도운 아들, 불 속에서도 건져 준 아들, 그런 아들이 물 속에서라도 죽을 수는 없었다. 천지신명이 옆에 붙어서 어떠한 재난에도 건져 주신다. 그러한 확신이 마침내 장 씨의 모든 감정과 상념을 지배하여, 살고 싶은 충동을 억제할 수가 없었다.

'끝까지 살아야 한다! 끝까지 살아서 아들을 만나고 남편을 만나자. 아들은 나중에 큰일을 해줄지도 모른다. 그러니까 빨리 이곳을 빠져나가 연경으로 가서 남편을 만나고, 그이와 함께 아들을 찾고 아들의 빛나는 장래를 기대해 보자. 그러기 위해서 죽지는 말아야 하고, 겉으로만은 이놈들에게 복종하는 척하고 기회를 보아 도망치자.'

장 씨는 자기를 가르치고 훈련시켰다. 미음을 받아 계집의 친절과 인정에 못 이겨 먹는 체하였다.

교활한 종년의 계집은 장 씨의 이러한 변화에 희망이 있다고 생각한 모양이었다. 안으로 들어가 사공에게 보고하였다. 사공, 아니 도적의 장수는 그 말을 듣자 침을 꿀꺽 삼켰다.

"그러면 그렇지! 계집이란 건 젖 떨어진 짐승과 같은 거야. 처음 한동안 못 살 것 같지만 길들면 살거든. 너, 되도록 잘 먹여라. 주인을 잘 따르도록 말이다!"

야욕에 불붙어 있는 사공은 후한 관대와 인내마저 보여 주며 그렇게 소리쳤다.

　도적은 이날 밤 서서히 장 씨의 방으로 들어갔다. 자기의 손아귀에 들은 고기를 마음대로 먹을 수 있는 자의 강한 욕망과 쾌감을 마음속으로 유유히 음미하였다. 이런 자일수록 희생자를 더없이 존중하는 법이다. 마치 그 존중을 일삼기라도 하는 듯이.

　"부인! 이런 누지(陋地)[1]에 오셔서 나 같은 자를 섬기고자 하시니 진실로 감격하오이다."

하고 야심에 찬 사나이는 깎듯이 경의를 보이면서 입을 뗐다.

　장 씨는 부들부들 떨기만 하였다. 무서운 짐승 앞에 나선 공포가 그 여자의 첫 번째 감정이었다. 그러나 의지는 차차 그 여자의 이성을 찾아 주었다. 중년 부인으로서의 남성 조정법을 본능적으로 이해할 만하였다. 희생자의 호신술은 그것 이외에는 없었다. 우선 정복자의 마음을 안심시켜 두는 일이었다.

　"팔자가 기박(奇薄)해서 물에 빠져 죽게 된 것을 건져 주셨고, 도적의 손에서 지켜 주셨으니 고마움 어찌 다 말씀드릴 수 있을 것이오. 게다가 백년 동거(同居)를 하시자는 것이니 그저 감격할 뿐이오. 그러나 한 가지 미안한 일이 있으니, 다름이 아니오라 이 달 초삼일은 내 부친의 기일이랍니다. 아무리 여자라도 부친 제삿날을 눈앞에 두고 어찌 길례(吉禮)를 지내오며 또 설령 백년을 해로(偕老)할진대 어찌 길일을 가리지 않을 것이오."

하고 장 씨는 서슴없이 그렇게 말하였다.

　"물론이고말고요! 진정 그렇다면 난들 장인의 제삿날을 모른

---

1) 누추한 곳.

척할 수야 없지요. 사위로서 정성을 다해야 하고말고."

그렇게 말하는 도적이 얼굴에는 옆에서도 알아 볼 수 있을 만큼 완연하게 기쁨이 넘쳐 있었다. 희생자가 자신의 희생을 결심해 준다면 그보다 좋은 일은 없었다.

그래서 사공은 또 계속하여,

"제물은 내가 극진히 장만할 터이니까, 부인은 염려하지 말고 그 동안 몸이나 충실히 하시오. 그리하여 제사를 지낸 뒤에는 우리 어디 한번 명나라 황제 못지않을 만큼 성대한 길례를 올려 봅시다."

하고 큰소리를 쳤다.

"고마운 말씀 어찌 다할 수 있겠소."

"그럼 우선 종년을 보내어 부인을 모시도록 할 테니, 무슨 일이든 염려하지 말고 시키시고……. 그 옷도 갈아입어야 하겠군, 점잖은 부인답게. 자, 그럼 편히 눕구려."

사공을 가장한 도적놈이 만족한 웃음을 웃고 걸어 나가자, 장 씨는 장 씨대로 성공을 예감하며 만족해하였다.

미음을 가지고 왔던 계집은 이번에는 옷을 가지고 들어와 장 씨의 옷을 갈아입는 것을 시중들고, 물이다 먹을 것이다 해서 그 접대하는 태도는 궁중의 나인[2]과 조금도 다를 것이 없었다. 그리고 밤에도 옆에 붙여 자며 모든 수고를 혼자서 도맡아 하였다.

장 씨는 잠을 자는 체만 하였다. 기회만 있으면 언제든지 도망칠 생각에서였다. 계집이 옆에 와서 자는 바람에 문이 잠겨져

---

2) 궁궐 안에서 대전 · 내전을 가까이 모시는 내명부의 총칭.

있지 않은 것만도 다행한 일이었다. 밤 이슥해서야 기회가 온 것을 알아차린 장 씨는, 계집이 옆에서 쿨쿨 자고 있는 것을 보고, 소리 없이 슬며시 일어나 밖으로 빠져나갔다. 제삿날로 예고해 둔 초삼일이 되기 전에 어서 도망쳐야 하였다.

그러나 약삭빠른 계집은 깊이 잠들은 중에도 거의 본능적으로 길게 손을 뻗쳐 옆을 더듬었다. 그리고는 질겁하듯이 벌떡 일어섰다. 피감시인이 없어진 것이다. 계집은 문을 박차고 밖으로 달려나갔다.

"너 왜 그렇게 떠들고 야단이냐, 이 밤중에! 배가 불편해도 뒤를 보지 말아야 한단 말이냐. 몸이 피곤한 데다 냉수를 많이 먹어서 그런지 배가 살살 아프단 말이다."

어둠 속에서 장 씨의 이런 말이 들려왔다.

계집은 또 한 번 놀랐다. 그러나 어둠 속으로 앉아 뒤를 보고 있는 부인을 보자 안심하고, 자신의 경솔함을 탓하며 어처구니 없이 안으로 다시 들어가 잠을 청하였다. 부인의 연극에 감쪽같이 속아넘어간 것이었다.

장 씨 역시 다시 들어갔다. 이대로 도망갈 수도 없으며, 다음 기회를 위해 오히려 자신의 신임을 높일 수 있는 다시없는 기회였다고 부인은 생각하기에 이르렀다. 부인은 어느새 교활하다고 해도 좋을 만큼 복잡한 인간으로 변해 있었다. 자유를 얻기 위한 정의의 원리라는 것은 있을 수 없는 것이 아니겠는가. 오직 행동과 상황밖에 없다.

이리해서 장 씨의 탈출 기회는 초삼일 제삿날까지 연기되었다. 이날 도적 사공의 집에서는 아침 일찍부터 제를 만들기에 총동원되고, 뒤범벅되었다. 사공의 명령과 지시 아래 음식은 산더미처럼 만들어지고, 남녀 노비들은 이마에 비 오듯 땀을 쏟으며 안팎으로 줄달음질치며 쏘다녔다. 사공은 정말 흥분해서 고래고래 소리지르기가 일쑤였다. 장 씨가 가면의 성의를 보이기 위하여 짐짓 목욕을 해야 한다고 하고, 목욕을 하며 물소리를 올릴 때에는 사공의 흥분은 거의 미친 사람이나 다름이 없었다. 그는 장 씨의 목욕하는 벌거숭이의 육체를 보지 않고도, 유리 건너로 들여다보는 듯한 착각마저 일으키는 것 같았다.

장 씨는 목욕에서 나와 옷을 갈아입고, 제사상을 차릴 방으로 들어왔다. 아직도 제물이 차려지지 않은 빈 제사상을 돌아보는 순간 부인은 깜짝 놀라 눈을 멈추었다. 오색이 찬란하게 아롱진 옥함 하나가 거기에 덩그러니 놓여 있는 것이 아닌가. 그 옥함이 신비하게도 모든 신령스러운 힘을 다하여 자기를 유혹하고 있다는 것을 부인은 거의 본능적으로 직감하였다. 아니, 무엇인가의 보이지 않는 힘이 장 씨의 눈을, 그리고 마음을 그리로 끌어 붙였다고 해도 좋았다.

장 씨는 그 방에 자기밖에 없는 것을 천만다행으로 생각하였다. 그리하여 한 걸음 다가가 신비한 옥함을 자세히 관찰하였다. 인간의 욕망과 허영을 완전히 압도해 버릴, 그것은 용궁의 조화가 아니면 천신의 물건이었다. 전면의 금빛 문자를 보았을 때 부인의 경악은 극도에 달하였다.

'대명국 도원수 유충렬은 개탁(開坼)이라.'

이렇게 새겨진 글자가 싯누렇게 빛나고 있었다.

"이 어찌된 조화인가!"

부인은 자신도 모르게 입 밖에 내어 짤막하게 소리쳤다. 무엇인가의 초연한 계시를 부인은 이 옥함에서 얻은 듯하였다. 그리고 다음 순간에는 유충렬이라는 아들의 이름에 반신반의(半信半疑)의 복잡한 감정을 경험하였다.

"세상은 넓다 하지만 같은 이름이 어디 또 있을 것인가?"

그러나 장 씨는 기계적으로 재빨리 옥함을 보에 싸서 아무도 모르게 숨겨 버렸다. 어떠한 의혹을 가지고도 장 씨의 이 순간적인 의혹을 뒤집을 수는 없었다. 그 여자는 아들과 관계 있는 물건이라는 것을 굳게 믿어 마지않았다.

밤이 되니, 야심의 사나이는 가지가지 준비된 제물을 노비들을 시켜 방으로 들여왔다. 장 씨는 기쁜 얼굴로 그것을 손수 받아 제사상에 진설(陳設)[1]하였다. 옆에서 일일이 주의시키고, 때로는 부인을 돕기도 하는 도적은, 이때만은 되도록 엄숙해야 하고 추악한 잡념을 가져서는 안 된다는 듯이 무척 애쓰는 것만 같았다.

도적의 협력으로 제사는 때를 맞추어 지극히 엄숙하게 끝마쳤다. 최후의 음복(飮福)[2]을 한 후, 사람들은 제각기 잠자리에 들었다. 도적의 사나이도 최대의 용기로 자제력을 발휘하여 내일의 행복을 기대하면서 자기 방으로 들어갔다. 이날 하루 과로는 이들 전부에게 새벽의 단잠을 이루어 놓기에 충분하고도 남았다.

귀신들도 서서히 퇴진할 새벽, 장 씨는 예의 옥함을 행장 속 깊이 간직하고 사공, 아니 도적의 거성을 빠져나와 삼십육계(三十六計) 줄행랑을 쳤다. 북두칠성만이 그 여자가 의지하는 유익한 도표였다. 그리하여 동녘 하늘이 뿌옇게 밝기 시작하였을 때

---

1) 제사 때, 법식에 따라 상 위에 음식을 벌여 차림.
2) 제사를 지내고 나서 제사에 썼던 술을 제관들이 나누어 마심.

는, 그 여자는 어느새 영릉관이라는 곳에 당도하였다. 이곳에서 아침을 구걸해 먹고 또다시 걷기 시작하여, 진종일 앞만 보고 걸었다.

그러자 언뜻 넓은 강물 하나가 앞길을 가로막았다. 바다같이 넓은 강물이었다. 건널래야 건널 방법조차 없었다. 해는 이미 서산에 기울고, 배는 없고, 날개 긴 물새는 물귀신이라도 시기하듯이 어둠에 덮여져 가는 물 위를 끽끽거리며 지나갈 때, 나그네의 비애는 말할 나위가 없다. 더구나 장 씨와 같은 경우이고 보면 그 심정은 얼마나 고통스러우랴. 고통을 넘어서 절망이며, 파멸이다. 넓은 강물이 칠흑의 어둠으로 화해 버린다.

근방에는 인가도 없었다. 한쪽은 무변(無邊)의 황야이고 또 한쪽은 멀리 미지의 높은 산으로 중중첩첩 쌓여 있었다. 장 씨는 한동안 물가 모래사장에 주저앉아 마음껏 눈물을 뿌려 보았다. 그 눈물이 강물에 보태져서 점점 불어나 새까맣게 변하여 그 여자 앞으로 홍수처럼 밀려드는 듯도 하였다. 장 씨는 몇 번 이런 착각을 느끼며 놀라 일어섰는지 모른다. 한번은 자기를 삼켜 버리려는 무서운 홍수의 환상에 쫓겨 멀리 달아났다가, 그제야 정신을 차리고 땅 위에 주저앉아 행장 속의 옥함을 꼭 품어 안은 일도 있었다. 기울기를 싫어하던 해도 어느새 완전히 서산에 지고야 말았다. 어둠의 장막이 눈앞에까지 다가와서야 장 씨는 일어서서 걷기 시작하였다. 물을 따라 강변을 걸었다. 그 물이 뿌리를 박고 있는 산으로 들어가면, 행여나 하룻밤의 안식처라도 있겠지 하는 한 가닥 희망에서였다.

넓은 물에 비길 만큼 산은 한없이 깊고 험하였다. 넓은 강변에서 찾아 들어온 장 씨에게는 또 하나의 새로운 공포였다. 후회를 하고 후회하면서도 점점 깊숙이 걸어 들어가는 장 씨의 눈에 별안간 별빛만한 불빛 하나가 나타났다. 불빛은 강렬한 힘을 가지고 장 씨를 유혹하였다. 머리 위의 나뭇가지에서 산새들이 놀라 푸드득거리고, 원숭이의 기묘한 공포의 울음소리에도 불구하고 장 씨는 빠른 걸음으로 그 불빛을 향해 달렸다. 보통 때 같으면 쓰러질 법한 피곤조차 잊은 듯하였다.

불빛의 본거지는 깊은 산비탈의 나무 그늘에 조촐하게 서 있는 몇 간 초가집이었다. 반가운 마음으로 장 씨가 문을 들어서자, 개 한 마리가 달려나오며 짖기 시작하고, 이어서 노파가 의아한 표정으로 어정어정 걸어왔다. 때마침 산마루를 넘어선 초승달 빛에 추하게 보이는 꼬부랑 할멈이었다.

장 씨는 사정을 말하고, 하룻밤 재워 달라고 요청하였다. 노파는 한참을 보다가, 그제야 이해한 모양으로 선선히 방으로 안내하였다. 그리고 자신은 부엌으로 나가 먹을 것을 차리기 시작하였다. 그러는 동안 방에서 혼자 기다리고 앉은 장 씨는 이 의문의 산중 초옥(草屋)에 호기심을 가득 불러일으키며 실내 광경을 이리저리 살폈다. 처음에는 매우 구차한 살림살이라고 생각하였다. 그러나 벌써 며칠 동안 무서운 역경 속에서 시달려 온 부인은 이러한 빈곤쯤은 이해하고도 남았다. 이해에 앞서 동정이 가고, 더구나 이날의 경우에는 친절히 맞이해 주는 노파가 한없이 고맙기만 하였다.

그러나 이러한 첫인상은 차차 방 안을 살펴보는 동안 장 씨의 마음속에서 알 수 없는 불안과 공포의 감정으로 변해져 갔다. 구석의 옷걸이에 눈이 간 그 여자의 시선은 거기서 좀처럼 떠나지 않았다. 여자의 본능으로, 거기에는 자기와 똑같은 여자의 의복을 그 어느 한 가지도 찾아볼 수 없다는 것을 알았다. 죄다 남자의 옷뿐이었다. 그런가 하면 문틈으로 윗방에서 들려오는 말소리가 또한 남자만을 설명하지 않는가.

'그러면 이 집이? 남자들만이? 깊은 산중인데?'

장 씨의 가슴속에서는 모든 감정을 압박하고, 그 대신 경계의 본능이 불현듯 치솟았다. 청각과 시각을 총동원해서 주위를 경계하였다. 얼마 전 거기서 도망쳐 온 무서운 뱃사공의 얼굴이 햇빛처럼 그 여자의 뇌리를 스쳐 지나갔다. 그 여자는 어느새 남자라면 무서운 존재이며, 짐승이나 지옥의 악귀와도 다를 것이 없다고 단정해 놓았다.

그러한 남자가, 십분 해로움밖에 없는 남자가, 그것도 방파제가 될 여자 한 사람도 없이 이 집에 가득 차 있는 것이 아닌가. 잘못 찾아왔다. 또 어제의 비운을 맛보게 된다면 어떻게 할 것인가. 노파가 들어오기 전에 도망가야 하겠다. 이와 같이 혼자서 자문자답하고 있을 때, 아까의 노파가 부엌에서 저녁밥을 가지고 들어왔다.

노파가 있다는 것을 장 씨는 까마득히 잊고 있었다. 그래서 새삼스럽게 동류의 친근감을 깨달으며 밥을 먹었다. 밥상머리에 앉아 상대방의 밥 먹는 것을 유심히 관찰하던 초라한 노파는, 부인이 마지막 젓가락을 놓자,

"어디서 사시는데 혼자서 이토록 심한 산중을 찾아 드셨습니까?"

하고 비로소 의문의 말문을 열었다.

"황성에 살고 있어요. 친정에 갔다가 회수에서 도적을 만나 겨우 구사일생으로 도망쳐 오는 길이죠."

밥을 먹고 기운을 얻은 장 씨는 적당히 거짓말 반 참말 반을 얼버무려서 대답하였으나, 막상 대답하고 나서 잘못하였다고 후회하였다.

노파는 슬며시 일어서서 윗방으로 넘어갔다. 그리하여 아들 하나를 구석으로 끌고 가서 그의 귀에 소곤소곤하였다.

"안방에 지나가는 여인 하나가 와 있다. 말을 듣자니, 회수에서 도적을 만났다가 구사일생으로 도망쳐 오는 길이라는 것인데, 내가 생각하기에는 암만해도 수상하구나. 회수에서 사공 노릇을 하는 석장동 당질 놈이 나루터에서 여자 하나를 얻어 마누라를 삼는다는 말도 있었는데, 이 여자가 그런 모양 같다. 도망친 거다. 틀림없을 게다. 그러니 너 이 밤으로 말을 몰아 석장동에 가서 마철에게 일러 주고 데려가라고 그러려무나. 다시는 도망치지 못하게 엄중히 감시하라고 그래라. 알겠느냐? 그 동안은 염려하지 말라니까. 내가 있고, 저 애들도 있으니까. 지금 밥을 먹여 놓았으니까 잠들면 알 게 무어란 말이냐. 어서 말을 몰고 뒷문으로 빠져나가란 말이다."

아들은 말없이 툭툭 털며 일어섰다. 그 태도가 어머니의 말이라면 절대 복종하는 눈치였다. 아들의 말은 천리마라고 해서, 하루에 천 리를 달릴 수 있는 유명한 말이었다. 따라서 석장동은 눈앞에 있는 것이나 다름이 없고, 그러니까 더욱 장 씨의 파멸은 경각지간에 있다고 해도 좋았다.

아들을 일러 보낸 노파는 또다시 시치미를 뚝 떼고 안방으로 건너왔고, 장 씨는 그러한 노파에게서 아무런 의문도 발견하지 못하였다. 그것은 초라한 노파에게 악의가 있을 수 없다는 장 씨 자신의 단순한 신뢰에도 과오가 있겠으나, 그 주요한 이유의 하나는 피곤한 몸에 밥을 먹고 난 후의 육체적 해이에 있다고 해도 좋았다. 육체적 긴장이 풀림과 동시에 정신적 경계심이 완전히 마비되고야 만 것이었다.

따라서 노파의 친절을 가장한 간계에도 감쪽같이 넘어가, 잠시 후에 장 씨는 깊이 잠들어 버리고 말았다. 노파가 그다지 경계를 하지 않아도 좋을 정도였다. 노파도 안심하고 잠을 청하였다.

장 씨는 꿈을 꾸었다. 호호백발의 노인 하나가 소리 없이 나타나 부인의 앞에 앉았다. 그리고는 위엄 있는 어조로,

"오늘 밤에 큰 변이 일어날 것인데, 부인은 무슨 잠을 그리 자시오? 자, 빨리 일어나오. 빨리 일어나서 동산에 올라가 숨으시오. 그래 가지고 변이 일어나거든 재빨리 물가로 내려가시오. 거기에 내려가면 쪽배 하나가 있을 것이니 그 배를 타고 화를 면하도록 하시오. 그러지 않고는 천금보다 귀중한 부인이 몸을 안보(安保)할 방법이 없을 것이오."
하고 일러 놓고 일어서서 어디론지 사라졌다.

장 씨는 깜짝 놀라 잠에서 깨어 일어났다. 그러자 웬일인지 옆에서 잠들어 있을 줄 알았던 노파가 보이지 않았다. 윗방에서도 남자의 목소리는 온데간데없었다. 부인은 공포를 느끼며 행장을 수습하고, 문을 살그머니 열고는 밖으로 내달았다. 노파는 아들 일행을 맞이하기 위하여 부인이 잠든 동안에 어느새 일어나서 나간 것이 틀림없다. 윗방의 남자들도 그럴 것이리라. 아니나 다르랴, 꿈속 노인의 지시대로 동산에 올라가 숨어 있노라니까, 장 씨의 귀에 멀리서 말발굽 소리와 방포(放砲) 소리가 울리고, 이어서 불빛이 번갯불처럼 하늘을 나는 것이 눈에 띄었

다. 그것은 점점 가까워지고 요란해지며, 얼마 후에는 장 씨 자신을 찾는 짐승 같은 외침 소리가 이쪽 저쪽에서 무섭게 들려왔다. 아마도 그들은 발밑에 육박해 온 것이 분명하였다.

장 씨는 기겁을 하며 도망쳤다. 길도 없는 험한 절벽과 숲 속을 엎어졌다 쓰러졌다 미칠 듯이 달아나, 꿈속 노인이 가르쳐 준 물가로 갔다. 그러자 신비하게도 그곳에 쪽배 하나가 있었다. 쪽배에는 어둠 속에서도 완연히 알아 볼 수 있을 만큼 하얗게 차려 입은 선녀 하나가 서 있었다. 선녀는 기다렸다는 듯이 급히 배를 저어 와 불행한 장 씨를 부축해 올렸다.

배에 오른 장 씨는 다짜고짜 선녀 앞에 무릎을 꿇었다. 무릎을 꿇었다기보다 쓰러져 넘어갔다. 열화 같은 감격으로 목이 메어 말이 나오지 않을 정도였다.

"박명(薄命)한 천첩(賤妾)을 이렇게 구원해 주시니 선녀의 깊은 은덕 무엇으로 갚아야 좋으리까!"
하고 부인은 겨우 울음 섞인 음성으로 말하였다.

"소녀는 남해 용왕의 장녀랍니다. 오늘 부왕께서 분부하시기를, 대명국 유충렬의 모친 장부인이 오늘 밤에 도적의 변을 당할 것이니 어서 가서 구원하라 하시기에 이렇게 창황히 온 것이요. 부인의 명은 상제도 아는 바이요. 소녀 같은 계집에게 무슨 은혜가 있다 하리이까."

이런 말을 듣고 부인이 다시 하늘을 우러러보며 상제에게 감사를 올리자, 그것이 미처 끝나기도 전에 뒤를 추격해 온 도적들이 물가로 육박하였다. 방포를 하고, 욕설을 퍼붓고, 위협을 하고 이런 식으로 그들의 난동과 무례함은 차마 볼 수도 없고, 귀에 담을 수도 없을 정도였다. 그뿐인가. 그런 동안에 어디선가 배 한 척이 바람처럼 날아들었다. 그 배에는 예의 무서운 사공, 도적의 장수, 무엄하게도 장부인을 결박지어 겁탈(劫奪)하려던 짐승 같은 사나이, 석장동의 마철이라는 놈이 창검을 높이 비껴 잡고 중간에 우뚝 버티고 서 있었다.

"이년! 가면 어디로 갈 것인가. 천신이면 몰라도 그렇지 않을 바에 거기에 꼼짝 말고 있거라!"

원한과 증오와 복수의 정열로 무섭게 불붙어 있는 마철은, 창검 자루로 뱃전을 치며 그렇게 호령하였다.

그 소리에 도적들의 잡성(雜聲)은 죄다 멈추고, 강물조차 부르르 떠는 것만 같았다. 아니, 적어도 장 씨만은 그렇게 느꼈다. 장 씨는 자신도 모르게 용왕의 장녀 앞으로 쓰러졌다. 그러나 용왕의 장녀는 적을 향하여 막연히 서 있을 뿐이다.

"이년! 그래도 나는 네 년을 용서하고 네 년과 백년해로를 맺으려고까지 하였다. 그런데 네 년은 나를 속이고 부친의 제사라고까지 속여서 남들이 곤하게 잠든 틈을 타서 도망쳤다. 만고에 없는 간악한 배신자! 명나라의 법률에서는 몰라도 우리의 법률에서 배신자가 어떠한 벌을 받는가를 아는가?"

이런 말을 듣고 보니 부인도 왈칵 분이 치밀어 오르고 용기가 샘솟았다. 부인은 고개를 쳐들어 상대방을 노려보았다.

"무지한 도적놈아! 나는 남경 유주부의 아내다. 간신의 참노를 만나 이 지경이 되었을망정 너 같은 도적놈의 계집이 될 수는 없다. 네 아내가 되겠다면 차라리 물에 빠져 청백(淸白) 고혼이 될 테다."

"흥! 사지를 발기발기 찢어 죽일 년! 그래도 입만 살아 나불나불 지껄이는구나!"

무서운 마철은 그 커다란 창검을 번쩍 추켜들고 배를 몰아 육박해 왔다. 막 내려치려고 할 때, 장 씨가 죽음을 각오하였을 때, 생각하지도 않은 일진 광풍이 몰아쳐 배를 떼어놓고, 강물도 모래사장도 도적놈들도 순식간에 아비규환의 수라장으로 만들어 버렸다. 백사장에 구르던 돌이 빗발치듯 날아 마철이 타고 있는 배를 반은 부수어 놓았다. 물결은 태산처럼 일어 방향을 잡을 수도 없고 그대로 멈추어 있을 수도 없었다.

이쯤 되고 보니 적선의 생사는 경각에 놓여 있었다. 그렇건만 장 씨가 타고 있는 용왕의 배는 순풍에 돛을 단 것처럼 평탄한 물 위를, 바로 그들을 위해서만 열어 놓은 항로를 가볍게 미끄러지듯 달려갔다. 아! 이것이 상제가 명령하고 용왕이 파견한 불사조(不死鳥)의 배가 아니었더냐.

도적들의 파멸을 뒤로 보며 건너편 물가에 배가 닿자, 장 씨는 용왕의 장녀에게 무수히 치사하고 언덕으로 올랐다. 언덕에 올라서도 땅에 펄썩 주저앉은 채 그 여자는 한동안 일어날 줄을 몰랐다. 도무지 꿈만 같고 믿어지지가 않아, 이 모든 것이 머릿속에서 제멋대로 오락가락할 뿐이었다.

얼마 후 장 씨는 간신히 일어나 걷기 시작하였으나, 지쳐서 걸을 수가 없었다. 하루를 그냥저냥 걸어 그날의 해도 서산에 기울었을 때에는, 주위 산천이 매우 아름다운 곳에 당도하였다. 이곳이 알고 보니 천덕산 한림동이라는 고장이었다. 부인은 날이 저무는 것을 보면서도 극도로 지쳐 버려, 시냇가에 앉은 채로 꾸벅꾸벅 졸아 버렸다.

그러자 어젯밤 꿈에서 나타났던 고마운 노인이 신비롭게 앞으로 걸어와 부인을 불러냈다.

"이제는 안심하고 저 산골짜기로 들어가시오. 거기에 가면 부인의 곤란을 구할 사람이 있을 것이오."

부인은 놀라 눈을 떴다. 역시 꿈이었다. 그러나 어제의 일을 생각하여, 노인의 말대로 산골짜기를 찾아 걸어 들어갔다. 매우 험한 산이었다. 지쳐서 웬만한 나무 뿌리에도 걸려 쓰러지고, 돌에 채여 발가락에 피가 솟고, 쓰러지면 한동안 정신을 잃고 일어나지 못하기도 하였다. 그러고도 걷고 또 걸었으나, 좀처럼 현몽(現夢)한 노인의 말과 같은 고마운 인물은 나타나지 않았다.

이제는 최후의 정신력마저 그 여자에게서 완전히 떠나 버리고야 말았다. 계곡을 흘러내리는 시냇가에 앉아 장 씨는 자기를 조롱하는 가혹한 고통과 마지막 이별을 할 작정으로 있었다.

"아! 나는 내 몸조차 이 이상 더 부지할 수 없다. 구해 줄 사람이 있다 하던 그 노인의 말도 이제는 믿을 수가 없다. 그렇다고 연경으로 가자니, 여기서 연경까지는 아직도 삼만 오천 육백 리나 남았다. 여자의 몸으로 가망조차 없는 거리다. 또 간다 한들 도중에 무슨 일이 있을지도 모른다. 죽지 않으면 여자의 생명을 잃지 않는다고 누가 장담할 것인가. 차라리 예서 죽자. 예서 곱게 죽어 결백한 혼백이나 남아서 고향으로 돌아가리라. 또 거기서 설령 남편과 만난다 하더라도 기쁘게 대할 수가 있다."

부인은 그런 말을 중얼거리며, 행장을 끄르기 시작하였다.

"아들에게 이것만은 전해야 할 것이 아니냐."

장 씨는 행장에서 옥함을 내어 넣고, 비단 수건에다 주홍 글씨로 다음과 같이 새겨 썼다.

'모월 모일, 대명국 등성문 안에서 살고 있는 유충렬 모 장

씨는 옥함을 내어 아들 충렬에게 전하노라. 죽은 혼백이라도 받아 보라.'

그리하여 수건과 함께 옥함을 다시 정중하게 싸서 시냇물에 집어넣고, 옷을 입은 채 물에 빠져 죽으려 하였다. 그러는 동안에도 쉴 새 없이 목놓아 울었다. 슬픈 울음소리가 천지를 진동하고 울창한 수림(樹林) 속으로 쩡쩡하게 울려 퍼졌다.

부인이 막 투신 자살을 하려 할 때, 의외의 방해가 왔다. 저편 깊숙한 골짜기에서 물동이를 옆에 끼고 물을 길러 나왔던 어느 여인 하나가 급히 달려 내려왔다. 여인은 아까부터 웬 울음소리인가 하고 수상히 여기던 모양이었다.

여인은 장 씨를 잡아 바위에 앉히고 사연을 물었다. 그리고 짐짓 자기 집으로 끌고 갔다. 장 씨도 싫어하는 것은 아니었다. 예의 꿈과 꿈 중의 노인의 말이 상기되었기 때문이다.

여인의 집은 거기서 얼마 떨어지지 않은 험한 바위 사이로 묘하게 안정감을 주는 곳에 있었다. 몇 간밖에 아니 되는 초옥이나 매우 정결하고, 언뜻 보아도 신비한 기운이 그 집에 덮여져, 그 집에서 살고 있는 사람들의 품격(品格)을 짐작할 수 있을 정도였다. 흔히 말하는 군자나 신선의 거처임에 틀림없었다.

여인의 안내를 받아 방으로 들어가자, 벽에는 품위 있어 보이는 갈건야복(葛巾野服)[1]이 말쑥하게 걸려 있고, 안상(案上)[2]에는 무수한 책자가 정연하게 쌓여 있었다. 장 씨는 마음이 흡족해지고, 피로도 배고픔도 방금까지의 모든 고통스럽던 정신적 고통도 일시에 가신 듯 그저 편안하기만 할 뿐이었다. 무변 사

---

1) 갈건과 베옷.
2) 책상 위.

막에서 푸른 습지대를 만나기라도 한 것처럼 문화와 교양에 대한 향수가 그 여자의 모든 존재를 완전히 뒤흔들어 놓고야 만 것이었다. 노인의 예언이 새삼스럽게 고마울 뿐이었다.

여인의 질문에, 장 씨는 순순히 그 동안 겪은 온갖 경험을 그대로 설명해 주었다. 여인과 함께 장 씨의 설명을 주의 깊게 듣고 있던 주인은 차차 그 안색이 변하였다. 놀라움과 증오와 일종의 공분(公憤)이라고 할 만한 감정이 그 하얀 품위 있는 선비의 얼굴에 점을 치기 시작하고, 그것은 깊은 이해와 동정으로 얽혀져 갔다. 그리고 최후에는 연민의 감정과 함께 반가운 기쁨이 그 표정의 전부를 지배하기 시작하였다. 옆에서 울고 있는 여인의 울음이 전염되어 그도 두 눈에 눈물이 번졌다. 그리고 최후로 눈물을 뿌리며, 자기의 고생담을 말하는 장 씨를 바라보며 주인은 이렇게 입을 뗐다.

“부인께서는 아마 나를 모르실 거요. 유주부는 바로 내 척숙(戚叔)[3]이 되는 분입니다.”

“아니, 그럼?”

장 씨는 그 한 마디를 길게 질렀을 뿐 입을 다물지도 못하였다. 마음의 혼란을 증명하는 듯 얼굴의 표정은 별안간 복잡하게 변하고, 이때까지 자신의 신세가 슬퍼져 울던 눈물은 눈 가장자리에 반짝반짝 환희로 빛나기 시작하였다. 옆에 앉은 여인도 그러면 알 수 있다는 듯이 반가운 음성을 질렀다.

아닌 게 아니라, 주인은 원래 훌륭한 벼슬을 하던 이인학의 아들 이 처사, 바로 그 사람이었다. 성격이 결백하고 정신이 숭

---

3) 척분이 있는 겨레붙이 가운데 아저씨뻘이 되는 사람.

고한 탓으로, 젊었을 때 지켜 오던 벼슬의 길을 헌신짝처럼 내던지고, 이 깊은 산중에 들어와 농사를 지으며 학문에 힘써 온 지 오래였다. 그 높은 덕성은 이미 세상에 널리 알려져 있는 터였다.

이 처사의 모친은 유심의 종숙모(從叔母)[1]였다. 따라서 황성에서 벼슬을 할 때에는 유심과 자주 만날 수 있었고 피차 친절하게 내왕해 왔다. 그러나 그것도 먼 옛날의 일이고 보니 해묵고 녹슨 기억이 아닐까. 지금 그 녹을 닦고 헤치면서, 서로는 옛날의 인상을 재생시키고 반가움을 금하지 못하였다.

"정말 오랜 일이라 몰라봐서 죄송합니다. 더구나 이렇게 되실 줄 누가 알았겠습니까. 사람들의 하는 짓이란 그것이 높고 낮든 결국 존경할 만한 것이 아무것도 없다는 것을 말해 주는 거겠지요."

하고 이 처사는 처사다운 초연한 어조로 그렇게 말하였다.

장 씨는 비로소 안식처를 얻은 셈이었다. 처사와 여인의 극진한 대접을 받으며, 아무것도 그리울 것이 없었다. 잠자리도 편하고 모든 기거가 편리하였다. 오히려 미안할 정도로 그들의 친절은 융숭하였다.

그러나 한편, 이러한 외면적인 편리와 안정에도 불구하고 장 씨의 마음은 결코 편안할 수가 없었다. 정신적인 고통, 아들을 생각하고 남편을 생각하는 연연한 비애는 날이 갈수록 그 여자의 모든 존재를 압박하고도 남았다. 아들을 잃고, 남편과 생이별을 한 집 없는 아내가 그 몇 갑절의 친절로 향연(饗宴)[2]을 받

---

1) 아버지의 사촌 형제. 종숙의 아내. 당숙모.
2) 남을 향응하는 잔치.

는다고 하더라도 어찌 하루인들 편안할 수가 있을 것인가. 장씨는 거의 눈물로 아니 지내는 날이 없었다.

이제 잠시 줄을 바꾸어, 충렬의 이야기할 때가 되었다. 회수에서 뱃사공을 가장한 도적들을 만나 물에 빠져 들어간 충렬은 어떻게 되었는고 하니, 그것은 참으로 기적이란 한 마디로 메워질 듯싶다. 그만큼 충렬은 기적적으로 살아났다.

이 하늘과 땅의 보호 아래 살아가는 기특한 소년은 도적들의 포악한 손아귀에서 물 속으로 떨어지자, 물 속을 얼마만큼 흘러 내려갔는지 모른다. 발에 걸리는 것을 밟고 올라섰을 때에는 어느새 물 위로 떠 있었다. 그것은 물 속으로 깊이 뿌리를 박고 있는 바위였다. 그리고 어머니가 없어진 것을 소년은 거기서 비로소 알았다.

"어머니! 어머니!"

소년은 미칠 듯이 어머니를 불러 대며 울었다. 그러나 어머니가 거기에 있을 턱이 있겠는가. 시야를 메워 버린 망망한 강물만이 그의 애끓는 비명을 더욱 차갑게 조롱해 주는 듯하였다.

얼마만큼 그토록 불러 대고 또 울었는지 모른다. 그러자 이 불행한 소년을 위하여 하늘이 구조대를 파견하기라도 한 것처럼, 때마침 그곳을 지나던 장사치 일행이 배를 저어 접근해 왔다. 이들은 북경과 남경을 왕래하며 장사를 하는 행상들로서, 이때는 남경에서 물건을 많이 사서 배에 싣고 북경으로 가던 참이었다. 이들은 소년의 구슬픈 울음소리를 듣고 뱃머리를 돌려 급히 접근해 온 것이었다.

장사치들은 물 가운데의 바위에 앉아 우는 충렬을 보자, 다 같이 힘써서 자기네 배에 올려 주었다. 그들은 영문을 캐묻기 시작하였다. 소년은 도적을 만났다는 것과 함께 가던 어머니가 온데간데없다고 애기하였다.

"불쌍한 아이다! 어머니를 도적들에게 빼앗겼으니 얼마나 불쌍하냐. 여기는 도적이 많은 것으로 유명한 곳이다. 다시 죽기 싫거든 어서 어서 도망쳐라. 우리는 길이 바쁘니까 너를 상대하고만 있을 수 없다. 게다가 도적들이 좋아하는 물건이 이 배에 가득히 있단 말이다."

소년을 싣고 물가로 왔을 때, 장사치들은 그렇게 말하며 충렬을 언덕 위에 내려놓았다.

배는 거침없이 멀어져 갔다. 충렬은 배에서 내린 언덕의 그 자리에 그대로 주저앉은 채 또다시 어머니를 찾으며 울었다. 도저히 그 강물에서 그냥 떠나갈 수가 없었다.

한참 후, 묵묵히 앉아 있는 소년은 그제야 무엇인가를 결심한 것처럼 털고 일어서서 걷기 시작하였다. 발걸음이 향하는 대로 무작정 걸었다. 배가 고프면 마을을 찾아가 찬밥 한 덩어리를 얻어먹고, 또 걸었다. 걷는 것만이 자기의 유일한 의무인 것만 같았다.

며칠이 지나고, 몇 달이 지나고, 차가운 겨울마저 지나 해가 바뀌었을 때에는, 충렬의 모습은 아예 딴 아이처럼 변해 있었다. 옷은 헌 누더기가 되고, 살은 새까맣게 그을리고, 게다가 때와 먼지가 닭다리처럼 엉겨 붙어 가엾은 거지라도 이만한 거지는 없었다. 시커먼 얼굴 복판에서 두 개의 눈알만이 별빛처럼 반짝반짝 빛날 뿐이었다. 어머니 밑에 있으면서 어머니의 손에 잡혀 다닐 때의 그의 모습을 본 사람이라면 이 엄청난 변화에 깜짝 놀라지 않을 수가 없을 것이다.

　소년은 어느새 열네 살이라는 나이를 먹었다. 키도 훨씬 크고, 몸도 아주 단단해 보이지만 거지의 모습은 벗어나지 못하였다. 그런데도 걷는 것만은 그의 유일한 생활이었다. 한 마을에서 또 한 마을로 걷고, 같은 마을을 두 번 찾아가는 법이 없었다. 그리하여 이 가엾은 소년에게는, 그의 며칠 동안의 행동을 계속 관찰한 사람이라면, 누구에게도 이내 알아볼 수 있을 만큼 뚜렷한 무엇인가의 이유에서, 무엇인가의 보이지 않는 힘으로 움직이고 있다는 것을 알 수 있었다. 그러나 그 이유를 아는 사람은 한 사람도 없었다. 아니 충렬 자신도 자기를 움직이는 힘이 무엇인가는 알지 못하였다.

　이리하여 불행한 소년은 정처 없이 무작정하고 전국을 걸어 헤맸다. 어느 날, 그 발이 초(楚)[1]나라 땅에 들어선 것을 알았다. 춘추 전국 시대에 형(荊)·초의 무변한 넓은 땅을 발판으로, 멀리 중원과 대적해서 만세에 길이 용맹을 떨쳐 온 초나라 땅이었다. 정치와 사회에 추악한 부패상에 환멸을 느끼고 자신의 몸을 멱라수의 깊은 물에 집어던져 투신 자살해 버린, 만고의 원대한 낭만 시인 굴원[2]이 한숨을 쉬며 걸어 다녔던 초나라 땅이었다.

　충렬은 이러한 유서 깊은 땅을 걷다가, 어느 날 늦게 넓은 물가에 앉아 피곤한 다리를 쉬기로 하였다. 바다같이 망망하니 끝도 없는 물은 전국을 헤매어 다닌 소년의 가슴을 한없이 부풀어 올리고 감명 깊게 하였다. 공상은 날개를 단 듯 천 리를 달리

---

1) 중국 춘추 오패의 하나. 뒤에 전국 칠웅의 하나가 되었음.
2) 중국 전국 시대 초나라의 시인. 희왕·경양왕을 섬겨 벼슬을 했고, 모략에 빠져 한때 방랑 생활을 하다가 멱라수에 빠져 죽었음.

고, 하늘에 뛰어올랐다. 백구가 훨훨 날개를 흔들며 물 위를 날을 때, 소년의 혼은 그 유일한 집인 육체를 떠나 백구에 못지않을 만큼 하늘에 높이 솟아오르고, 또 물 속 깊숙이 파고들었다. 온갖 이치가 그 물과 넓은 자연에 있는 성싶었다.

아, 소년이여! 그대가 만일 만고의 위대한 시인 굴원의 옛일을 기억하고 있다면 참으로 위험한 일이리라. 그리고 자신의 혼을 구제하기 위하여, 자기 빈 껍질만 남은 값없는 육체를 대담하게 물에 던져 버린 굴원의 유명한 멱라수가 바로 눈앞에 펼쳐져서 자기를 유혹하는 이 넓은 아름다운 호수였다는 것을 알았다면 불행한 소년은 어찌되었을 것인가. 참으로 생각만 해도 끔찍한 일이다.

그러나 다행하게도 소년은 망연자실(茫然自失)한 상태에서 벗어났다. 떨어져 나가 제멋대로 돌아다니던 혼을 되찾았다. 언뜻 눈을 돌린 것이 물가 자그만 언덕 위에 서 있는 정자에게 갔기 때문이었다. 소년은 일어서서 그리로 달려갔다.

"회사정!"

정자의 이름이 뚜렷하게 보였다. 충렬은 호기심을 가지고 정자에 올라가 사방을 둘러보았다. 어린 마음에도 이 정자를 세운 사람은 위대한 멋쟁이라고 생각되었다.

아름다운 멱라수를 한눈에 내려다볼 수 있는, 참으로 경치 좋은 곳이다. 벽을 바라보니 군데군데, 어른들의 손이 무난히 닿을 만한 곳에 글이 씌어 있었다. 어떤 것은 이내 알아보지 못할 만큼 내둘러 썼고, 어떤 것은 정자로 또박또박 씌어 있었다. 충렬은 그 글을 하나하나 눈여겨보았다. 굴삼녀의 글도 있었다. 그리하여 동쪽 벽에 왔을 때, 소년의 호기심은 별안간 긴장하며 눈을 커다랗게 뜨고 발을 멈추었다.

'모년 모월 모일, 남경 정언주부 유심은 간신의 참소를 만나 연경으로 적거하다가 멱라수에 빠져 죽는다.'

충렬은 몇 번이고 눈을 비비고 보고, 비비고 보았다. 그럼에 따라 그의 얼굴 표정은 점점 어둡고 무겁게 긴장되어 갔다.

"아! 이게 웬일이냐? 그렇다면 나도 죽어야지!"

긴장이 최고의 절정에 왔을 때, 소년은 가슴에서 토해 내듯이 그 소리를 외쳤다. 이때까지의 모든 행동의 원리가 그 한 마디로 설명되는 것만 같았다.

충렬은 벽에서 시선을 떨구고, 머리를 칼에라도 맞은 것처럼 힘없이 내려뜨렸다. 그러다가 별안간 머리를 쳐들고 글을 보다가 또 떨어뜨렸다. 잠시 무거운 침묵이 흘렀다.

"아! 나는 무슨 면목이 있어 살아가야 한담! 연경으로 귀양가신 줄로만 알았던 아버지가 물에 빠져 죽었고, 어머니도 회수에서 도적을 만나 물에 빠져 죽었다. 그런데도 나는 무엇을 바라고 살아 있어야 한담. 나도 죽어야 한다! 아버지를 따라서 죽어야 한다!"

불행한 소년은 그렇게 외치고, 정자에서 내려 물가로 달려갔다. 열네 살의 소년답지 않은 참으로 강한 결심이었다.

물가에 이르러 최후의 몸가짐을 단정히 할 때였다. 누군가가 뒤에서 어깨를 툭툭 치며 손목을 잡았다.

"이놈! 이 고이한 놈! 내가 오늘 이상한 생각이 들어서 여기에 나왔더니, 바로 너를 만나게 되었구나. 꿈쩍 말고 나를 따라오너라!"

충렬은 손목을 꽉 잡은 상대방의 체력에 압력을 느끼며, 끄는

대로 따라갔다. 영문을 알 수 없었으나, 그렇다고 반항할 수도 없다는 것을 본능적으로 깨달았다.

그것이 저 옛날의 유명한 재상 강희주라는 것을 알았다면 충렬은 얼마나 놀랐을 것인가.

강희주는 소년등과(少年登科)[1]하여, 높이 재상 벼슬까지 딴 당시의 준재였다. 학문이 깊은 총명한 재사일 뿐만 아니라, 인격이 고결하기로도 유명하였다. 이러한 고결한 인물일수록 사회는 가혹하게 냉대하는 법이다. 곧은 충성심과 결백한 정신은 그를 파멸에 몰아넣는다. 이러한 부류의 인물들과 마찬가지로, 강희주도 자신의 비극적인 성격으로 해서 재상으로 있을 때에는 많은 적을 가졌고, 마침내는 그 때문에 간신들의 참소를 만나기까지에 이르렀다. 정한담과 최일귀는 그의 최대의 적이었다.

그래서 할 수 없이 벼슬을 버리고, 고향인 영릉에 내려와 자연 산천을 벗삼고 지내는 중이었다. 이날은 우연히 본부에 갔다가 돌아오는 도중 멱라수에서 그리 멀지 않은 주점에서 쉬고 있었다. 잠깐 잠을 잔 것이 괴상한 꿈을 꾸었다. 멱라수에 오색 구름이 깃들고 청룡 하나가 물에 빠지려 하며 물가에서 한없이 통곡하는 꿈이었다. 학문이 남달리 높은 강희주는 꿈에서 놀라 깨어 일어나 멱라수로 달려 온 참이었다.

"그래, 네가 어디서 사는 누군데 물에 빠져 죽으려 한단 말이냐? 여기서 자세히 설명해 보라."

회사정까지 온 강희주는 그제야 소년의 손목을 놓고 한결 부

---

1) 어린 나이에 과거에 급제함.

드러운 어조로 묻기 시작하였다. 그 어른의 변화로 보아, 소년은 상대방 노인이 조금도 해로운 인물이 아닐 뿐만 아니라, 아까 물가에서의 태도는 보통 어른들에게 흔히 있는 공연한 연극임을 깨달았다.

그래서 충렬도 긴장을 풀면서 자살하려던 이유를 설명하기 시작하였다.

"저기 저 벽에 아버지의 최후의 글이 있습니다. 저 글을 보고도 제가 살아야 하겠습니까?"

소년의 설명을 죄다 듣고 난 강희주는, 상대방이 가리키는 대로 유심의 글이 있는 벽 앞으로 걸어갔다.

"아, 이게 웬 말이냐! 그 유주부가? 이렇게도 세상사가 캄캄할 수가 있느냐! 나는 죽었다! 이렇게도 세상일을 모르고 산다면 죽은 거나 다름이 없지. 그래, 그 유주부가 그놈들의 참소를 만나 결국은 죽었단 말이구나. 그 악당 놈들에게, 만고의 역적들에게……. 고이한 놈들!"

강희주는 그렇게 분노의 소리를 지르며, 다시 소년 앞으로 걸어왔다.

"이런 줄은 꿈에도 몰랐다. 네 부친 유주부로 말하면 만고의 충신이며, 고결한 현신(賢臣)이었지. 나와는 막연한 사이였다. 정말 이런 줄 몰랐구나. 하늘이 감동하셔서 그러한 훌륭한 벗의 아들을 내게 보낸 모양이다. 아무튼 가자. 우리 집으로 가서 나와 함께 지내자."

"아니올시다! 소자는 천지간에 다시없는 불효자라 살아서 무얼 하옵니까. 어른이 말씀은 고마워도, 아버지와 어머니를 다 같이 물 속에 잃은 저는 추호도 살 마음이 없습니다."

"무슨 소리! 그럴수록 살아서 부모의 유훈(遺訓)[1]을 받들어야 한다. 유주부의 사당을 누구더러 돌보란 말이냐? 세상 사람들이 자식 낳아서 좋단 말이 무엇이냐? 후사를 끊기지 않고 대대손손 이어가자는 것이 아니냐. 그만하고 가자."

강희주의 강요에 할 수 없이 어린 충렬은 따라가기로 하였다. 그 강압적인 권고에는 어찌할 수 없었다.

강희주의 집은 영릉 땅 월계촌이란 곳이었다. 산천이 아름답고 인구 많아, 처음 발을 들여놓는 소년의 눈을 황홀하게 취하게 할 정도였다. 집들이 죄다 크고 깨끗하고, 지나는 사람들도 예의 바른, 존경할 만한 사람들뿐이었다. 그런 중에도 강희주의 집은 마을을 한눈에 내려다볼 수 있는 높직한 산 밑으로, 아름다운 수목들을 짊어지고 제일 크게 자리잡고 있었다.

강희주는 우선 소년을 외당에 두고, 안으로 들어가 부인 소씨에게 오늘의 놀랄 만한 사건을 자세히 설명해 들려주었다. 소씨 역시 그 여자의 남편에 못지않을 만큼 훌륭한 지성과 교양을 쌓은 여자였다. 나이도 그쯤 되면 인생의 가지가지 경험을 죄다 겪고, 그 경험을 자손들에게 남기고 싶어할 수훈의 노경에 들어 있었다.

불행한 소년의 신상에 대해 남편으로부터 듣고 나자, 소부인은 하염없이 눈물을 흘렸다. 그리고는 무엇이라도 결심한 듯이 성큼 일어나서, 충렬을 내당으로 불러들였다.

충렬을 보자, 그 여자는 그의 손을 잡고 또 한 번 뜨거운 눈물을 흘렸다.

---

1) 세상을 떠난 사람이 생전에 남긴 훈계나 교훈.

"네가 동성문 안에서 사시던 장부인의 아들이었구나. 부인이 아들이 없다고 항상 한탄하시더니, 그래서 산에 가서 빌으신 덕으로 이와 같이 훌륭한 아들을 얻으셨구나. 그런데도, 아! 가엾은 부인! 이토록 잘생긴 아들을 두고 가시다니. 이게 대체 어떤 몹쓸 운명의 짓이냐. 참으로 세상사가 허망하구나. 간신의 해를 입고 충신들이 다 죽어 가니, 나라인들 무사하겠느냐. 나는 그래도 네 모친만은 하였는데, 그 훌륭한 부인도 그렇게 되었구나. 가엾다! 참말 가엾다! 나도 가엾지만 네 모친은 참말 가엾다. 그런 줄 알고 너는 내 곁에 있으라. 다른 데에 가지를 말고 꼭 나한테 있으라."

충렬은 눈물로 얼굴을 죄다 적시면서 감사하다고 하고 내당을 나왔다.

이렇게 해서 충렬은 강희주의 집에서 친아들처럼 지냈다. 강희주는 물론 그의 부인과 모든 가족들의 특별한 친절 속에서 무엇 하나 부족할 것이 없었다. 열네 살의 어린 소년은 지난날의 온갖 불행의 기억을 잊은 듯이 즐거운 산새처럼 웃고, 까불고, 장난하고 또 부지런히 공부하며 놀았다. 그의 유일한 동무는 강희주의 어린 딸이었다. 강희주의 딸과는 공부 동무이고, 놀 동무이고, 서로는 글을 외고 시를 읊으며, 모든 것을 경쟁하며 자라고 있는 것 같았다. 이따금 이런 것을 보게 되면, 강희주와 그의 부인은 곁눈으로 힐끔 눈짓을 하며, 그 눈짓으로 마음속의 사실을 죄다 설명하기라도 하듯이 점잖은 미소를 지어 보이곤 하였다.

강희주의 따님이라는 것은 따지고 보면, 충렬의 부모가 충렬을 얻은 것과 똑같은 결과에서 얻은 딸이었다. 그것은 얄궂은 인연이라고 해도 좋았다. 충렬의 모친 장부인 나이가 들어도 자녀가 없어서 늘 근심해 오던 것처럼, 강희주의 부인 소 씨도 자녀가 없어서 오래도록 우울한 세월을 보냈다. 서로는 황성에 있을 때 자식이 없다는 것으로 말동무였다. 장시가 형산에 올라가 산제를 지내고 나서 충렬을 얻었을 때, 소 씨는 월계촌에서 꿈을 꾸고 딸을 보았다. 꿈 또한 신기한 꿈이었다.

"소녀는 옥황선녀이옵더니, 자미원 대장성과 연분이 있사와 한가지로 인간계에 내려올 제, 소녀를 강문(姜門)1)에 보내매 왔사오니, 부인은 애휼하옵소서."

아리따운 선녀 하나가 오운을 타고 내려와 부인에게 하는 말이었다.

그래서 이날 밤 딸을 낳았는데, 그 출생에 얽힌 아름다운 기적처럼 낳아 놓은 딸이 산모의 환희를 십분 긴장시켜 놓고도 남았다. '이런 아기일 것 같으면 이런 애가 될 것이다'라고 부모들이 누구나 상상할 수 있는, 그것은 실로 이상적인 딸이었다. 아니나 다르랴, 차차 자라면서 그 아이는 용모가 비범하고, 거동이 단정하고, 시서음률(詩書音律)에 통하지 않는 것이 없고, 여중군자(女中君子)며, 총명 지혜가 세상에 무쌍하였다. 한마디로 말해 절세의 이상적인 여자였다. 소 씨는 이 딸 하나를 둔 이외에, 그 전이고 후이고 아무것도 없었다. 총명하고도 아름다운 무남독녀였으니 그 딸이 얼마나 애지중지 자랐겠는가 하는 것은 누구나 짐작하고도 남는 일이었다.

연분이라는 것은 어쩔 수 없는 일이었다. 강희주와 충렬이가

---

1) 강희주의 가문.

만난 것도 신기한 연분이려니와, 강희주의 무남독녀와 충렬이 둘 다 이렇게 고를래야 고를 수 없을 만큼 실로 마땅한 소년 소녀였다는 것이 그 둘째가는 연분이었다. 서로가 하늘에서 도운 남자였고 여자였다.

이런 천명으로 정해진 연분을 누가 감히 끊을 수가 있겠는가.

강희주 내외는 진작부터, 충렬을 보던 그때부터 마음속 어딘가 딸의 운명을 예견하고 있은 듯하였다. 그것이 차차 날이 가고 달이 감에 따라 성숙하고, 부부는 서로의 마음의 비밀을 표시하기 시작하였다. 처음에는 눈짓과 미소로써 상대방의 의사를 타진해 보는 듯하다가, 그 후에는 대담하게 말로 표현하였다. 말하자면 모든 것이 어린 소년 소녀의 경사로운 백년 결합을 위해 진력해 온 것이었다.

이리하여 아름다운 한 쌍의 원앙은 성립되었다. 충렬의 나이 열다섯이었다. 첫날밤을 지낸 신랑 신부의 사랑은 미칠 듯 열렬하였고, 부모와 동리 사람들은 그들의 애정을 시샘하는 듯도 하였다. 아! 얼마나 복되고 자랑스러운 장래가 이 한 쌍의 원앙에게 예정되어 있을 것인가.

이러구러 세월은 흘렀다. 강희주 내외는 딸 내외의 행복한 생활을 위로로 삼으며, 늙은 여생을 보냈다. 원래 추상(秋霜)같이 고결한 성격이고, 학문과 덕성을 좋아하는 강희주는 벌써 머리가 하얗게 세어 가고 있었건만, 곧은 성품과 지조는 조금도 누그러져 있지 않았다. 도리어 그 하얀 머리를 연상하게끔 그 속의 존경할 만한 도덕적 감정도 더욱 예리하게 표백되어 때로는 광란에 가까울 만큼 집념의 화신이 되는 수도 있었다. 도덕적 인간, 도덕을 도락(道樂)으로 삼는 인간에게 흔히 있는 저 정열의 광신도가 되어 버린 것이었다.

'내가 이제 바랄 것은 아무것도 없다. 있다면 내가 평생의 뜻으로 해 온 충성심에 끝을 맺는 점이다. 충신을 배척하고 간신을 둔 조정을 청소해서, 이 나라의 장래의 만승천자(萬乘天子)[1]의 앞날에 행복한 태양이 비치도록 해야 할 것이다. 나라를 좀 먹는 간신을 없애고, 충신의 길을 열어야 할 것이다. 유주부의 불행한 고혼을 고이 잠들도록 해야 할 것이다. 내가 이것을 하지 못한다면, 이 막중한 사업을 내 생전에 하지 못한다면 영영 이 나라는 간악한 간신들만이 뛰노는 암흑의 세상이 되고야 말리라. 내가 해야 한다. 할 자신이 있고말고. 한 자 한 자 뜨거운 피를 토해 써 올린다면 잠시 혼미 속에 빠져 계시는 황제라 하더라도 반드시 눈을 뜨시리라. 내 피는 뜨겁다. 어떠한 엄동의 얼음이라도 녹일 수가 있다. 그만큼 지대한 힘을 가지고 있다. 암, 가지고 있지. 재상의 벼슬을 박차고 내려온 나였으니까. 그래도 내 열화 같은 충성심은 식지 않아 기회 있을 때마다 상소를 하였으니까. 내 상소를 받고 정한담이나 최일귀 같은 간신들은 얼마나 벌벌 떨었던가. 이제 나는 이 거창한 사업에 마지막 손질을 할 것이다. 꼭 할 것이다!'

자신을 과도하게 믿기 시작한 늙은 정열가 강희주는 이렇게 해서, 어느 날인가 옷을 갈아입고 유사의 위엄을 세우며 황성을 향하여 집을 떠나기로 하였다. 그의 결심은 대단하였다. 공맹(孔孟)의 정신에 투철한 어떠한 충신도 그를 당하지 못할 정도였다. 부인 소 씨가 팔을 잡으며 만류해도, 딸과 사위가 눈물을

---

1) 천자(天子)를 높여 일컫는 말.

흘리며 무가치함을 역설해도 소용없었다.

"충신은 남의 말을 듣지 않는 법이다. 일단 마음에 옳다고 결정한 일이라면, 목에 칼이 떨어지더라도 실천하는 것이 충신이다. 백발이 성성한 내게 무엇이 두려울 것이 있겠느냐. 너희들의 백년 인연을 맺어 놓았으니, 부모로서의 의무는 다한 셈이고, 이제는 신자로서의 의무가 남아 있을 뿐이다. 나를 말리지 말라. 나를 말리는 자는 내 마음속 충신으로부터 복수를 받을 것이라는 것을 알라. 자, 그러면 나는 간다. 태양이 제 갈 길을 자유롭게 가듯이 나는 자유롭게 간다. 충신은 햇빛 아래서 죽고 간신은 달빛 아래서 죽는다는 이치를 너희들은 두고 생각해 보라!"

위대한 노 충신은 이런 말을 남겨 놓고 황성으로 향하였다. 예로부터 충신은 고집이 세고 간신은 미꾸라지 같다는 법이지만, 이토록 고집이 센 충신은 또 없을 것 같았다.

황성에 당도하자, 강희주는 퇴임한 재상 권공달의 집을 찾아가 우선 여장을 풀었다. 그 집에 사처를 정하고 한 자 한 자 피와 혼이 맺힌 붓을 들어 황제에게 상소를 하자는 것이었다.

승지를 통해 올라간 그의 상소는 이러하였다.

"전임 승상 강희주는 돈수백배(頓首百拜)하옵고 폐하전에 상소하나이다. 황송하오나, 충신은 국가의 본심이요 간신을 물리치고 충신을 가까이 하시와 인정을 행하시고, 덕을 베푸사 창생(蒼生)을 살피시면, 소신 같은 병골(病骨)[2]이라도 태고 순풍 다시 만나 청산 벽골이나 좋은 땅에 묻힐까 하였더니, 간신의 말

---

2) 병이 잦은 허약한 몸이나 그런 사람.

을 듣삽고 주부 유심을 연경으로 원찬하시니, 선인의 말씀에 인군(人君)이 신하 보기를 초개같이 하여, 그로 인하여 충신의 입을 막고 간신의 악을 받아 국권을 앗았으니 어찌 아니 한심하오리까. 왕망이 섭정하매 한실(漢室)이 미약하고, 회왕(懷王)이 위태하매 항적이 죽었으니, 복원하옵건대 황상께옵서는 깊이 생각하옵소서. 신이 비록 죽는 날이라도 사은은 바다 같사오니, 복원하옵건대 황상께옵서는 충신 유심을 즉시 방송하와 폐하를 돕게 하옵소서. 주달하올 말씀은 무궁하오나 황송하와 그치나이다."

강희주의 늙고 파리한 손에 잡힌 붓은 쉴 새 없이 떨려서, 몇 번이고 고치고, 지워 버리고, 종이를 찢고 해서 하루 한 밤을 걸려 겨우 이만한 상소문을 올리게 된 것이었다. 쓰고 나서 다소 미진한 점이 있다고 생각되었으나, 벌써 몇 번 이상이나 찢어 버려 그대로 내버려두기로 하였다. 따라서 처음 붓을 잡았을 때의 열의는 어디론지 가고 없는 듯하였다.

그러나 천자는 상소문의 뜻을 그 글이 표시하는 이상으로 십분 이해하셨다. 정한담 일파를 꾸짖고, 그들을 몰아내는 동시에 그 반대파를 들여 달라는 뜻으로 이해하셨다. 하나를 쓰면 다른 하나가 반대하고 이쪽을 여기면 저쪽이 시기하는 것이 아닌가 하는 것이었다. 따라서 이 문제는 정한담과 최일귀에게 보여서 원만하게 해결하는 것이 명군(名君)의 도리라고 천자는 결심하였다.

강희주의 상소를 보고 난 정한담은 대번에 새파랗게 안색을 변하였다. 그 첫째 감정은 상소의 주인공에 대한 냉혹한 증오였으나, 이내 그러한 감정을 어전의 편리에 따라 일종의 국가적 분노로 돌리는 것을 잊지 않았다.

"전임 대신 강희주의 상소를 보오니, 한 마디로 대역무도(大逆無道)올시다. 충신을 왕으로 견주어 폐하를 원망하였으니, 이 놈을 역률로 다스리시와 능지처참하옵고 일변 그놈의 삼족을 멸하여지이다."

천자는 그러라고 승낙하셨다. 정한담의 발언의 결과가 얼마나 가혹하고 무서운 것인가는 전혀 생각하지도 않으신 것만 같았다.

정한담은 승상부로 나가기가 무섭게 즉시 나졸들을 재촉하였다. 천자의 승낙은 실행되고, 강희주는 권공달의 집에서 잡혀 왔다. 그것은 순식간의 일이었기 때문에, 이 나라의 법이 서슬같이 시퍼렇게 살아 있다는 것을 증명해 주기도 하였다. 강희주는 결박을 당한 채 되도록 태연하게 잡혀 왔으나, 황성 안은 온통 뒤집히고야 말았다. 개는 짖고, 사람은 사시나무 떨듯 떨었다. 그들은 이런 일이 있을 때마다 수십 명씩 무고한 사람들이 죽어 가는 것을 보아 왔기 때문이다. 상소와 종잇장이 던진 파문은 온 황성을 뒤집어 놓고, 경우에 따라서는 전국의 곳곳에까지 번진다.

사람들은 이 파문을 피해 달아나려고 숨도 쉬는 둥 마는 둥 하지만, 결국은 물결이 자연 진정될 때까지 기다리는 수밖에 없다.

생류들은 무고하게 연좌(緣坐)[1]될까 해서 저마다 전전긍긍(戰戰兢兢)하였다. 친척이라도 친척이 아니라고 우기고, 평소에

---

1) 역모 등의 중대 범죄에서, 범죄자의 친척이나 인척까지 처벌하던 옛날의 형벌 제도.

막역한 사이라도 그런 사이가 아니고 전혀 만난 일도 없다고 핏대를 올렸다. 어떤 사람은 되도록 사람을 피하고, 시골로 소리없이 내려가고, 또 생류는 급히 편지를 꾸며서 시골로 띄웠다. 모든 인간 관계를 뒤집어엎는 것이 이런 때의 일이다.

이와 같이 별안간 뒤끓기 시작한 황성의 번화가를 통해 사슬에 묶인 위대한 충신 강희주는 권공달의 집에서 금부(禁府)로 태연스럽게 걸어갔다. 노 충신은 자기가 위대한 충신이라는 것을 또 다시 확신하였다. 권공달의 집은 나졸들이 말똥 묻은 신발로 이 잡듯이 쑤셔 놓았고, 그 때문에 몇 사람이 잡혀갔고, 온 황성을 뒤집어 놓았고, 필경은 전국을 휩쓸지도 모르는 사실만 보아도 위대한 것은 틀림이 없었다. 그는 역대의 무수한 충신들을 기억에서 더듬어 내고, 그런 사람들의 용감한 태도에 지지 않으려고 애썼다. 길가에서 구경하는 군중들을 향하여, 저것이 내 거울이며 기록이라고까지 마음속으로 외쳤다.

"네가 전일에는 자칭 충신이라더니, 충신도 역적이 될 수 있단 말인가!"

정한담이 금부에 높이 앉아 희생자를 제 손 하나 까딱하지 않고 희생시킬 수 있는 권위를 자랑하며 하는 말이었다.

"싱거운 수작 마라! 죽이려거든 빨리 죽여라! 관숙과 채숙이 주공(周公)1)더러 역적이라고 아니하더냐? 양화가 공자더러 소인이라고 하였으니, 네가 그러한 무리가 아니고 무얼까!"

"충신은 입만 살아서 나불나불하는 것이 충신인가? 붓을 들고 눈물을 흘리며 끄적끄적해 대는 것이 충신인가, 죽어서나 충

---

1) 중국 주나라의 정치가. 문왕의 아들이며, 무왕의 동생. 무왕을 도와 은을 멸망시킴.

신 노릇을 하려무나. 여봐라! 저 만고 역적 놈을 거리에 내쳐다가 대명국 법률이 엄중함을 명시하고, 누구라도 역적이면 이렇게 목을 벤다고 어리석은 무리를 일깨워 주어라!"

강희주는 또 한 번 눈을 부릅떴으나 아무런 효과도 보지 못하고, 나졸들의 손에 잡혀 수레에 실려 밖으로 나갔다.

그러나 무슨 까닭인지 거리를 한 바퀴 돌고 막 처형하려 할 때, 별안간 처형의 금지가 내렸다. 강희주의 고모로 황태후가 되어 있는 여인이 조카의 처형에 대한 이야기를 듣고, 천자께 사정을 한 것이라는 것을 그 후에 알게 되었다. 황태후의 딱한 호소에 못 이겨 천자는 급한 명령으로 처형을 중지시키고, 그 대신 강희주는 옥문관(玉門關)2)으로 귀양을 보내고, 그 일족은 잡아다가 궁비로 공입하도록 하신 것이었다.

강희주는 다행히 죽음만은 면하였으나, 그와 일족은 평생의 무거운 짐을 짊어지지 않으면 아니 되었다. 주인의 열렬한 충심으로 해서 그와 처자 일족이 평생의 고역(苦役)을 짊어지고 희생되지 않으면 아니 된다고 생각하면 참으로 슬픈 일이 아닐 수 없다. 인간과 인간의 제도는 어째서 이토록 미욱하고, 사회는 냉혹한 것일까? 그러나, 이러한 불합리에 대해서도 누구 하나 의문을 갖는 자는 없었다.

영릉 땅 월계촌은 이때까지도 아무런 변화가 없었다. 황성에서 멀리 떨어져 유유한 대자연만을 즐기며 평화가 넘실거렸다. 충렬의 젊은 내외는 꽃다운 신방살이를 계속하고, 어머니 소 씨는 어린것들의 즐거운 생활을 위로로 삼아 생활하고 있었다. 그

---

2) 중국 감숙성 안서주에 있는 관. 한나라 때의 서관을 지나 서역으로 가던 통로.

러나 겉으로 보기에 이토록 즐거운 생활 속에서도, 그 밑바닥에는 언제나 항상 불안이 흐르던 것만큼은 틀림없었다. 주인이 충성심을 실천하기 위하여 나간 뒤로는 어머니는 물론 딸과 사위의 얼굴에는 걸핏하면 어두운 그늘이 번져 들었다. 서로는 비밀로 하고, 그것이 즐거운 생활이 적이기라도 한 것처럼 일체 토설(吐說)[1]하는 일이 없었다.

그렇건만 때는 왔다. 일체를 파괴하고, 일체를 파멸로 몰아넣는 위기가 온 것이다. 주인이 나간 뒤로 한동안 소식이 감감하던 중, 난데없이 급한 편지가 굴러들었다. 충렬은 편지를 받기가 무섭게 위기를 본능적으로 직감하였다.

'오호라! 늙은 아비는 전생에 죄가 중하여 슬하에 자식 하나 없고 다만 딸 하나를 두었더니, 천생으로 그대를 만나 부귀영화를 보려 하고 딸의 평생을 그대에게 붙였더니, 가운이 그러한지 조물이 시기함인지, 충신을 구원하다가 만리 변방에 생사를 모르게 되었나니, 이러한 변이 또 있겠느냐. 늙은 아비는 연만하여 풀 끝의 이슬과도 같고, 여년(餘年)이 불원하여 이제 죽어도 섧지 아니하지만, 딸의 일을 생각하니 가련하고 불쌍한지라. 천생연분으로 그대를 만나 정신이 미흡하여 이 지경이 되었으니 형용이 어찌 될까. 가슴이 답답하다. 그러하나 늙은 아비는 역률(逆律)[2]로 잡혀 철망을 쓴 채 옥문관으로 원찬되어 가고, 내 일족은 잡아다가 궁비로 쓰기 위해 나졸들이 곧 내려가게 되었으니, 그대 급히 집을 떠나 대환(大患)을 면하라. 만일 신정을 잊지 못해 도망치지 못하면, 우리 두 집의 일점혈육은 씨 없이

---

1) 숨겼던 사실을 밝혀 말함.
2) 역적을 다스리는 법률.

될 것이니, 부디 도망하였다가 일후에 귀히 되거든 딸을 찾아 버리지 말고 백년해로하여, 나 죽은 날 박주일배라도 향화를 피운 후, 장승상은 일생 그리던 충렬의 손에 많이 흠향(歆饗)3)하고 가라 하면, 구천의 영혼이라도 일배주를 만반 수육으로 먹고, 청산에 썩은 풀도 춘풍을 다시 만나 그 은혜를 갚으리라.'

충렬은 슬펐다. 가슴이 내려앉는 느낌이었다. 이미 짐작이 아니 가던 것도 아니지만, 어떻게 생각하면 고집을 부리던 늙은 장인이 밉기도 하였다. 쏟아져 나오려는 눈물을 꾹 참고 편지를 가지고 아내의 방으로 들어갔다.

아내도 놀라며 편지를 받아 펼쳤다. 이때까지 참고 견뎌 온 마음의 비밀을 일시에 노출시킨 듯한 표정이었다.

"그럼 어떻게 하지요?"

아내는 편지를 보고 나서 그렇게 말하였으나, 그것은 자신에게 묻는 말 같기도 하였다.

"전생의 죄로 나는 언제나 명이 기박한 듯하오. 부운같이 떠돌아다니라는 신세인 것 같소. 당신과 만난 지 일 년도 못 가서……. 흥, 괘씸한 세상이다! 자, 이것을 받으시오. 후일 만납시다!"

충렬의 고의 한삼을 벗어 거기에다 두어 글을 써서 내어 밀었다.

아내는 남편의 옷을 잡고 참았던 울음을 터뜨렸다. 떠나지 말라고 소리소리 몸부림을 쳤다. 그러나 젊은 여인은 무엇을 생각하였는지 울음을 뚝 그쳤다.

---

3) 신명(神明)이 제물을 받음.

"이왕 이렇게 되었다면 나를 생각하지 말고 어서 화를 면하시오!"

아내 역시 옷 한 자락을 떼어 글 두 귀를 적어 주었다. 그리고 급하게 행장을 차려 주며 떠나기를 재촉하였다.

"어서 가요! 뒤를 생각하지 말고 어서 떠나요. 아버님도 불쌍하고 어머님도 불쌍하지만 당신은 살아야 해요. 나는 궁비의 고역을 치르게 되면 저 세상에나 가서 당신과 만나게 되겠지요. 그러나, 어서 떠나세요. 나졸들이 들이닥치면 야단나요!"

아내는 울지 않으려고 애썼다. 눈물은 쉴새없이 흘러서 양 뺨을 흥건하게 적서 놓고, 전신은 부들부들 떠는 것이 옷 위로도 알 수 있었다.

충렬은 아내와 이별하고, 장모와 이별하고, 또 한 번 아내의 손목을 잡고 나서 돌아섰다. 별안간 눈물이 앞을 가로막아 걷지 못하였다. 두 다리 역시 무엇인가에 묶여진 듯이 움직여지지를 않았다. 뒤에서는 모녀의 통곡하는 울음소리가 온 세상의 음향을 압박하는 듯하였다. 충렬은 겨우 최후의 의지의 힘을 짜내어 걷기 시작하였다. 서천을 향하여…….

이로부터 나흘이 지난 뒤에, 금부의 나졸들이 초상집 같은 강희주의 집에 달려들었다. 나졸들은 소 씨 모녀를 잡아 금부의 수레에 실어 넣고, 집은 죄다 파헤쳐 연못을 만들어 버렸다. 무자비한 권력의 힘은 그 끝을 모른다. 정한담의 복수의 잔인한 욕망은 강희주를 멀리 귀양보내어 잠시 살려 두는 대신에 그 일가의 멸종, 아니 기억에서조차 그들의 인상을 완전히 없애 버리려 한 것이었다.

소 씨 모녀는 권력의 횡포에 말없이 끌려갔다. 청수강에 당도

해서 압송 첫 밤을 보냈다. 모녀는 따로 방을 정하고, 나졸들은 나졸들대로 방을 정하였다. 이슥한 한밤중이 되어 누군가가 모녀의 방문을 살그머니 두드렸다. 불행한 모녀는 물론 잠을 자지 않고 있었기에, 이내 문을 열어 주었다.

"소인은 장한이라는 나장이올시다. 조금도 겁내지 말고 제 말씀을 들으소서."

장한이라고 자칭하는 나장은 간단하게 낮은 음성으로 자기를 소개하였다. 그의 설명에 의한다면, 강희주가 재상으로 있을 때에 승상부 서리로 있던 그의 아버지가 죄를 지어 처벌을 당할 뻔하였는데, 강희주의 덕으로 죄를 면하게 되어, 그들 부자는 언제라도 꼭 강승상의 은혜를 갚아야 한다고 결심해 오는 중이었다. 이런 말을 듣고, 모녀 두 사람은 심야에 찾아든 낯모르는 남자에 대하여 우선 안심하였다. 나졸들이라 하더라도 모녀는 조심스럽게 경계해 왔기 때문이다.

"강승상이라면, 소인의 얼굴을 잘 기억하고 계십니다. 그래서 말씀인데, 후일은 소인이 적당히 처리할 테니, 어서 이곳을 도망가셔서 아무 데고 사실 만한 곳으로 가십시오. 다른 놈들이 잠들고 있는 것을 보고 왔습니다. 이 밤만 잘 피하신다면, 내일은 소인이 그놈들을 얼렁뚱땅해서 쫓지 못하게 넘겨 치우겠습니다. 자, 우리 부자가 평생을 두고 결심해 온 은혜인 줄 아시고 어서 도망치십시오."

소 씨 모녀는 부랴부랴 서둘러, 장한의 안내를 받으면서 집에서 빠져나갔다. 이미 삼경이 지나 있었다. 동산을 넘어 십 리나 왔을 때 장한은 밤하늘에 하얗게 보이는 강물을 가리키며 이렇게 말하였다.

"저것이 청수강이올시다. 강을 지나실 때, 물에 빠진 흔적을 남겨 놓고 가시면 더욱 안전해요. 우리도 편하고, 문제는 투신 자살로 깨끗이 해결됩니다. 그리고 어디로든 가십시오."

장한은 돌아서고, 모녀는 걷기 시작하였다. 어머니 소 씨는 장한의 친절에 감사하고, 지혜가 있는 남자라고 생각하였다. 특히, 물에 빠진 흔적을 남겨 놓으라는 말에는 어쩐지 호감이 가는 듯하였다.

그러나 기묘한 현상이 일어났다. 소 씨 자신도 알 수 없을 만큼 묘한 환상에 사로잡혀, 그 여자는 혼자서 성큼성큼 물가로 걸어갔다. 무엇인가 보이지 않는 힘에 의하여 초인적으로 끌려가는 듯하였다. 그것은 도저히 상식으로는 생각할 수 없는 행동이었다. 옛 사람들이 인간의 행동을 공연스레 허황하게 그려 놓듯이, 그것은 실로 허황한 동기에서 출발한 행동이라고 할 수밖에 없었다.

"장한이라는 남자는 나더러 한 말 같다. 신발을 벗어 넣고 죽으면, 저 애만이라도 혐의를 벗어나 안전하게 살아갈 수 있겠지. 장부인도 물에 빠져 죽었듯이 나도 죽는 것뿐이다. 어린 딸이 고생하는 것을 보기 전에 죽는 것뿐이다."

이런 말을 중얼거리면서, 신발을 물가에 단정히 벗어 넣고 물에 뛰어들었다. 장한의 친절한 충고가 그야말로 소 씨의 죽음의 요인이 되고 말았다. 그 동안 겪어 온 과도한 정신적 고통이 부인을 파멸에 몰아넣었다고나 할까.

아무튼, 뒤늦게 달려 온 딸은 이 세상에 자기 혼자만 남은 것을 알자, 도저히 살아갈 생각이 없었다. 어머니의 죽음을 이해할 수 없고 도저히 살아갈 자신도 없었다. 어머니를 따라서 죽는 것만이 최상의 방법이라고 생각하였다. 그러나 그 여자의 머리의 어느 구석에선가 반짝하고 불이 비쳤다. 남편을 두고 가야 할 것인가? 남편 충렬의 모습이 훤하게 비쳐져 온다. 맑게 빛나는 그의 검은 눈이 무섭게 열을 가해 오는 것만 같다. 그러나 또다시 물가에 떨어진 어머니의 신발을 보았을 때, 한시도 혼자서 살아갈 수 없는 가혹한 현실이 그 여자의 모든 존재를 압박해 왔다. 눈앞이 캄캄하게 어두웠다.

얼마 후 망연자실해서 서 있던 낭자는, 어머니의 신발 옆에 자기의 신을 나란히 벗어 놓고 물가로 걸어갔다. 누군가가 뒤에서 손을 잡아, 그 여자는 깜짝 놀라 돌아보았다. 어머니도 아니고 다른 누구도 아니었다. 과히 못생기지도 않은, 그렇다고 잘생긴 편도 아닌 중년의 여인 하나가 자기의 손목을 잡고 있었다. 달빛으로 보니, 경악과 동정의 감정이 그 얼굴에서 복잡하게 감돌고 있었다.

“왜 이런 곳에서 죽으려고 하시오? 이렇게 젊은 아가씨가. 자, 이리 오셔요. 이리 오셔서 사정이나 들어 봅시다.”

낯 모르는 여자는 낭자의 손을 잡고 물가에서 멀어져 갔다.

알고 보니, 그 여자는 그 지방 고을의 관비로서 이웃 마을에 갔다가 밤길을 더듬어 오는 중이었다. 아까부터 거기서 낭자의 수상한 태도를 지켜보고 있었다.

어머니의 뒤를 따라 죽으려 한다는 그의 설명을 듣자, 관비는 그럴 필요가 없고, 사람은 뭇뭇이 살아갈 책임이 있는 것이니까 내 집에 가서 같이 살자 하고, 그 여자다운 충고를 하면서 가기를 재촉한다. 몇 번 가자느니 안 가겠다느니 실랑이를 하다가, 결국은 관비의 승리로 끝났다. 옆에 사람을 두고 자살이라는 것은 아니 되는 법이다.

이리하여 어머니마저 잃은 불행한 낭자는 관비의 집에 정착하여 살게 되었으나, 관비는 남에게 무한정 밥을 먹여도 좋을 만큼 부유하지는 않았다. 관비라는 직업이 말해 주듯이, 그 여자는 사람을 볼 줄 아는 재주가 있는 모양 같았다. 이튿날 밝은 대낮에 다시 한 번 정확하게 낭자를 관찰하고 나서, 서서히 설교 작전을 개시하기 시작하였다. 우선 그 첫 번째 공세로서, 마을에 수청(守廳)[1]을 들었으면 돈과 재물은 걱정할 것이 없겠다라는 것이었다. 이 공세는 낭자의 단호한 반대로 즉석에서 좌절되고 말았다. 다음은 시집을 가면 부귀영화를 누릴 수 있는 곳에 갈 수 있겠다고 두 번째 공세를 취해 왔다. 그만한 용모와 자색이라면, 심산유곡에 핀 아름다운 꽃과 같아서 그대로 두기가 아깝다는 것이었다. 이 두 번째 공세도 상대방의 냉정한 반응으로 묵살되어 버렸다.

그러나 관비의 공세는 날이 갈수록 끈기가 있고, 세력이 있고, 악의가 엿보였다. 물가에서 건져 온 은인이라는 것을 내세우고 밥값 타령을 하였다. 그리고 마땅한 남자가 있으니 시집을 가거라 하는 것이었다. 이 세 번째 공세에는 낭자도 어찌할 도리가 없었다. 불행은 그 여자의 운명인 듯하였다.

이러한 낭자의 곤경을 유충렬이가 알았다면 어떻게 되었을 것인가? 그러나 충렬은 아내의 사정은 전혀 모르는 채 서천을 향하여 걷고만 있었다. 몇년 전 회수에서 어머니와 이별하였을 때와 똑같은 방랑의 날들이었다. 대자연과 벗삼으며, 높은 산을

---

1) 높은 벼슬아치 밑에서 분부대로 수종하는 일.

만나면 멈추어 바라보고, 푸른 하늘을 바라보면 멈추어 탄식을 하고, 깊은 물을 만나면 앉아 공상을 즐기는 자유로운 사색의 행각이었다. 유상공의 집에서 배운 글은 생각에 깊이를 주고, 한 살 한 살 더 먹어 가는 소년의 나이는 이해에 넓이를 가져왔다. 아버지와 어머니를 잃고, 게다가 젊은 아내마저 잃은 새로운 정신적 고통은 소년의 마음에 너무나 무거운 짐이었다.

이리하여 정처 없이 며칠을 걸었는지 모른다. 생각도 많이 달라지고 공상도 순수해졌다. 무엇인가 더 알고 배우고 싶은 마음이 소년의 정신을 지배하기 시작하였다. 그러던 어느 날인가, 무척 높고 깊은 산을 지나게 되었다. 한없이 깊고 험준한 미지(未知)의 그 산이 소년의 호기심을 불시로 끌기 시작하였다.

'아! 그렇구나. 내가 어째서 절이라는 것을 이때까지 생각하지 못하였을까? 저 산에 들어가면 필경 절이 있을 터이니, 그리로 가서 학문이나 해 보자.'

충렬은 그렇게 자기를 타이르며, 초입부터 수목이 울창한 산길을 더듬어 올라갔다. 하얀 안개가 뽀얗게 서려 시야가 느닷없이 좁아지고, 바람 소리 · 물소리 · 새소리 · 짐승의 괴이한 울음소리가 들렸다. 그것은 신비한 대자연과도 같았다. 한참 동안 찾아 올라가자, 별안간 시야가 탁 트이고 넓어지며, 눈 위로 전각의 묘를 자랑하는 절간의 무수한 건물들이 보이기 시작하였다. 그것이 서해 광덕산 백룡사라는 것은 나중에 산문(山門)을 들어서서야 알았다.

충렬의 마음은 기쁘고 흥분해 왔다. 불교의 심오한 교리가 일시에 압도해 오는 것 같았다. 그가 걸음을 재촉하며 산문을 들어섰을 때, 중 하나가 바쁜 걸음으로 걸어나오고 있었다. 언뜻 보기만 해도 높은 지위의 중 같으며, 검은 장삼의 입은 옷이라든지 생김이 결코 범승(凡僧)은 아닌 것 같았다. 가까이 왔을 때 충렬은 더욱 자세하게 상대방을 관찰할 수 있었다. 솔 같은 긴 눈썹이 눈을 덮었고, 넓은 이마에 양쪽 귀바퀴가 축 늘어져 어깨에 닿을 듯 말듯 하고, 훤칠하게 큰 키에 손에는 백팔염주(百八念珠)[1]와 육환장을 짚고 있었다. 우선 첫인상에 충렬로서는 장한 걸승(乞僧)이로구나 하고 생각하였다.

그리고 어린 소년의 마음에 어디를 가기에 이토록 황망히 달려나올까 하였을 때, 상대방인 그 걸승은 자기 앞에 삼 보의 간격을 두고 성큼 서는 것이 아닌가. 충렬은 주춤하자 놀라서 뒷걸음질쳤을 정도였다.

"소승이 연만(年晩)한 탓으로 유상공이 오시는 행차를 동구 밖까지 나가 맞지 못한 무례함을 용서하옵소서."

그 소리가 또한 이 세상 사람의 음성 같지가 않아서 충렬은 더욱 어리둥절하기만 하였다. 누군가 다른 사람, 내 뒤에 오고 있는 사람에게 하는 소리가 아닌가 해서, 소년은 짐짓 뒤를 돌아보기까지 하였다. 그러나 소년은 얼굴이 빨개져서 앞을 보았다.

"소생더러 하시는 말씀이오니까?"

"무례함을 용서하옵소서."

"그게 무슨 말씀이오! 소생은 팔자가 기박해서 조실부모(早失父母)하고 정처 없이 떠다니는 가엾은 인간이올시다. 우연히 이곳에 왔을 뿐인데, 대사께서 그토록 관대하옵시고, 소생의 성

---

1) 작은 구슬 108개를 꿰어 그 끝을 맞맨 염주. 이것을 돌리며 염불을 하면 108 번뇌를 물리쳐 무상(無想)의 경지에 이른다고 함.

을 어찌 아시오니까?"

"어제 남악 형산 화선관이 소승의 절에 오셨지요."

소승더러 부탁하기를,

"내일 오시(午時)에 남경 동성문 안에서 사시는 유심의 자제 충렬이가 올 것이니 쫓지 말고 대접하라 하시기에, 소승이 찾아 나온 참이요. 상공의 복색(服色)을 보오니 그런가 싶으오이다."

충렬은 놀랍고 반가운 마음을 어떻게 처리해야 좋을지 모르면서, 늙은 승려의 인도를 받으며 안으로 들어갔다. 노승의 접대는 극진하였다. 여러 승려들을 불러내어 합장(合掌)하게 하고, 직접 자기 방으로 안내해서 저녁을 권하기까지 하였다.

충렬은 이튿날부터 노승을 따라 병서(兵書)를 배우고 불교의 진리를 논하기도 하였다. 모든 속세의 번뇌를 잊고 오로지 학문과 수도에 전심(專心)할 수가 있었다. 그러기에는 안성맞춤인 곳이기도 하였다. 조용하고 엄숙한 분위기가 소년의 마음을 한 가지로만 이끌어 주는 것이었다.

노승은 또한 가지가지 신법 비술을 소년에게 전수해 주었다. 손오공에게 신묘한 술법을 가르쳐 준 수보리조사의 열의를 가지고 주야로 소년을 교육하였다. 소년의 총명과 발전이 손오공에 못지않음은 말할 나위도 없다. 원래 천상 사람으로 생불을 만났으니, 천지 일월성신이며, 천하 명산의 신령들이 저마다 합력하여 소년의 공을 이루어 놓은 것이었다.

한편 조정에서는 최대의 강적 유심과 강희주를 멀리 만리 밖에 내쳐 버렸으니, 총대장 정한담과 병부상서 최일귀의 문자 그대로의 독무대가 되고 말았다. 권세는 그들이 제멋대로 농락하고, 천자도 업신여기는 그 교만한 꼴이란 참으로 눈꼴사나울 정도였다. 두 사람은 차차 천자를 도모할 생각으로, 쉴 새 없이 무예를 닦고 있었다. 원래 이들도 천상 익성으로 인간도 도저히 당하지 못할 만큼 병서 무예에 특출하였다. 병법과 둔갑, 장신지술과 승천 입지지책과 변화위신지법이며, 이 모든 신묘한 술법에 능하지 않은 것이 없었다. 따지고 보면, 강희주나 유심 같은 충성의 열의만으로는 도저히 당하지 못할, 백반 무예를 척척 해내는 실력가들인 것이다. 이들은 그러한 능력을 게을리하지 않고, 끊임없이 닦아 온 것이었다.

따라서 조정에 새로운 변이 예기되는 것은 더 말할 나위도 없었다. 명나라는 망하고 저놈들이 권력을 잡는다라는 식의 위험한 이야기가 도처에서 오고갈 정도였다. 이때는 영종 황제가 즉위한 지 불과 삼 년밖에 아니 되는 춘정월이었다. 악한 일에 기회가 있다는 말은 이런 때를 두고 하는 말이리라. 아니나 다르랴, 국운이 불행한 때여서 거꾸로 강성해진 외적들은 명나라를 넘보고, 합세하여 쳐들어오기 시작하였다. 남흉노(南匈奴) 선우(單于)[1]며, 북적(北狄)들과 동심하여 공세를 취하기 시작한 서천 삼십육도 군장과 남만 가달, 그리고 토번 오국이 장사 팔천여 명과 정병 오백만으로 형성된 대군을 이끌고 주야로 행군, 남관(南關)에서 격서를 남경에 올려 보내 놓고, 어느새 진남관에 웅거하는 것이었다.

이쯤 되니 평화에 젖어 있던 백성들은 극도의 공포와 불안 속에 뿔뿔이 흩어지기 시작하고, 남경과 적군이 지나갈 예정의 행로는 완전한 혼란 속에 빠져, 걷잡을 수 없는 형편이었다. 전쟁

---

1) 흉노가 자기들의 추장을 높여 부르는 칭호. 넓고 크다는 뜻.

의 무서움이 새삼 느껴지는 것이었다. 오백만의 적군이 지나온 행로는 황하의 홍수조차 무색할 지경으로 인간과 자연을 깨끗이 쓸어 버려, 남은 것이라곤 보기 흉한 파괴뿐이었다.

천자는 이때 정월 망일의 호산대에 올라 망월하고 환구에서 큰 잔치를 베풀고 있었다. 정월 망월의 궁중 망월 잔치인지라, 그 규모는 대단하였고 즐겁기 한이 없었다. 입에 풀칠조차 하지 못하는 백성들과 대비한다면 참으로 천양의 차가 있으니, 할 수 없는 일이라면 그뿐이겠으나, 백성들은 천궁의 성대한 망월 잔치를 위하여 일 년 열두 달 먹지도 못하고 일해 바쳤느니라 생각하면, 역시 뼈아픈 일이 아닐 수 없다.

그러자 뜻밖에도 진남관 수문장의 급한 장계(狀啓)[2]가 날아들어, 이 호화찬란한 궁중의 연회는 수라장이 되고야 말았다. 공분에 못 이겨 옥황상제의 연회석에 뛰어든 손오공의 여의봉만큼이나 그 장계는 실력을 행사한 것이었다.

"남적이 강성하고 오국과 합력하여 진남관 평시터에서 백리 내에 가득하고, 백성을 노략하며 황성을 치려 하오니, 바삐 군병을 보내어 도적을 막으소서."

먹물이 아직도 채 마르지 않은 듯한 굵직굵직한 글발이 천자의 눈을 위협하였다. 취기가 도도한 중에도 천자는 황성을 친다는 위협적인 글귀를 똑바로 보았다. 취기가 어디론지 별안간 깨끗이 날아갔을 정도였다.

천자는 장계를 덮어놓으시고, 즉시 신하를 모으셨다. 그런데 이미 이런 위기를 알고 있었던 정한담과 최일귀는 이때가 다시

---

2) 지방에 파견된 벼슬아치가 왕이나 감사의 명으로 글로 써서 올리던 보고.

없는 기회라고 생각하고, 우선 별당으로 예의 도사를 찾아 들어갔다. 도사 역시 밖으로 나가 천기를 보고 들어와서,

　"되었소! 되었소!"

하고 자신 있게 호응하는 것이었다. 도사의 말인즉, 그 동안 황성에 나타났던 영웅의 징후는 없어졌으니까, 유일한 방해자로 생각해 온 영웅은 죽어 버렸다, 게다가 외적이 쳐들어오고 천자를 잡을 기회는 이때다, 모름지기 천재일우(千載一遇)[1]의 호기를 잃지 말지어다라는 얘기였다.

　정한담과 최일귀는 흥분해서 그 방을 달려 나왔다. 바라던 거사의 호기는 온 것이었다. 천자기 신하들을 모아 놓고 위험의 대비책을 묻고 계실 때, 별안간 바람이 일며 눈부시게 무장한 커다란 장군 두 사람이 어전에 배복(拜伏)[2]하는 것이 아닌가. 천자를 비롯하여 여러 신하들은 깜짝 놀라 두 사람에게 시선을 모았다. 한 사람은 신장이 십 여 척이요, 면목이 웅장하고, 황금 투구에 녹운포를 입었고, 또 한 사람은 면상이 먹구름 같고 안채가 황홀하며 백금 투구에 홍운포를 입고 있었다. 신하들은 그제야 이 긴급한 어전 회의에 정한담과 최일귀가 빠져 있었다는 것을 알게 되었다.

　"소장 등이 비록 재주는 없사오나, 한발 나가서 남적을 함몰하여 황상의 근심을 덜고 소장의 공을 세워지이다!"

　전에 없이 자신 있는 음성으로 녹운포를 입은 십 여 척 장신의 웅장한 정한담이 소리 높여 아뢰었다.

　천자는 기뻐서 체면조차 아랑곳없이 뛰어 내려가셔서 두 장

---

1) 천 년에 한 번 만난다는 뜻으로, 좀처럼 얻기 어려운 좋은 기회를 말함.
2) 공경하는 마음으로 엎드려 절함.

군의 손목을 잡고 울먹울먹하였다. 마음이 든든하시고 이제는 살았다 하시는 표정이었다.

"경 등의 충성심을 짐이 이미 잘 알고 있는 바이요. 남적을 함몰하여 짐의 근심을 덜게 하오!"

천자는 겨우 그렇게 명령하였다.

청영하고 나온 정한담과 최일귀는 즉시로 정병 오천씩을 추려 거느리고 진남관으로 행군해 갔다. 그들의 목적은 뚜렷하였기에 조금도 주저할 것이 없었다. 진남관 이쪽에다 진을 쳐 놓고, 이날 밤 군사를 죄다 자게 하였다. 다만 심복 부하 하나만을 불러서 아무도 모르게 항서(降書)를 써 주고, 또 편지를 써 주어서 적진에 달려 보냈다.

적장은 편지와 항서를 받아 읽어 내렸다.

'남경 장사 정한담·최일귀는 일장서간을 남진 대장수께 올리나이다. 우리 양인 등이 갈충진심하여 천자를 도와 국가에 유공하고, 백성에게 덕이 있어서 지성으로 봉공하되, 지기하는 인군을 만나지 못하여 항시 앙앙한 마음이 있는지라, 대장부 세상에 나와서 어찌 남의 슬하가 되리오. 남아 유방백세(流芳百世)[3]를 하지 못할진대 역당 유취 만년이라 하였으니, 이때를 당하여 어찌 묘계(妙計)가 없으리요. 우리 양인을 선봉으로 삼으시면 항복할 것이니, 대장의 뜻이 어떠하뇨? 즉시 회답을 보내소서."

이런 편지를 읽고 난 적장은 만족한 미소가 얼굴에 담뿍 피어올랐다.

---

3) 꽃다운 이름이 후세에 길이 전함.

"우리가 남경을 향해 올 때, 아닌 게 아니라 우리 도사가 근심하고 있었지. 정한담과 최일귀를 조심하라고 말씀이야. 그런데 이와 같이 그들이 먼저 항복을 청해 왔으니, 천우신조(天佑神助)[1]가 아니겠소!"

적장은 기쁜 얼굴로 좌우를 돌아보며 이렇게 말하고 나서, 즉시 회답을 써 주었다. 그 회답은 이러하였다.

'장군의 뜻이 우리와 같은지라 선봉을 원대로 시켜 줄 것이니, 오늘 밤에 반가이 대하십시다.'

정한담과 최일귀는 회답을 읽고 나서, 이내 적진으로 달려갔다. 두 사람의 항복은 시간이 걸릴 것이 없었으나, 이런 사실을 뒤늦게야 알게 된 중군장이 충성심에 못 이겨 황성으로 달려 올라갔다. 천자는 설명을 들으시고, 경악과 분노와 후회의 격렬한 감정을 어떻게 처리해야 좋을지 알지 못하였다.

"흥, 그놈이! 그놈이 충성을 가장하고! 그러나 이것을 어떻게 해야 좋을꼬? 그놈들이 도적에게 항복하였으니 적진은 그야말로 범이 날개를 얻은 듯하고, 짐은 용이 물을 잃은 것과 같으니, 이 일을 어떻게 해야 좋을꼬? 그러나 이제는 할 수 없는 노릇이지. 성중에 있는 군사를 죄다 모으고, 각 도, 각 읍에 행관하여 군사와 군량을 준비하고, 우승상 조정만으로 도성을 지키고, 태자로 중군을 정하고, 짐이 친히 후군이 될 터이니 빨리 거행하라!"

천자의 미칠 듯한 불호령이 떨어지자, 군사 십 여 만과 장수 백 여 명이 순식간에 열을 짓고 행군을 서두르기 시작하였을

---

1) 하늘과 신령이 도움.

때, 의외에도 한 장군이 원문 밖에 부복하고,

 "소신이 재주 없사오나, 이때를 당하여 신하된 도리에 어찌 사직(社稷)[2]을 돕지 않사오리까. 소신으로 선봉을 정하옵소서."

하고, 급히 아뢰는 자가 있었다. 그것은 알고 보니, 지난날 길주 자사로 가 있던 이행이라는 자였다.

 천자는 다소의 위로를 받은 듯하였다. 이행의 원대로 선봉으로 삼고 행군을 개시하였다.

 적진에 항복한 정 한담은 선봉이 되고, 최일귀는 중군대장이 되어 있었다. 그리하여 새로운 장수를 얻은 적군은 의기양양해서, 어느새 황성으로 쳐들어오고 있었다. 그들의 형세는 대단하였다. 호령이 엄숙하고, 기치 창검은 팔봉산의 나무같이 벌려 있고, 투구 갑옷은 청천의 태양같이 눈이 부시고, 금고 함성은 천지를 진동하고, 목탁 나팔은 강산을 뒤흔드는 듯하였다. 이들은 순식간에 쳐들어와, 금산 성 밖 백 리 남짓하게 빈틈없이 벌려 서서 내외 음양진을 치고, 도사가 진중에서 망기하며 싸움을 재촉하였다.

 그러자 적진 중에서 갑자기 방포 소리가 나고, 이것을 신호로 장수 하나가 급히 달려 나왔다. 그는 제법 자랑스러운 태도로 명나라 진을 휘둘러보고 나서 이렇게 커다란 음성으로 소리를 질렀다.

 "너희들 중에 이 척극한을 당할 장사가 있거들랑 즉시 나와서 대적해 보라!"

---

2) 옛날 중국에서 새로 나라를 세울 때 천자나 제후가 단을 세워 제사를 지내는 토신(土神)인 사(社)와 곡신(穀神)인 직(稷).

명나라 진에서도 지체 없이 이에 호응하는 방포 소리가 오르고, 이어서 좌익장 주선우가 말을 몰며 달려나갔다. 싸움은 비로소 시작되어, 양쪽 진영에서는 이 서전의 영광을 피차 자기편에 끌어들이려고 무척 긴장되고 있었다.

그러나 싸움은 몇 합도 가지 않았다. 언제 그렇게 되었는지도 알 수 없을 만큼 옆에서 보는 눈에 하얀 칼날이 번쩍하고 튀는 듯하였다. 그와 동시에 주선우의 머리가 호박 덩이처럼 말 아래로 굴러 떨어졌다. 이것을 보고 명나라 진에서 또 하나 장수가 급히 내달아 왔다.

"척극한 이놈아! 비겁하게 도밍치지 말고 최상정의 칼을 받아라!"

새로운 장수는 이렇게 입이 찢어질 듯이 소리를 질렀으나, 척극한은 조금도 도망칠 생각이 없이 서 있었다. 그럴 뿐 아니라 이 용감한 적병의 장수는 한 걸음 앞질러 최상정의 머리를 방금과 똑같이 멋지게 베어 버렸다. 다음으로 명진에서는 왕공열이 커다랗게 호령하며 나왔다. 척극한은 이번에도 같은 방법으로 대담하게 육박하였다. 명진에서는 다시 팔대장군이 일시에 쏟아져 나왔다. 그렇지 못하였더라면 왕공열 역시 척극한의 무서운 칼에 머리를 떨어뜨릴 것이었다.

적병의 진영에서는 척극한을 돕기 위하여 한진이라는 자가 뛰쳐나왔다. 이리하여 이번에는 무리 싸움이 되어 피아의 장수들은 한동안 정신없이 찌르고 받고 하였다. 척극한의 무적의 용맹은 여기에서도 두드러지게 나타났다. 명나라의 팔대장군은 선후해서 차례로 그의 칼에 넘어지고야 말았다.

이쯤 되고 보니, 명나라군은 처음부터 사기가 꺾여 승패는 이미 판가름난 듯하였다. 중군에 있던 태자가 말을 몰고 급히 뛰쳐나갔다. 그는 매우 흥분해서, 그 급한 성격을 어떻게 처리할 도리를 모르는 모양 같았다.

"이놈들! 무도한 남도적 놈들아! 천명을 거역하니 그 죄 마땅히 능지처참인 줄 알아라. 너희 진중에서 정한담과 최일귀의 머리를 베어 보내는 자가 있으면 후한 상을 전할 것이다!"

태자는 이렇게 외치고 나서 척극한과 싸우러 덤벼들었다. 그러자 명나라 진에서 선봉장 이행이 말을 몰고 번갯불 치듯 달려들어 태자를 가로막았다.

"태자께옵서는 아직 분을 참으옵소서. 소장이 해치우리다!"

이행은 순식간에 척극한의 머리를 베어 버리고, 다음으로 한진의 머리를 베어 그것을 양손에 갈라 들고 유유히 본진으로 걸어 들어갔다. 이것을 보고 격분을 참지 못한 정한담이 천사마를 채쳐 구척장검을 높이들고 뛰쳐나왔다. 그러나 또 하나 공명심에 들떠 있던 전임 선봉장 정문걸이라는 자가 그를 가로막고 앞으로 나섰다.

"대장은 잠시 분을 참으소서! 조만한 이행쯤은 소장이 잡아 버리리라."

아닌 게 아니라 그는 호기가 충천하였고 무예 또한 출중해서 잠깐 사이에 이 행의 머리를 베어 버렸다. 그것을 정창에 꿰어 들고 그는 다시 명나라 진영으로 무찔러 들어왔다.

"명나라 황제는 귀가 있거들랑 잘 듣거라! 눈이 있거들랑 이것을 잘 보아라! 이 이상 불쌍한 인생들을 죽이지 말고 바삐 항복하라!"

그의 음성은 대단하였다. 피가 뚝뚝 떨어지는 이행의 머리를 높이 쳐들어 시위를 하며 그렇게 외치기가 무섭게, 대담무쌍하게도 혼자서 모조리 쳐들어왔다. 그러나 이미 사기가 완전히 꺾여 버린 명나라군은 그를 받아서 대항해 나올 사람이 없었다. 순식간에 선봉의 군사가 죄다 쓰러지고, 그는 이어서 중군으로 달려들었다. 이렇게 되고 보니, 성급한 태자도 투지를 잃어버리고 말머리를 돌려 후군과 천자를 모시고 금산성으로 도망쳐 버리고 말았다.

이런 광경을 정문걸은 뒤에서 껄껄껄 웃으며 바라보다가, 전리품을 집어들 대로 집어들고 서서히 말머리를 돌렸다. 정한담은 기회를 잃지 않으려고 천자의 뒤를 쫓았다.

천자는 이 무서운 반역자를 멀리 보시면서, 혼잣말로 이렇게 말씀하셨다.

"짐이 불명하여 선황제 사백 년 왕업을 일조에 저놈 정 한담에게 잃게 되니, 이야말로 양호유환(養虎遺患)[1]을 이르는 말이다. 누구를 원망할 것인가. 모두 다 짐의 불찰이다. 황천에 돌아간들 선황제를 어찌 보며, 그렇다고 인간에 살아 있은들 네놈들에게 어찌 무릎을 꿇으랴!"

천자는 한숨을 길게 쉬시며, 눈물마저 글썽해 있으셨다. 자신도 모르게 떨어뜨린 옥새(玉璽)를 그제야 깨달으며 놀라서 집어들으셨다. 그리고는 또다시 길게 한숨을 내쉬었다.

이때 하남 절도사가 군병을 거느리고 왔다고 수문장이 보고해 왔다. 천자는 절도사를 불러들여 치하하시고, 선봉을 삼아 그의 군병 십만으로 금산성을 지키도록 하셨다. 절도사는 청령

---

1) 범을 길렀다가 그 범에게서 해를 입는다는 뜻으로, 은혜를 베풀어 주고도 도리어 해를 입게 됨을 일컬음.

을 하고, 성밑으로 내려가 방어진을 쳤다.

천자의 뒤를 쫓던 정한담은 그 길로 도성으로 들어가 용상에 높이 올라앉아, 백관을 호령하기 시작하였다. 만조백관은 일시에 항복하고, 무서운 반역자에게 설설기었다. 목숨만 살려 줍쇼 하는 것이 그들의 공포에 찬 표정에 역력히 나타나 있었다. 이쯤 되고 보니, 도성 안 백성들은 어떻게 되었을 것인가? 그들은 시세에 따라서 움직일 수밖에 없다. 도적의 밥이 되고 희생자가 되어 간 이들을 가리켜 애국심이 부족하고 충성심이 모자란다고 하면, 그것이야말로 역설도 이만저만한 것이 아니리라. 그들은 침략자에게 짓밟히면서 협력할 수밖에 없었다.

정한담은 다시 삼군을 재촉하여 금산성을 함락시키기 위해 나섰다. 용상에는 높이 앉았다고 하더라도 옥새가 없는 황제고 보면, 제 구실을 하지 못하는 것이라고 느꼈기 때문이다. 그러나 침략군이 성문에 올라서기 전에, 하남 절도사의 용감한 십만 군은 강력한 저항을 보이었다. 이 때문에 용맹 무쌍하기로 신장(神將)과 다름이 없는 정문걸이 또다시 필마단창(匹馬單槍)으로 앞질러 나섰다. 그의 위명(威名)2)은 이미 널리 알려져 있었고, 사실상 손오공과 다름이 없는 이 불사신의 적장을 당할 사람은 명나라 군중에는 불행하게도 한 사람도 없는 형편이었다. 그런지라, 그의 활동은 전격적이었고, 그의 앞에서 쓰러져 가는 송장을 미처 헤아리지 못할 정도였다. 추풍낙엽이라는 말은 그의 칼 앞에 떨어져 가는 머리를 형용한다고 해서 실로 적중한 말이었다.

---

2) 위세를 떨치는 이름.

"이놈들, 문을 열라! 문을 열고 명나라의 비겁한 황제는 즉시 나와서 옥새를 바쳐라!"

어느 사이엔가 성문에까지 육박한 무서운 정문걸은 성문을 부술 듯이 치면서 우뢰와 같은 음성으로 호령하였다.

성중에 있는 군사들은 정문걸의 이러한 음성을 듣자, 고양이의 소리를 들은 쥐와 같이 정신을 차리지 못하며, 새파랗게 죽어서 숨도 제대로 쉬지 못할 정도였다. 벌써부터 꼬리를 빼려고 하는 자들이 대부분이었다. 이렇게 되고 보니, 천자께서도 공포를 느끼시며, 조정만과 함께 황황 급급히 북문을 열고 도망치시어, 커다란 바위 사이에 숨으셨다.

태자는 황후와 태후를 모시고 뒤늦게 도망쳤다. 그러나 이미 성문을 부수고 뛰어든 정문걸의 손에 그들은 잡히고야 말았다. 정문걸은 더 큰 황제를 잡으려고, 그들을 본진으로 보내 버리고 다시 찾기 시작하였다. 본진에서 대기 중이던 정한담은 황후를 결박지어 자기 앞에 꿇어앉히고, 황제의 행방을 대라고 족쳤다. 무지한 군사들이 창검을 비껴 들고 좌우에 갈라서서 고문을 하는 광경은 참으로 모골(毛骨)이 송연[1]할 정도였다. 정한담은 이런 경우 정복자의 쾌감을 십분 맛보는 듯하였다.

"이 몸은 계집이라 성중에 묻혀 있다가 불의의 난을 당하여, 밖에 계시던 천자님의 생사존망(生死存亡)은 전혀 알 길이 없노라!"

"저 앙큼한 계집을 가두어 굶겨서 죽여라! 그 동안 많이 먹었으니, 굶는 것도 소원일 것이다!"

---

1) 아주 끔찍한 일을 당하거나 볼 때에 두려워, 몸이나 털끝이 으쓱해진다는 말.

정한담은 이러한 식으로 연약한 황후를 고문하다가, 이들 전부를 가두어 두고 굶어 죽게 하였다. 그리고 스스로는 도성에 올라가 용상에 높이 앉아 천자의 일을 행하고, 군사를 호령하고, 명나라 황제를 사로잡는 자에게는 천금의 상과 만호후의 작을 봉하리라고 장담해 두었다. 명예와 공명심에 날뛰는 군사들은 이러한 호언을 듣자, 두 눈알이 시퍼렇게 충혈되어 풀어놓은 짐승처럼 뿔뿔이 흩어져 떠났다.

조정만의 호위를 받으며 바위 뒤에 은신하고 계시던 천자는 황후 일행의 불행한 소식을 듣자, 무서운 절망 끝에 바위에서 뛰어내려 자결하시려 하였다. 조정만은 재빨리 달려들어 붙들고 구원해서 그 길로 천자를 등에 업고 명성원으로 피해 갔다. 그리고 천자를 위로하면서 재기(再起)를 권고하고, 그러기 위하여 산동(山東) 육국의 군사를 청해 오도록 하는 것이 좋겠다고 의견을 냈다.

"남경이 진탕이 되었사오니, 도적 정한담은 고사하고 정문걸을 잡을 장수조차 없소이다. 만약 산동 육국에 청병해서 그것조차 패할 경우에는, 황공하온 말씀이오나 옥새를 가지고 소신과 함께 용동수에 빠져 죽사이다."

천자는 이 말을 들으셔서, 명성원에 이르는 대로 곧 조서(詔書)[2]를 써서 산동 육국으로 달려 보냈다. 수일 뒤에 조서를 받은 육국은 합세한 병력 육십만과 장수 육천 여 명을 즉일로 조발(早發)해서 올려보냈다. 육십만 대군이 황성을 향하여 호산대 넓은 들을 빈틈없이 메워 행군해 오는 광경은 실로 장중하게만

---

2) 제왕의 선지를 일반에게 알릴 목적으로 적은 문서.

보였다. 폐허로 화해 버린 황성의 소생을 의미하는 듯도 하였다. 천자는 기운을 얻으셔서 군중으로 들어가 그들을 친히 위로하고, 적병의 형세와 피아(彼我)의 관계에 대하여 자세히 설명하셨다.

그런 후, 적응으로 선봉을 삼고 조정만으로 중군을 삼아 관군의 위세를 올리며, 황성을 향하여 행군해 들어갔다. 그리하여 금산성 아래에 진을 펴고, 적과 대진하여 싸움을 청하였다. 적군의 진영에서는 또다시 용맹 무쌍한 불사신 정문걸이 필마단창으로 뛰쳐나왔다. 이것을 보자, 자칭 천자로 행세하기 시작한 정한담은 소리 높여 그를 불러 세웠다.

"적병이 대치한데 장군이 어찌 혼자서 경솔히 하려 하오?"

"폐하! 어찌 소장의 재주를 수히 아시오니까? 장병 군졸 사십만과 백기를 한칼에 다 죽였으니 남경이 비록 육국에 청병하여 억만 병이 왔다고 한들, 소장이 한칼에 죄다 죽는 것을 앉아서 구경하소서."

정문걸은 웃으며 그 말을 던지자, 창검을 좌우의 손에 갈라 잡고, 마상에 높이 앉아 비호처럼 달려갔다. 그 태도란 참으로 얄밉도록 대담한 것이었다.

정한담은 만족해서 연신 미소를 지으며, 장대(將臺) 높이 올라가 자리를 잡고, 정문걸의 명예로운 작전을 관람할 작정이었다. 그런 동안에도 그는 천자의 위엄을 갖추려고 애쓰는 듯하였다. 정문걸은 그의 시선에서 점점 멀어져 가며 적진에 육박한 듯하자, 이런 호령이 들려왔다.

"이놈! 명나라 황제 놈아! 옥새를 가져왔느냐? 너를 잡으려 하였더니 이제 왔으매 죽음만은 면할 수도 있을 것이다. 바삐 항복하여 잔명(殘命)을 보존하라!"

그 말이 미처 떨어지기도 전에, 용감한 정문걸은 적장을 향하여 무인지경(無人之境)처럼 달려들고 있었다. 동장을 치는가 하면 남장을 베고, 북장을 베는가 하면 서장이 쓰러져 가고, 삼두육비(三頭六臂)[1]도 이를 당할 도리가 없는 듯하였다. 그가 지나는 곳마다 피를 토하는 군사들이 산을 이루고, 흐르는 피가 뻘겋게 바다를 이루어 가고 있었다. 정한담은 감격해서 쉴 새 없이 격찬하고, 그의 시선은 영웅의 뒷모습을 찾기 위하여 쉴 새 없이 움직였다.

그런데 이때 유충렬은 어떻게 되었을까? 매우 궁금한 일이다. 역시 잠시 주인공 유충렬의 그 후 이야기를 들어보기로 하자. 서해 광덕산 택룡사에 들어가, 생볼로 일러 오는 노승을 만나 천지간의 신통한 비법과 병서·무예와 가지가지 도를 닦아 오던 충렬은, 어떻게 총명하고 통달하던지, 이제는 배울 것이 없을 정도였다. 수보리조사에게서 묘술을 죄다 배운 손오공이 하직하고 돌아간 것처럼 그 역시 돌아갈 때가 온 것만 같았다.

이런 때가 오면, 누가 시키는 것이 아니더라도 자연히 몇년 동안 격리된 향수가 차츰차츰 머릿속을 점령하기 마련이다. 추야장 긴긴 밤에는 더구나 잠이 아니 온다. 입동에 들어 우수수 찬바람이 문밖에 불며, 낙엽이 창살을 두드리며 떨어질 때에는 말할 수 없는 우수에 잠기는 법이다. 기억 속의 온갖 인상이 되살아나 생활의 계속을 요구한다. 생사를 알 수 없는 어머니가 그리워지고, 아버지가 가엾어진다. 충성심으로 해서 옳은 말을

---

1) 머리가 셋, 팔이 여섯이나 되어 세 사람 몫을 하는 괴물이란 뜻으로, 아주 힘센 사람을
  이름.

하였던 결백한 충심이, 어째서 귀양살이라는 커다란 죄의 멍에를 짊어지고 만리 연경으로 귀양을 가야만 하였던 것인가? 아버지도 그렇거니와, 장인 강희주도 그렇다. 그리고 가엾은 아내는 어떻게 되었을 것인가? 궁비로 들어가 아직도 살아 있을까? 살아 있다면 꼭 만나야만 하겠다. 충렬은 불행하게도 아내의 소식을 전연 모르고 있었다. 장모도 그러하였다. 그는 한시바삐 이들과 만나 보고 싶었다. 요즘에 와서는 더구나 견디지 못할 정도였다.

하룻밤인가는 이러한 상념에 젖으면서, 오래도록 잠을 이루지 못하고 이리 궁리 저리 궁리하고 있었다. 노승이 밖으로 나가는 소리가 났다. 얼마 후 노승이 들어와 충렬을 불렀다.

"상공은 오늘 밤 천기를 보았나요?"

언제나 존경을 잊지 않는 노승은 충렬에게 그렇게 입을 떼었다. 충렬은 깜짝 놀라며, 자기의 환상에서 깨어났다. 그리고 노승의 이야기에 심상치 않은 의미가 있다는 것을 알아보았다.

충렬은 밖으로 나가 천문을 보았다. 천자의 자미성이 떨어져 명성원에 잠겨 있고, 남경에 살기가 가득 차 있다. 충렬은 한숨을 짓고 눈물을 뚝뚝 떨어뜨렸다. 그 동안 배워 온 천문의 지식은 그에게 중대사를 고해 주었고, 그의 짐이 무거워진 것을 예감하게 해주었다. 그러나 이토록 멀리 떨어져 있고 보면 무슨 소용이 있을 것인가.

"남경에 병란이 있을망정 산으로 피난 온 사람이 무슨 근심이 있나요?"

하고 눈물을 떨어뜨리며 방문을 들어선 충렬을 보자, 노승은 말하였다.

“소생은 남경과 세척지신이올시다. 나라의 변이 이러한데 어찌 근심이 없겠습니까. 그러나 적수단신(赤手單身)[1]이 만 리 밖에 있고 보니, 한탄도 아무 소용이 없군요.”

노승은 알 만하다는 듯이 미소를 지었다. 그리고 일어나서 벽장문을 열고, 신기한 옥함 하나를 내어놓았다. 충렬의 눈은 그리로 주의 깊게 쏟아져 들어갔다. 그것이 무엇인지 알고 싶은 마음이 노승의 안내보다 앞서서 움직였다.

“이 옥함은 용궁의 조화거니와 그러나 이것을 싸맨 수건은 누구의 것인지 자세히 보옵소서.”

‘모년 모월 모일, 남경 동성부 안에서 사는 충렬의 모친 장부인은 내 아들 충렬에게 부치노라.’
하고 씌어 있었다.

충렬은 또 한번 읽어보았다. 노승의 손에서 그것을 받아 쥐고, 세 번이나 고쳐 읽어보았다. 장부인이 틀림이 없고, 충렬의 이름이 틀림이 없다. 충렬은 옥함을 살펴보았다.

‘남경 도원수 유충렬은 개탁이라.’

옥함의 표면에 금빛 글자로 새겨져 있었다. 충렬은 자기와 관련이 있는 물건이라는 것을 본능적으로 알아보았다. 그러나 남경 도원수라느니, 모친 장부인이라느니, 대체 어떻게 된 까닭일까? 그는 어떻게 된 영문인지 알 수가 없어 어리둥절하고, 이유를 알 수 없으면서도 반가워서 눈물을 흘렸다.

“이 옥함의 내력을 노승이 설명해 드리지요.”
하고 빙글빙글 웃고만 있던 노승이, 충렬의 반가운 표정을 보자

---

1) 맨손과 홀몸. 곧 가진 재산도 없고, 의지할 일가붙이도 없는 외로운 몸.

설명하기 시작하였다. 노승은 몇 년 전 절을 중수하기 위하여 번양 희수에 갔을 때 옥함을 얻었다는 것이었다. 물가에 오색 구름이 뽀얗게 끼어 기묘하도록 눈을 유혹해서 가 보니, 옥함이 있고 이름이 있기에 주인을 차장 주려고 가져다 놓았다가 노승은 말하였다. 그리고, 피죽피죽 노인다운 의미 있는 웃음을 웃었다.

"그리고 보니 이제야 알았지만, 상공의 전쟁 기계가 이 함 속에 있는가 생각되오."

이미 독자들도 알고 있겠지만, 이 옥함은 희수의 사공을 가장한 도적 마철이가 묾 속에서 잠수질을 하고 있을 때 거다란 거북 한 놈이 물고 나온 것을 발견하고, 그 거북을 죽이고 빼앗아 집에다 갖다 둔 것이었다. 그러나 물건의 주인이란 원래 따로 있는 법이어서, 신비한 옥함은 그의 것이 되지 못하고 그가 장 부인을 붙잡아 놓고 백년해로를 강요하였을 때, 부인의 손에 넘어 갔다가 이제 주인의 손에 넘어온 것이었다.

아, 얼마나 신기한 경로를 밟아 온 것일까. 충렬은 이러한 경로를 추호도 생각하지 못하고, 자기 손에 들어온 소중한 물건을 손에 쥐고 뚜껑을 열어 보았다. 내가 주인이라면 뚜껑도 열려 주겠지 하는 신념을 가지고.

아니나 다르랴, 뚜껑은 열리고 그 속으로 무수한 보물이 가득 메워져 있었다. 충렬은 그것을 무수한 보물로 생각하였다. 우선 눈이 부신 것부터가 평범한 물건들이 아니라는 것을 단정시켜 주었다. 내어서 살펴보자, 갑옷 한 벌과 장검 한 자루와 책 한 권으로 분류가 되었다. 갑옷은 무엇으로 만들었는지 알 수 없을 만큼 고귀한 특제품 중의 특제품이었다. 노승의 말을 빌린다면 용궁의 조화가 분명하였다. 옷깃 밑으로 '용인갑'이라고 금자로 새겨져 있었다. 장검은 장검답지가 않고, 짤막하고 묘하게 생겨 있었다. 그래서 신화경책을 펴 놓고 칼 쓰는 법을 보니, '갑주 입은 후에 신화 일 편을 보고, 천상 대장성을 세 번 보면, 사려진 칼이 저절로 펴져 변화 무궁할 것이다'라고 되어 있었다. 충렬은 그대로 즉시 실험을 해 보았다. 그러자 묘한 칼은 대번에 십 척 장검으로 번득하게 변하고, 서슬이 사람의 가슴을 얼음처럼 서늘하게 해주었다. 가운데 대장성이 뚜렷하게 박혀져 있고, 금자로 '장성검'이라 새겨져 있었다.

이리하여 천우신조가 두터운 유충렬은 신비한 용인갑과 장성검을 얻어 무장을 하기에 이르렀다. 그것을 모두 행장에 정중하게 싸 놓고 보니, 충렬의 마음은 또 부족함을 깨달았다. 손오공이라면 몰라도, 만리 떨어진 길을 하루에 달려갈 수는 없었다. 그러한 손오공조차 여의봉을 얻기 위하여 용궁을 찾아갔고 불로장생 영원한 몸이 되기 위하여 명부(冥府)[1]를 찾아가서 염라대왕과 실력으로 맞서기까지 하지 않았던가. 유충렬은 용궁이나 명부에 찾아가지는 못할망정, 눈앞에 있는 노승에게 의논할 수가 있었다.

"천행으로 대사 같은 어른을 만나 갑주와 창검은 얻었소이다만, 용마가 없으니 무슨 수로 만리 떨어진 남경에 속행하며, 장군이 무용지재가 아니오니까?"

노승은 가만히 바라보고만 있다가, 그런 질문이 나올 줄 알고 있었다는 듯이 서서히 입을 뗐다.

---

1) 명계(冥界)의 법정. 사람이 죽은 뒤에 심판을 받는다는 곳.

"옥황께옵서 장군을 대명국에 보내려 하옵시는데, 사해 용왕이 모른 척할 리야 없지요. 노승이 수년 전에 서역(西域)에 갔다 올 때 백용암이란 곳에 들르니까, 어미를 잃은 망아지 한 마리가 누워 있기로 그 말을 가져왔지요. 내게는 마땅치가 않아서 송임촌 동장자에게 지금 맡겨 놓고 있으니, 그곳을 찾아 그 말을 얻어 보소서. 그 말을 타고 중로에 지체하지 말고 급히 황성으로 올라가셔서, 지금 천자와 목숨이 경각에 있사오니 어서 구원하도록 하시오."

충렬은 노승의 말이 떨어지기 무섭게 급히 송인촌을 찾아갔다. 동장자를 만나 노승의 얘기를 하고 말을 좀 구경시켜 달라고 하니까, 동장자의 대답이 있기도 전에 의외의 사태가 벌어졌다. 거창한 괴음이 별안간 일어나며, 그와 동시에 날랜 말 한 필이 백 여 장이나 되는 토굴을 단숨에 뛰어넘어, 충렬 앞으로 달려왔다. 그리고는 발굽으로 땅을 파고 울어대고 옷을 물어 보기도 하고, 몸을 대어 보기도 하는데, 그것은 틀림없는 환영의 표시였다. 말을 기뻐서 견딜 수 없었다.

동장자는 옆에서 싱글싱글 미소를 짓고 있었다. 처음에는 시무룩하니 반신반의의 의아한 표정조차 없지 않았으나, 이제는 완연하게 상대방에게 호의를 가지는 태도였다. 그리고 자기를 보고 기뻐하는 말을 요모조모 관찰하고 있는 충렬을 그는 역시 기쁜 얼굴로 주시하고 있었다. 생김생김이 건장하고 아름답고, 네 굽이 반듯하며, 과연 얻기 어려운 말이었다. 귀밑에 자그만 점으로 용인이 박혀 있는데, 거기에는 '사송 천사마'라고 되어 있었다. 충렬은 감격하여 탄성을 울리었다.

"이 말을 나에게 파시오."

충렬이 말하자, 동장자는 싱긋 미소를 지었다.

"수년 전에 백룡사 노승이 이 말을 맡기고 가며, 잘 길러서 임자를 찾아 주라 그러셨답니다. 그래서 길러 왔는데, 웬일인지 자라면서 길들이기가 힘들고 말을 듣지 않아, 할 수 없이 토굴 속에 가두어 버렸지요. 천만인이 구경하겠다고 와도 한 사람도 접근을 시키지 않았어요. 그런데 오늘 이 말은 제 스스로 뛰쳐 나왔군요. 그러고 보면, 노승이 말씀하시던 임자는 바로 댁이라는 것이 분명하지요. 하늘이 정해 주신 보배를 내가 어찌 판단 말씀입니까? 물각유주(物各有主)라 하였습니다. 주인일진대 어서 가져가십시오."

충렬은 고맙다는 말을 하고, 천사마에 안장을 차려 그 길을 다시 광덕산으로 달려 노승에게 이별을 고하였다. 소년의 가슴에 길이 길이 남아서 떠나지 않았다.

충렬은 천사마에 높이 앉아 말을 달리기 시작하였다. 가슴이 뿌듯하니 감개가 무량하였다. 할 일이 많은 것 같고, 무엇을 먼저 해야 좋을지 모를 정도였다. 모든 것이 한결같이 중대한 것만 같았다. 자기의 비범한 존재가 세상에 뚜렷하게 나타난다는 것도 유쾌한 일이었다. 이제는 아무 일이고 거뜬히 해치울 수 있는 자신이 들었다. 악을 물리치고 선을 내세운다는 것은 얼마나 통쾌한 일인가. 충렬은 자기를 도덕의 구세주로 생각하고, 정의의 투사로 확신하였다. 그러기 때문에 아내를 만난다든가, 어머니를 생각한다든가 하는 사사로운 일은 다음으로 미루어야 한다. 영웅은 언제나 공적인 투사이다. 공동의 선을 위하여 자기를 죽이는 것이다라고 그는 믿어 마지않았다.

바람처럼 새처럼 날으는 천사마에게 안장 달리고 보니 충렬의 마음도 걷잡을 수 없이 하늘을 달렸다. 이따끔 제정신을 차려 둘러보면, 거기에는 자기가 아닌 딴 누군가가 말과 함께 하늘을 날아가고 있다고 밖에는 느껴지지 않았다.

"하늘은 나를 낳으시고, 용왕은 너를 내셨으니, 그 뜻이 모두 다 남경을 돕게 함이 아닌가. 지금 남적이 강성해서 천자의 목숨이 경각에 있다고 하니, 대장부의 급한 마음 일각이 여삼추라. 자, 내 보배로운 말아! 너는 전력을 다해 남경을 순식간에 득달하게 해 다오. 나는 그것만을 바라고 생각할 터이다."

주인의 이런 말을 천사마는 알아들은 모양이었다. 별안간 기묘하게 울부짖으며 속도를 배로 늘려 푸른 하늘의 하얀 구름 속으로 포탄처럼 솟구쳐 들어가는 듯하였다. 사람은 천신이요, 말을 비룡이라, 옆에서 바라보는 사람이 있다면 누가 이렇게 외치지 않을 것인가.

어느새 그들 천신과 비룡의 예민한 코는 남경 하늘에 꽉 들어찬 살기와 피비린내를 맡은 듯하였다. 순풍이(順風耳)와 같은 뛰어난 청각은 천지를 진동하는 곡성을 들은 듯하였다. 아니나 다르랴, 용감무쌍한 정문걸의 감투로, 명나라의 진영은 완전히 파멸의 직전에 들어 있었다. 산동 육국의 군병들도 근의 신출귀몰(神出鬼沒)하는 창검에 가을의 볏가리처럼 몰락하고, 천자는 마침내 최후의 결심을 한 후 중군장 조정만과 더불어 옥새를 가지고 도망쳐서 요동수에 빠져 죽으려 하신 것이었다. 그러나 승리를 거듭할수록 오만 광포해진 적군은 이것마저 용서하지 않았고, 천자는 철통처럼 막고 있는 적병의 포위를 벗어 나갈 도리가 없었다. 정한담은 천자를 행세하고, 최일귀는 대장이 되어 삼군을 호령하면서, 그 위세는 실로 대단한 바가 있었다. 어제의 충신을 자처하였던 대신들은 오늘의 적장이 되어 불행한 주인을 파멸하고, 새로운 천자 정한담에게 충성의 실천을 해 보이는 터였다. 아! 이 얼마나 난세의 철학인 것인가.

그러자 가엾은 천자의 눈에 뜻밖에도 북편에서 수없이 많은 병마가 밀려오는 것이 보였다. 그들은 천자를 부르고, 천자의 군사를 가장하고도 있었다. 천자는 깜짝 놀라 환호를 올리셨을 정도였다. 그러나 그것이 천자를 유인해 온 적병의 간악한 전술이었다는 것을 알게 되었을 때 천자는 또 얼마나 실망하였을 것인가.

공명심에 불붙어 있던 북적 마룡이란 놈이 남적과 배를 맞추어, 피해서 보이지 않은 천자를 생포하기 위하여 교묘한 가장 작전으로 도사를 데리고 공격해 온 것이었다.

그뿐인가, 벌써부터 정한담의 쾌감을 충족시키고 그의 비위를 십분 이용하면서, 산동 육군의 육십만 명나라 군병을 필마당창으로 죄다 무찔러 없앤 불사신의 과감한 맹장 정문걸은 선봉을 꿰뚫고, 이미 중군에 옮겨 들고 있었다. 높이 장대에 앉아서 쉴새없이 감탄만을 하고 있던 반역의 정복자 정한담은 그의 신기(神技)에 다시금 놀라고, 그가 비호처럼 일직선으로 천자에게 달려가는 듯하였을 때, 자신도 모르게 일어서서 감탄의 손바닥을 치기까지 하였다.

"이놈! 명나라 천자 놈아! 어서 항복하지 않을 테냐? 내 한칼에 네 마지막 보루(堡壘)[1]였던 육군 군병이 죄다 죽어 버렸고, 또한 북쪽의 여러 나라가 우리에게 합세해 왔으니, 너는 무슨

---

1) 적의 공격을 저지하기 위하여 돌 · 흙 · 콘크리트 같은 것으로 만든 견고한 구축물.

재주로 당할 수 있겠는가. 어서 나와 항복하고, 너와 네 태자의 목숨을 찾아가거라!"

정한담은 이런 외침 소리를 멀리 들었다. 그리고 또 한 번 정문걸의 호걸다운 기풍을 알아보았다.

그러자 얼마 후, 정 한담의 긴장한 시야에 옥새를 목에 걸고 항서를 손에 든 천자가 눈물을 뿌리며, 서서히 힘없이 걸어 나오는 광경이 눈에 들어왔다. 정한담은 발딱 놀라 일어서서, 욕기에 넘치는 붉고 충혈된 눈으로 주시하기 시작하였다.

천자의 뒤로는 중군중군장 조정만을 비롯한 몇몇 남은 군사들이 목놓아 울고 있었다.

이때 충렬은 금산성에 들어와 있었다. 여기서 형세를 검토하고 결심을 새로이 한 그는, 일광주 용인갑에 장성검을 높이 들고 천사마를 채찍질하여 중군 속으로 날 듯이 뛰어 들어갔다. 항복하러 나가신 불행한 천자를 내버려두고 울고 있는 조정만을 만나 자기의 성명을 고하고 항전의 계속을 요구하였다.

"그대의 충성은 알 만하지만, 지금 황상께옵서 항복하러 가신 참이오."
하고 목놓아 울던 조정만은 충렬의 손을 잡으며 그렇게 대답하였다.

"적진의 형세를 어떠한지 아시오? 그대의 능력이 어느 정도인지는 알 수 없어도 아직도 어린 몸, 그대의 꽃다운 청춘이 전장의 백골이 될 것이니, 원통하고 망극할 뿐이오."

전혀 문제도 되지 않는다는 말투였다. 이 무서운 절망을 아무도 건질 수 없다고 그는 이미 체념하였다. 하물며 나이 어린 소년의 힘으로야.

충렬은 기가 막혔다. 이럴수록 실력을 보여야 할 때라고 생각하고, 그는 분격해서 진문(陣門)을 박차고 나가, 우선 소년의 음성으로는 너무나도 놀랄 만큼 커다란 벽력같은 소리로 호령부터 하였다.

"거기 있는 만고 역적 정한담 놈아! 남경 동성문 안에 사는 유충렬을 아느냐 모르느냐! 어서 빨리 나와서 그 간악한 목을 바쳐라!"

난데없는 이 음성은 쩌렁쩌렁 울려 퍼져, 양편 진영을 뒤흔들어 놓고야 말았다. 참으로 대담무쌍한 호령이기도 하였다.

천자의 항복을 받으려고, 맨 앞에 나와 방약무인(傍若無人)으로 오만하게 대기 중이던 정문걸은 깜짝 놀라 뒤를 돌아보았다. 이 용감한 불사조의 맹장은 이번 전쟁에서 영예의 최고 정점에 올라왔으므로, 누구 하나도 그에게 대적할 사람이 없는 것은 이미 자타가 공인하는 사실이었다. 누구보다도 그 자신이 잘 알고 있는 것이리라. 그에게는 무서운 사람이 없었고, 막아설 사람이 없었다. 따라서 소년의 출현은 그의 허영심에 최대의 자극제가 되었다.

정문걸은 눈에 들어오는 소년을 짓궂은 경악과 일종 경멸의 눈초리로 쏘아보았다. 그러나 그의 경악은 차츰 진실한 놀라움으로 변하여, 아직도 귀를 쟁쟁하게 울리고 있는 목소리의 비범한 인상과 함께, 마음속으로 보통 놈이 아닌 것 같다고 생각하였다. 우선 그 소년의 형상조차도 정문걸의 마음을 혼란시켜 주었다. 일광투구는 반짝반짝 눈을 쏘고, 용인갑은 은신의 작란을 하고, 천사마는 비룡이 되어 안개 속에 싸인 채, 망망하니 상대방의 존재를 잘 알고 볼 수도 없다. 그러면 공중에서 그런 소년의 음성이 내려왔던 것인가. 정문걸은 언뜻 그렇게 생각하였을 정도였다.

그래서 정문걸은 창검을 높이 든 채 잠시 동안 공격도 후퇴도 하지 못한 채 우두커니 서 있기까지 하였다. 무서운 짐승을 만난 약한 동물이, 행동 감각을 잃고 망연자실(茫然自失)해 버리는 상태와 꼭 같았다. 그리하여 다음 순간, 자기를 되찾고 활동을 취하료 하였을 때에는 이미 때가 늦었다. 유충렬의 무서운 호령이 또다시 떨어지기가 무섭게 장성검이 허공에서 번쩍하였는가 하자, 어느새 정문걸의 머리는 달아나고 없었다. 그것은 너무나 순식간의 일이었기에, 아무도 자세하게 관찰할 수가 없었다. 정문걸의 용감성과 능력을 잘 알고 있는 양편 진영의 군사들은, 그가 결코 죽을 리가 없다는 듯이 그쪽에만 시선을 보낼 뿐이었다.

그런지라, 그 후의 동요는 대단하였다. 양편 진영이 다같이 놀라 믿지 않으려고 애쓰는 듯하였다. 그런 속을 무명의 소년 용사 유충렬은 정문걸의 머리를 베어 들고 바람처럼 회군해 들어왔다. 문걸의 남은 신체가 그의 말 등에서 지상으로 뚝 떨어지는 것과, 충렬이 중군 진문을 들어서는 것과는 거의 때를 같이 하였다.

아! 얼마나 번갯불 같은 짤막한 순간이었나. 충렬이가 그의 비범한 능력의 일부를 최초로 실증해 보이고 들어오자, 그런 광경조차 제대로 보지 못한 패배의 중군장 조정만은 재빨리 달려들어 소년의 손을 잡고 엉엉 울어 버렸다. 아까 절망의 울음과는 다른 환희의 울음이었다. 사람을 볼 줄 몰랐던 자기의 단견(短見)을 무척 슬퍼하였다.

목에 옥새를 걸고, 손에 항서를 들고, 가기 싫은 걸음을 서서히 적진을 향하여 걷고 계시던 불행한 천자는, 한동안 그대로 멈추어 서서 전후 광경을 보고 계시다가 뒤를 이어 진문으로 달려 들어오셨다. 천자는 다만 놀라, 무엇이 어떻게 되었는지 도무지 영문을 알 수 없는 듯하였다.

"적장의 목을 베어 없앤 장수가 누군지 어서 입시(入侍)[1]하여라."

천자는 겨우 그렇게 말씀하셨다.

충렬은 말에서 내려 어전으로 달려갔다. 그리고 무릎을 꿇고 이렇게 아뢰었다.

"소신은 부친의 원수를 갚으려고 하였던 것뿐이올시다."

"그대는 뉘신데 죽을 사람을 살렸소?"

"소장은 동성문 안에서 살던 정언주부 유심의 아들 충렬이라 하옵니다. 동서로 구걸 방랑하면서 만리 밖에 있던 중, 부친의 원수를 갚으려고 여기 잠깐 왔사온데 폐하께옵서 정한담 놈에게 곤핍을 당하시는 참으로, 이는 꿈에도 생각하지 못한 일이올시다."

이 말에 천자는 이해하셨는지 고개를 끄덕끄덕하셨다. 유심의 이름을 듣고, 그 옛날의 모든 일이 새삼스럽게 기억에 소생되는 듯하였다. 눈을 지긋이 감고 무엇인가 자꾸만 생각하시는 듯도 하였다.

"전일에는 폐하께옵서 정한담을 충신이라 하신다고 하옵는데, 충신도 역적이 되나이다."

---

1) 대궐 안에 들어가 왕에게 알현하던 일.

천자는 약간 놀라 눈을 뜨셨다가 또 슬그머니 감으셨다. 상대방을 꾸짖을 마음은 추호도 없는 듯하셨다. 그 괴로운 표정으로 보아 자기 자신을 내심 무척 학대하고 계신 듯하였다.

"그놈의 말을 듣고 충신을 참하여 죽이고 이런 환을 만나시니 천지가 아득하고 일월이 무광하옵니다."

충렬은 하고 싶은 말이 많았으나, 목이 메어 그 이상 더 계속할 수가 없었다. 아버지를 생각하고 장인 강희주를 생각하면, 그들이 한없이 가엾고 모두가 가엾은 것 같았다. 천자가 불쌍하고, 이러한 만 가지 연민과 혐오와 동정의 착잡한 감정 때문에 소년의 두 눈은 자신도 모르는 중에 스스로 뜨거운 액체가 넘쳐흘렀다.

이 눈물은 전파되어, 진영 내에 얼마 남지 않은 패전의 불행한 군사들에게도 한결같이 옮아갔다. 그들은 울고 미칠 듯이 분하게 생각하였다. 천자의 고귀한 눈에도 두 방울의 눈물이 떠오르고, 멀리 허공을 지켜보실 뿐 한동안 묵묵부답으로 아무런 말씀도 없으셨다. 극도의 회한과 때늦은 각성이 천자의 혼을 완전히 사로잡는 듯하였다.

바로 이때, 그 동안 적진에 감금되어 죽음만을 기다리고 있던 태자가, 정문걸의 사후의 혼란을 틈타서 재치 있게 도망쳐 왔다. 태자는 아버지 황제의 옆에 서 있다가 충렬의 말을 듣고 급히 그의 앞으로 뛰쳐 내려갔다. 버선발 그대로였다.

충렬의 손을 잡고 그는 흥분한 어조로 이렇게 입을 뗐다.

"경의 말을 잘 알겠소! 옛날 주성왕도 관채의 말을 듣고 주공을 의심하다가 후회 자책하여 성군이 되지 않았소. 충신이 다 죽은 건 막비 천운이요. 그런 생각만 말고 또 그런 말만 말고,

경이 진충갈력(盡忠竭力)하여 황상을 돕는다면, 태산 같은 그 공로는 천하를 반분하고, 하해 같은 그 은혜는 꼭 갚으리다."

태자는 효심이 지극하고, 성군이 될 자격이 넉넉히 있고도 남는 듯하였다. 생김생김부터가 비범하고, 남달리 활달한 위인이었다. 충렬은 첫 관찰에서 그 점을 누구보다도 잘 알아보았다.

그는 억제할 수 없는 경의와 충성심을 가지고 태자에게 절을 올렸다. 투구를 벗고 큰절을 올렸다. 그리고는 이렇게 말하였다.

"소장은 부친의 가엾은 운명을 생각하고, 아들로서의 괴로운 심정에서 폐하전에 황공하온 말씀을 감히 아뢰었으니, 참으로 만사무석이올시다. 소장이 죽사온들 폐하를 어찌 아니 돕겠나이까?"

이런 말을 듣고, 천자는 친히 계하로 내려 오셔서 벗은 투구를 충렬에게 씌워 주고, 반가이 손을 잡기까지 하셨다.

"과인은 보지 말고, 그대의 선조들이 창전하시던 일을 생각하여 나를 도와주면, 태자가 한 말대로 그대의 공을 갚으리라."

충렬은 이에 청령하고 물러나와 장대에 높이 올라앉았다. 그리하여 남아 있는 군사들을 살펴보니 불과 천이백의 장졸밖에 보이지 않았다. 충렬은 그들을 그런 대로 정돈시켰다.

천자는 삼 층 단에 높이 앉으셔서 하늘에 제사하고, 인검을 손수 끌러 충렬에게 내어 주셨다. 그리고 대장사 명기에 친필로 '대명국 대사마 도원수 유충렬'이 힘차고 뚜렷하게 써서 같이 내어 주셨다. 충렬은 사은숙배를 하고, 나머지 빈약한 장졸들이나마 그의 방법에 의하여 진을 폈다. 일자 장사진을 치고 양쪽 꼬리를 서로 합치게 하는, 보기에 무척 단순한 진법이었다. 그리고는 군사들을 호령하여 소리 높이 외쳤다.

"너희들 듣거라! 남북 적병이 비록 억만 명이라 하더라도 나 혼자서 당해 낼 것이지만, 너희들은 항오(行伍)[1]를 잃지 말아라!"

한편, 적진에서는 어떻게 되었는고 하니, 용감한 장군 정문걸의 비보가 퍼지자, 폭풍이 불어온 것처럼 구석구석이 야단법석이었다. 도대체 그가 죽을 수가 있느냐는 이야기였다.

"그렇다면 내가 나간다. 내가 나가서 그 대담무쌍한 자의 목을 베어 온다."

라고 제각기 공명을 내세우며 외쳐 댔다.

이런 것을 모두 눌러 버리고, 삼군 대장 최일귀가 엄엄한 위풍으로 앞질러 나섰다. 녹운갑에 백금 투구를 쓰고 장창대검을 좌우에 갈라 잡고, 적제마를 채찍질하여 비호처럼 명나라 진영으로 달려들었다. 정문걸의 뒤에 내가 있다는 것을 너희들은 몰랐더냐 하는 위세였다.

"유충렬이란 놈 나오너라! 아직도 미거(未擧)한 놈이 남북 강병 억만군을 능멸하니, 버릇없기 짝이 없다! 어서 나와 죽어 보라!"

유원수는 자대에 앉아 있다가 최일귀란 말을 듣고 펄쩍 뛰어 내려 왔다.

"네가 최일귀란 놈인가? 너희 두 놈의 간을 내어 우리 부모 영전에 재배하고 먹으리라!"

소년 원수 충렬은 그런 말을 하기가 무섭게, 장성검이 번득하

---

1) 군대를 편성한 행렬.

고 번갯불처럼 비쳐 갔다. 그러자 그와 동시에 그렇게도 위세를 울리던 최일귀의 장창대검이 조각이 되어 가루같이 흩어져 날았다. 사람들은 그 편편을 보았을 뿐이었다. 최일귀는 정신을 가다듬어 이번에는 철퇴로 치려 하였다. 그러나 웬일인지 상대방의 몸이 보이지 않았다. 최일귀는 두 눈을 뒤집어 까고 사방을 두리번거리며, 광분의 최고 절정에 오르고 있었다. 그야말로 귀신에 홀린 듯하였다.

적진에서 관전을 하고 있던 옥관 도사가 이때 급하게 쟁을 쳐서 최일귀를 거두었다. 본진으로 돌아간 그는 정신을 잃고 주저앉아 버렸다. 아, 이 얼마나 위험한 순간이었던가. 옥관 도사만은 그것을 깨닫고 있었다. 그러나 북적 선봉 마룡이라는 자는 이를 매우 못마땅하게 생각하는 모양이었다. 그는 천하의 명장이었기에 명예를 존중하고 패주를 미워하였다.

"대장은 무슨 일로 젖비린내가 나는 조그만 아이를 사려 두고 왔소이까? 내가 가서 그놈의 머리를 베어 오는 것을 보소이다."

정신없이 아직도 멍하지 주저앉아 있는 최일귀를 옆으로 보며 그렇게 일러 놓고, 마룡은 말에 채찍질을 하였다.

그러자 이것을 보고 북적 진중에서 그의 도사가 부리나케 달려들었다. 도사는 장군의 말머리를 잡고,

"대장은 가지 마옵소서! 부디 가지 마옵소서!"
하고 성급하게 만류하였다.

"적장의 갑주와 장검을 보니, 용궁의 조화가 분명하오. 수년 전에 대장성이 남경에 떨어졌는데, 이제 그의 검술을 보니 북두성 대장성이 칼빛을 응하고, 일광주 용인갑은 몸을 가려 버렸소

이다. 그러니 사람은 천신이요, 말은 비룡이라. 뉘 능히 그를 당하리요."

"무슨 소리! 대장부 앞에 요망한 도사 놈이 무슨 잔말인가. 썩 물러가지 않으면, 우선 네 목을 베어 버릴 테다."

마룡은 앞질러 나가고, 도사는 하는 수 없이 물러서서 멀리 달아나, 아무것도 거칠 것이 없는 데서 싸움을 구경하기로 하였다. 그는 예언자로서 굳은 신념을 가지고 앞을 내다보고 있었다.

고집 센 마룡은 한 손에 삼천 근짜리 철퇴를, 또 한 손에는 장검을 비껴 잡고, 우뢰 같은 호룡은 치며 적진에 육박해 가고 있었다. 그는 거의 미친 사람처럼 투지로 불붙고 있었다. 이런 사람일수록 옆에서 보면 미친 사람 같고 바보 같았다. 앞을 뻔히 내다보는 도사의 눈에는 더구나 그러하였으리라.

도사의 귀에 발악하는 소리가 들리고, 눈에는 번갯불이 비쳐 오는 듯하였다. 마룡은 어느새 명나라 진영에 육박하고, 명나라 진영에서는 유충렬이가 나와 맞붙은 것이었다. 의기양양해서 싸움을 청하였던 마룡의 눈에는 순간 기묘하게도 아무것도 없는 듯하였다. 자신의 정신이 혼미해서 그런지, 유충렬이 재주를 피워서 그런지 그 점은 잘 알 수 없어도, 어쨌든 그의 눈에는 상대방의 실체를 알아맞힐 도리가 없었다. 그의 눈을 혼란하게 하는 안개 속에서 목소리가 나고, 검광이 반짝반짝할 뿐이었다. 마룡은 그것을 쫓아 치고 그것을 비켜서 도망치고, 말하자면 신비한 환영과 맞붙어 싸웠다. 밤새도록 도깨비와 맞붙어 싸운 사람이 있다면, 도깨비가 서서히 피하여 달아날 새벽에 가서야 얼마나 통분하고 지쳐서 주저앉아 버릴 것인가. 마룡은 지쳐서,

삼복더위 중에 밭갈이를 하는 황소처럼 숨을 헐떡헐떡 내쉬며 싸웠다.

그런 동안에 마룡은 삼천 근 철퇴는 땅에 동그라져 떨어지고, 구척장검은 가루가 되어 부수어져 달아났다. 이쯤 되고 보면, 최후의 의지력만으로 싸워 오던 마룡도 어쩔 수 없게 되었다. 수단을 잃어버린 그는 이미 새벽이 온 것을 알게 되었다. 그러나 도깨비는 물러가지 않고 최후의 단안을 내려, 안개 속에서 장섬검이 번쩍하는가 하더니만 그와 동시에 마룡의 머리는 날아가 버렸다.

유충렬은 안개를 헤치고 나타나, 머리는 자기편으로 몸은 적편으로 각각 칼끝에 찔러 던졌다. 그 통쾌한 행동이야 어찌 필설로 다 표현하랴. 그리고 외쳤다.

"이놈! 거기에 깊이 숨어 있는 정한담 놈아. 듣거라! 이것을 똑바로 보라! 빨리 나와서 죽기를 재촉하라! 네 몸도 이와 같이 죽으리라는 것을 알라."

그 소리가 또한 하늘에서 내려오는 것만 같아서, 적의 진영은 한동안 벌벌 떨며 소리가 없었다. 이와 같이 통쾌한 제일의 감정을 명나라의 진영에서는 승리의 환희로 돌려놓고, 적의 진영에서는 패전의 굴욕과 분노로 돌려놓았다. 아까 마룡을 만류하며 자기 말을 듣도록 요청한 북적의 도사는, 자기의 예언이 입증되어 내심 통쾌하였음은 뻔한 일이었다. 그는 이미 실망하고 피해 달아난 뒤라, 보이지도 않았다.

굴욕과 분노의 절정에서 혼란만을 거듭하고 있는 영내에, 그 거창한 몸을 자랑하며 정한담이 위엄 있게 나타났다.

"이놈들! 그래 이 억만 군중에서 저 강아지 새끼만도 못한 충렬이란 놈 하나를 당할 사람이 없단 말이냐!"

그렇게 격분해서 외치며, 정한담은 청사마를 비껴 타고, 십척 장검을 빼어 들며 진문 밖으로 나섰다.

그러자 그동안 정신을 회복한 최일귀가 급히 달려왔다.

"대장은 아직 참으소서. 소장이 당해 보리다."

최일귀의 공명심은 또 한 번 그를 말에 앉혀 적진으로 달리게 하였다. 정한담은 그러면 그렇지, 내가 나서기는 아직도 이르다라는 식으로 만족한 미소를 지으며 다시 제 자리로 후퇴해 왔다.

적진으로 달려간 최일귀는 우선 호통부터 쳐야 한다는 생각으로, 이렇게 커다랗게 외쳤다.

"유충렬이란 놈 듣거라! 아직 피도 마르지 않은 놈이 무엄하고 대담하기 짝이 없다. 어제 결정짓지 못한 싸움을 오늘은 결정을 낼 작정이니 어서 나오너라!"

유원수는 천마사에 펄쩍 뛰어올라 호응하고 나섰다. 한 손에 신화경을, 또 한 손에 장성검을 비껴 잡고 최일귀를 희롱하며 풍운을 달래면서, 거침없이 육박해 들었다. 그의 육신은 또다시 햇빛처럼 빛깔만 남아, 실체가 알 수 없어져서 적을 혼미 속에 빠뜨려 놓았다. 최일귀는 자기 혼자 미쳐서 날뛰는 듯하였다.

그러기를 반 합도 못 되어, 빛깔만 번쩍하며 장성검은 어느새 최일귀의 머리를 베어 없앴다. 이 모두가 순식간의 일이라, 아무도 그 과정을 아는 자가 없었다. 시간을 초월하고 논리를 초월해서, 최일귀는 감당할 수 없는 힘에 의하여 두 도막이 나고야 만 것이었다.

유원수는 똑같은 신출귀몰하는 솜씨로 최일귀의 머리를 칼끝에 꿰어들고 본진으로 들어왔다.

"이것이 최일귀의 머리가 틀림없사옵니까?"

머리를 어전에 바치며, 유원수는 그렇게 물었다.

천자는 좌우를 시켜, 도마를 가져오라, 칼을 가져오라 별안간 활기를 내시면서, 그것들이 갖추어지자 피가 뚝뚝 떨어지는 최일귀의 머리를 도마 위에 올려놓고, 동강동강 칼질을 하기 시작하셨다. 그런 때의 천자는 평소에 볼 수 없을 만큼 잔인하고 복수의 화신이 되어, 분노의 불덩어리가 되어 있으신 듯하였다. 이를 악물고, 눈에서는 눈물이 쏟아지고, 칼에 잡으신 팔목에서는 검푸른 핏줄이 불퉁불퉁 보기 흉하게 솟아 있으셨다.

"여보, 유원수! 이놈을 보오. 내가 왜 이러는 줄 유원수는 아오?"

천자는 자기로서는 자기의 행동에 놀란 듯, 얼마 후 칼질하던 손을 쉬고 그렇게 말씀하셨다.

"이놈의 눈알이 아직도 살아 있지 않소. 과인은 이것이 보기 싫소!"

천자는 또다시 별안간 흥분하시어, 죽은 최일귀의 눈알을 가혹한 손짓으로 뽑아 버리셨다.

"짐이 불명한 탓으로 이놈의 말을 들었던 거지! 암, 짐이 불명하였어! 그러니까 이런 놈의 말을 듣고 경의 부친을 소외하였고, 이놈이 나를 속여 만리 연경에 보냈던 것이오. 이제는 설욕을 하였으니까, 경의 은혜 논지하건대 환부 봉양 부족이요, 백골이 진퇴가 된들 그 은혜 다 갚겠소. 황태후는 어디 가시고 이놈의 고기 맛을 보지 못하실까?"

유원수는 감격해서 눈물을 뿌리며, 고두사례(叩頭謝禮)하고 어전을 물러나왔다.

밖으로 나오자, 중군장 조정만이 부리나케 달려들어 손을 잡고, 역시 기쁜 눈물을 뿌리며 칭송해 마지않았다. 태자가 그러하였고, 모든 명나라 군사가 그러하였다. 유충렬은 자기의 책임을 더욱 소중하게 느끼면서 장대에 올랐다. 적군의 진영에서는 또 한 번 발칵 뒤집혔다. 삼군대장 최일귀의 전사도 그들의 파멸을 예고해 주는 듯하였다. 그러기에 정한담은 용상을 치고 일어났고, 그 거창한 육체의 격동은 큰 고래의 분노를 만난 바닷물처럼 그들의 온 진영을 격랑 속에 뒤집어 놓았고, 그것은 전사자에 대한 애통과 함께 정신을 차리지 못할 정도였다. 내가 아니면 아니 되고, 또 최후의 수단이라고 인정될 때, 고래같이 큰 덩치의 정한담은 그 권위와 횡포를 제멋대로 할 것이었다.

"비켜라! 내가 나설 때에는 이 세상에 마지막이란 것을 알아라! 누가 감히 내 앞을 가로막느냐! 그 쥐꼬리만한 유충렬이 한 놈을 못 당하고, 이래서 이 세상이 부지될 수 있단 말이냐. 가져오너라! 창도 가져오고, 칼도 가져오고, 내 것은 죄다 가져오너라!"

십삼 척 거구의 정한담은 장장 대검을 죄다 잡아 쥐고 말에 뛰어올라, 오백 보의 전장을 한 걸음에 뛰어 넘어서서 육경육갑을 베풀고, 좌우 신장 옹위하고, 둔갑 장신하여, 변화의 재주를 제멋대로 부리면서 적진에 육박해 갔다. 그는 분노의 화신 같고, 변화의 권화(權化)[1] 같았다. 지옥의 염라대왕조차도 그에게는 무색하리라 생각될 정도였다. 그 무서운 형상이란 좀처럼 형

---

1) 어떤 추상적인 것이 구체적인 모습으로 나타난 것처럼 여겨짐. 또는 그러한 사람.

용하기도 어려울 정도였다.

"거기 있는 유충렬이란 놈! 쥐꼬리만한 놈! 지체하지 말고 그 목을 납상(納上)해 오라!"

천지를 진동하고 강산을 뒤흔든다는 말은 바로 이런 음성을 두고 하는 말이다. 나뭇잎은 늦가을의 단풍잎처럼 바르르 떨리고, 사람이 간은 엄동설한의 찬 서리를 맞은 것처럼 졸아드는 음성이다.

그런데 이 무서운 호통도 양같이 순하고 반가운 음성으로 들은 자가 있었으니, 그것은 더 말할 나위 없이 소년 원수 유충렬이었다. 충렬은 이제야 설분(雪憤)²⁾을 할 수 있는 적이 왔다는 듯이 반갑게 장대를 뛰어내려 말에 올랐다. 그러자 천자는 급히 달려온 원수의 앞에 섰다.

"정한담은 일귀, 마룡의 유안이요. 천신의 법을 배워 만부부당(萬夫不當) 지력이 있고 변화 불칙하니, 각별히 조심하오."

천자의 이런 당부에 충렬은 웃음으로 대답하고, 말머리를 어루만지며 채찍질을 하였다.

앞으로 나와 충렬은 잠시 동안 멈칫하면서 상대방을 관찰하였다. 아닌 게 아니라, 신장이 십 여 척이요, 면목이 웅장한 것이, 최일귀나 정문걸의 유가 아니었다. 황금 투구에 녹포 운갑에다 조화를 붙였는데, 천상의 익성정신을 흉중에 달았고, 일대 명장임에 틀림이 없었다. 역적이 되고도 남을 만하였다. 이런 자가 역적이 아니 되고 누가 되랴 하고 소리치고 싶을 정도였다.

---

2) 분풀이.

충렬은 시노하경을 펼쳤다. 그리하여 익성정신을 흩어져 없어지게 하고, 장성검을 다시 닦아 광채 찬란하게 하고 나서 변화에 은신하고, 호통을 크게 지르며 그에게 육박해 갔다.

"거기 서 있는 네놈은 명나라 정종옥의 자식 정한담이란 놈이 아닌가! 대대로 명나라 녹을 먹고 그 인군을 섬기다가, 무엇이 부족하여 충신을 다 죽이고 부모 나라를 치려고 하는가 말이다! 그러니 비단 천하 사람뿐만 아니라, 지하의 귀신들일지라 하더라도 너를 잡아 황제전에 드리고자 할 것이니, 너 같은 만고 역적이 살기를 바랄 수가 있겠는가! 네놈의 몸을 생금(生擒)하여 전후 죄상을 물은 뒤에, 네놈의 살을 포육해서 제사하고, 남은 고기를 받아다가 우리 부친 영혼당에 석전제(釋奠祭)[1]를 지낼 것이다. 어서 나와 나를 보라!"

정한담은 미칠 듯이 격분해서 그 거구를 움직이며 달려들었다. 충렬은 초인적인 장성검을 되도록 조심스럽게 쓰는 듯하였다. 최일귀의 경우와 같다면, 반합도 못 가서 눈 깜빡일 사이에 머리와 몸을 갈라놓을 수가 있다. 그러나 그는 정한담만은 살려 잡아서 승리의 쾌감을 맛보고 싶었다.

그래서 변화를 달리하고, 장성검을 높이 쳐들어 내리쳐서, 상대방을 말에서 굴러 떨어지게 하려 하였을 때, 의외에도 기묘한 현상이 일어났다. 정한담은 온데간데없고, 연기 같은 안개가 조물조물 일어나며 장성검의 칼빛이 별안간 죽어 버리고, 펴졌던 칼이 스르르 도로 말려 들어가는 것이 아닌가. 그것은 밟힌 지렁이와 같았다.

---

1) 문묘(文廟)에서 공자를 제사 지내는 의식. 음력 2월과 8월의 상정일에 거행함.

충렬은 깜짝 놀라 뒤로 물러서서, 재빨리 신화경을 펼쳐 보았다. 그리고 신화경 일편을 외어 대장성검을 번치며, 풍백을 급히 불러 채운을 쓸어버리고 안순품법에 조화를 붙여서, 그제야 십 척 장검을 번쩍이며 상대방을 뒤쫓았다.

"흥! 저놈이 천신이었구나. 산채로 잡으려다가는 도리어 화를 당하기가 꼭 좋겠는걸!"

충렬은 다시 기운을 내어 적에게로 육박해 갔다. 장성검을 높이 빛내며 내리쳤으며, 정한담의 목에는 좀처럼 접근하지 않았다. 몇 번이나 그렇게 실수를 하였다. 그러나 따지고 보면, 그것은 실수가 아니었다. 정한담은 조화를 부렸고 변신 자체가 술법을 부리고 있었다. 충렬은 더욱 기운을 내어 몰고 쳤다. 그러던 중, 도리어 상대방을 잡으려고 변신 육박해 오던 정한담의 말이 거꾸러져 땅이 쓰러져 버리고야 말았다. 그러자 충렬은 재빨리 달려들어 칼을 높이 들고, 정한담의 목을 향해 내리쳤다. 목은 맞지 않고, 그 대신 황금 투구가 소리를 내며 깨어져 달아났다.

이와 동시에 적진에서 징을 치는 요란스런 소리가 울렸다. 지쳐서 기진맥진해 버린 정한담은 이것이 호기라고 생각하고, 본진으로 삼십육계 줄행랑을 쳤다. 본진으로 돌아가서도, 그는 잠시 동안 정신을 차리지 못하였다. 좌우에서 몇 사람이 부축하고 적당하다고 생각되는 가지가지 치료법을 쓴 뒤에, 비로소 좌정하고 앉을 수가 있었다. 그는 홍역을 치르고 난 것만 같았다.

"선생이 어쩐 일로 나를 부르셨소?"

정한담은 그제야 꿈에서 깨어난 사람처럼 옥관 도사에게 물었다. 도사는 싱글싱글 웃으면서 대답하였다.

"적장의 칼에 장군의 투구가 깨어지기에 매우 위험스러워서 불렀지요."

"그래요?"

정한담은 아직도 자기의 투구가 깨어진 것을 모르는 모양이었다. 머리를 만져 보고, 그제야 투구가 없는 것을 깨닫고, 매우 놀랐다.

"충렬이란 놈은 과연 천신이오! 사람은 아니오!"

하고 그는 분에 못 이기면서도, 그런 시인을 하지 않을 수 없었다. 그것이 자기에게는 더욱 분하게 생각되는 모양이었다.

"그 동안 나는 십 년을 공부히여, 사람은커녕 귀신도 다 하지 못할 술법을 배웠건만, 그것을 오늘 죄다 써 버리고야 말았소. 마룡과 최일귀만 아니더라도 나는 나가지 않았을 것이고, 또 내 십 년 공부를 그대로 간직하고 기대라도 가지고 있었을 것이오. 몸은 다행히 선생의 덕택으로 살아서 돌아왔지만, 이제는 어떻게 하면 좋겠소? 나는 도저히 불가능하오. 유충렬을 잡을 방법이 없소. 그러니 선생! 깊이 생각하셔서 좋은 방법을 가르쳐 주시오."

이런 말을 듣고, 옥관 도사는 눈물이 날 지경이었다. 정한담과 같은 무서운 인물이 이토록 녹아 떨어질 줄은 몰랐다. 도무지 생각할 수도 없는 일이다. 그런지라, 더욱 유충렬의 위대함이 느껴지고, 그의 요구에 신중을 기하지 않으면 아니 되었다. 정한담의 불안이 그에게도 전염된 것이었다.

잠시 후, 옥관 도사는 자기의 입을 정한담의 귀에 갖다 댔다.

"우선 진문을 굳게 닫도록 하십시오. 그리고 말씀인데, 그놈을 잡는 것이 인력으로는 도저히 안 됩니다. 군장 기계를 모아

여차여차하였다가, 적장을 유인하여 진중에 들게 되면, 제가 비록 천신이라도 도피할 길이 없을 것이오.”

정한담의 우울한 얼굴은 대번에 빛이 돌았다. 그는 더 말이 있는가 하고 그대로 귀를 기울이다가 말이 없자, 고개를 번쩍 쳐들었다. 그리고 소리 높이 진문을 닫도록 명령하였다.

정한담은 자신 있는 표정으로 며칠을 보냈다. 내심으로는 언제나 그 한 가지 상념에만 골몰하는 듯하였다. 이렇게 며칠이 지난 뒤에, 그는 깨어진 갑주를 다시 마련해 쓰고, 진문을 나서서 적진으로 달려갔다. 영내의 대비도 물론 완전히 갖추어 놓고 있었다.

“이놈! 유충렬이란 놈 듣거라! 아직도 젖비린내 나는 놈이 대담스럽게도 우리에게 대적하려 하니, 그 후생이 가엾구나. 빨리 나와서 사생을 결단하라!”

정한담은 용기를 내어 큰 소리로 외쳤다.

이때 충렬은 자기편의 진 앞을 왔다갔다하고 있었다. 며칠 전의 승리가 그들 유쾌하게 해주었고, 이제는 머지 않아 최후의 통쾌한 승리가 오리라고 관망하고 있었다. 따라서 생각하지도 않은 정한담이 나타난 것은 그의 쾌감을 최고도로 올려놓았다.

충렬은 천사마에 채찍질을 하고, 그 길로 상대방 적에게 달려들었다. 이번에는 꼭 머리를 베어 올 작정이었다. 그런데 웬일인가? 싸움을 청해 온 정한담은 일 합이 다 가지 못해서 거의 잡히게 되었을 때, 말머리를 돌려 삼십육계 줄행랑을 치는 것이 아닌가. 본진에서 징을 친 것이었다. 충렬은 그 뒤를 쫓았다. 꼭 잡아 버릴 결심은 추호도 감퇴됨이 없었다. 도망가는 적을 쫓아 적진에 달려들고, 선봉을 파헤쳐 장대에 가까이 갔을 때,

그 장대에서 별안간 북소리가 올랐다. 그리고 이와 동시에 사면에 안개가 가득 차고 적장은 어디로 갔는지 보이지 않고, 찬바람이 일며 한설(寒雪)이 분분해서 지척을 분간할 수도 없었다. 아, 얼마나 가련한 일인가? 충렬은 적장의 꾀에 빠져 함정에 빠져 버리고야 만 것이었다.

충렬은 놀라며 급히 신화경을 펼쳐 보았다. 그리하여 둔갑장신해서 일신을 감추고, 안순법을 베풀어 진중을 살펴보니, 토굴을 깊이 파고 그 가운데 장창검극은 삼대같이 벌려 섰으며, 사해 신장이 나열되어 독한 안개, 무서운 돌막들을 사방에서 뿌리면서 함성을 지르고, 항복하리는 소리는 또한 천지를 진동하는 것이 아닌가. 충렬은 그제야 간계에 빠진 자기를 깨달았다. 아! 이 얼마나 분통이 터질 일이냐.

그러나 충렬은 되도록 마음을 냉정하게 하고 신화경을 다시 펼쳐 들었다. 그리하여 육정육갑(六丁六甲)[1]을 베풀어 신장을 호령하고, 풍백을 급히 불러 운무를 쓸어버리니, 명쾌한 청천백일이 일과주를 희롱하고, 장성검은 번쩍번쩍 번갯불을 일삼기 시작하였다. 백만겹으로 첩첩 에워싼 무수한 적병들은 혼란하기 시작하고, 이것을 본 장대에서는 미칠 듯이 북을 치면서 군사를 재촉하고 있었다. 충렬은 분격하여 일광주를 고쳐 쓰고 용인갑을 매만져 천사마를 채찍질하였다. 그리고는 좌충우돌 호통을 쳤으니, 가는 곳마다 번갯불이 일고, 번갯불이 일어나는 곳에는 뇌성벽력이 뒤를 따라 진동하였다. 이쯤 되고 보니, 적병들은 넋을 잃고 기가 죽어 말뚝처럼 서 있을 뿐이고, 장수들

---

1) 둔갑술을 할 때에 부르는 신장(神將)의 이름.

은 귀가 먹고 눈이 어두워 자기 군사들조차도 알아보지 못하고 있었다. 그래서 서로 밟아 죽이고 쓰러지고, 그야말로 아수라 같은 난장판이었다. 그런가 하면, 충렬의 변화 자재한 장성검은 제멋대로 날개를 달아 동천에서 번쩍하면 호적이 쓰러지고, 서천에서 번쩍하면 전후 군사 다 죽는다는 식이 되어 추풍낙엽이 볼 만하고, 무릉도원에 홍수는 흐르는데, 핏물뿐이었다.

용감한 충렬은 이렇게 해서 선봉과 중군을 죄다 무찔러 버리고, 더욱 돌진해서 장대에 육박하였다. 그러자 이토록 자기를 곤경에 빠뜨려 놓은 비겁한 장본인, 밉고 또 한량없이 미운 원수 정한담이란 놈이 칼을 들고 그 장대 높이 서 있는 것이 아닌가. 분에 이기지 못하는 충렬은 증오의 호통 소리를 지르기가 무섭게 장대에 뛰어올라, 눈 깜짝할 사이에 원수의 목을 베어 버렸다. 그리고도 그는 분을 다 식힐 수가 없어서, 정한담의 머리를 한쪽 겨드랑에 끼워 들고 후군으로 무찔러 들어갔다.

동굴 앞을 지날 때 웬 여자의 음성이 들려왔다.

"저기 가는 저 장수, 행여 명나라 장수거든 우리 고부 살려 주소!"

눈물이 젖고 기운에 지친 참으로 애통한 여자의 목소리였다. 이런 목소리를 듣고 놀라서 아니 달려 갈 장사가 또 있을 것인가.

그러나 충렬보다도 그의 애마 천사마가 더욱 예민한 듯하였다. 보기 드문 훌륭한 말은 벌써부터 주인을 그리로 인도한 듯하고, 주인이 동굴 앞으로 향하자, 선뜻 멈추어 섰다. 충렬은 말에서 내려 동굴에 달려들어가, 그것이 적에게 잡혀 죽음을 기다리던 황후와 황태후라는 것을 알자, 서슴없이 그 앞에 무릎을

끓었다.

"소장은 동성문 안에서 살고 있었던 정언주부 유심의 아들 유충렬이라고 하옵니다. 부친의 원수를 갚으려고 불원천리 달려와서 정문걸을 한칼에 베고, 그 후에 최일귀, 마룡을 잡고, 이제 정한담의 목을 베기 위하여 이곳에 왔사오니, 소장과 함께 본진으로 가사이다."

불행한 두 여인은 충렬의 말이 끝나기도 전에 와락 달려들어 손을 잡고 일어섰다. 그리고 미칠 듯이 울어 제쳤다. 그런 힘이 어디에 있는가 싶도록 그들은 막무가내였다.

늙은 황태후는 충렬의 팔을 잡고, 내 아들처럼 눈물을 부리며 이런 말을 하였다.

"그대가 유주부의 아들이란 말인가? 어디 가서 장성하여 이런 훌륭한 명장이 되었을까. 그대 부친은 어디 있노? 장군이 우리 고부를 살려 주었으니, 나는 이런 백발 할매가 천자를 다시 보게 되었고, 내 며느리 어여쁜 아기는 황제 낭군 다시 보게 되었소. 그러니 이 공로, 그 은혜는 태산이 무너져 평지가 되어도 잊을 수 없고, 천지가 변하여 벽해가 될지라도 잊을 가망 전혀 없소. 머리를 잘라 신을 삼고, 혀를 빼어 창을 받아서 백년 삼만육천 일의 날의 날마다 신고서도 그 공로는 다 갚을 만하겠소. 장군, 우리 고부를 명나라 진영으로 데려다 주오. 어서 가서 내 귀한 아들을 보게 하오."

고귀한 인물이 불행하게 되면 더욱 가련하게 보인다. 며칠 동안의 옥고와 먹지 못한 배고픔이, 이들의 모습이나 언행을 완전히 처참하게 만들어 놓고 있었다. 두 사람에게서는 그 옛날의 모습을 조금도 찾아볼 수가 없었다.

그것이 더욱 가엾어서 충렬은 더 쳐들어갈 전의를 포기하고, 불행한 황후와 태후를 모시고 본진으로 와 버렸다. 그리고 정한담의 머리를 천자에게 바치려고 하였을 때, 그는 깜짝 놀라 하마터면 뒤로 넘어질 뻔하였다. 그것은 진짜로 정한담의 머리가 아니라 허수아비의 머리가 아닌가. 충렬은 또 한 번 속아넘어간 분노를 참을 길이 없었다. 마음 같아서는 금방 달려가 그 원수의 진짜 모가지를 베어 오고 싶었다. 꼭 그렇게 하고 싶었다. 그러나 황후와 태후를 생각하면 그럴 수도 없어서, 격분한 마음을 꾹 참고 진문을 들어섰다. 다음 기회를 그는 생각하였다.

명나라 진영에서는 말할 수 없는 기쁨에 넘쳐흘렀다. 천자는 말할 것도 없으려니와, 태자 · 중군장 그리고 온갖 군사들이 환희의 눈물을 뿌리며 두 판을 번쩍 쳐들고 만세를 불렀다.

이들이 기뻐하는 까닭은 두 가지로 요약되었다. 그 하나는 황후와 황태후가 살아서 돌아온 것이요, 또 하나는 유원수가 무사히 돌아왔을 뿐만 아니라, 적을 대패시켜 놓고 왔다는 점이었다.

이 두 가지가 어느 한 가지고 낮잡을 수 없을 만큼 똑같을 정도로, 그들을 기쁘게 하는 중요한 요인이었다. 진문 밖에 나서서 충렬의 뒤를 눈으로 뒤쫓고 있던 천자는, 더구나 후자의 요인을 중요하게 생각하고 있을 정도였다. 그도 그럴 것이, 천자는 충렬이가 적의 함정에 빠져 보이지 않을 때, 죽은 줄로만 알고 계신 것이었다. 유원수가 죽는다면 거의 회복되어 가기 시작한 이 전쟁을 누가 완결시켜 줄 것인가. 완결은커녕 죽음과 영원의 파멸이 온다. 그것을 생각하며, 천자는 그 동안 천지신명께 온 정성을 다하여 빌어 온 것이었다.

황후와 황태후가 살아 온 것은 금상첨화(錦上添花)[1]였다. 그래서 더욱 기뻐하시며 천자는, 버선발로 달려나가 충렬의 손을 잡고 부축하였다. 울음과 웃음이 반반으로 얽혀 튀어 오르고, 지난날의 가지가지 고통스러웠던 경험담이 이 입 저 입에서 쉴 새 없이 꽃을 피웠다. 천자는 옥새를 목에 걸고 항서를 손에 들고, 도살장에 끌려 들어가는 소처럼 걸어나갔다는 이야기로부터, 소년 영웅 충렬이가 나타났다는 이야기에 이르고 황태후는 동굴 속에서 굶어 죽을 줄만 알았는데, 하늘이 도와 충렬이 같은 명장을 보내 주었다는 이야기를 하였다. 이야기는 모두 충렬의 초인적인 힘과 영예로 집중되고, 친우신조라는 말로 맺어 갔다. 이와 같이 초상집과 잔칫집을 함께 벌려 놓은 듯한 열광적인 환희 속에서도, 충렬은 겸손한 교양 있는 주인공처럼 언제나 고개를 끄덕끄덕하고 빙글빙글 웃고만 있었다. 그의 내심에는 정한담의 머리가 떠오른 채 멀어지지 않고 있었다.

그러면 정한담은 어떻게 되었는가? 옥관 도사의 총명한 지혜에 의하여 유충렬을 감쪽같이 함정에 끌어들이기는 하였으나, 예상대로 그를 잡기는커녕 삼군 억만 군을 순식간에 잃어버렸고, 자기의 혼백을 붙여 논 허수아비마저 깡그리 목을 잘리고 말았다. 이쯤 되었으니, 그의 낙담은 말할 나위가 없었다. 눈앞이 캄캄하게 어두워, 다시는 일어나지 못할 것만 같았다. 명나라 진영의 반가운 환희와는 정반대로, 죽음과 피와 송장과 절망이 그의 눈을 가려 주었다.

한참 동안 넋을 잃고 앉아 있던 정한담은, 언뜻 무엇인가라도

---

1) 좋은 일에 또 좋은 일이 더함.

생각한 듯 벌떡 솟구쳐 일어서서 걷기 시작하였다. 그는 옥관 도사를 만나 깍듯이 절을 하고, 이렇게 입을 떼었다.

"이제는 백계 무책(百計無策)이올시다. 충렬은 천신이니, 선생은 어떻게 하면 좋겠소이까?"

도사는 어떻게 대답해야 좋을지 몰랐다. 자기의 지혜를 시험해 본 결과 실패를 하였으니 예언자로서 부끄러운 마음이 없지도 않았다. 하기야 만능인 상제로 하더라도 실패가 있고, 상황을 잘못 판단해서 자기가 만든 인간 자식을 고통스러운 죄악에 빠뜨려 놓는 경우가 있으니, 옥관 도사가 이만한 실패쯤은 문제도 아니었다. 억만 군병을 삽시간에 피와 송장으로 만들어 버렸건 그의 충고에 순종한 정한담이 실패를 하고 와신상담(臥薪嘗膽)[2] 고통을 깨물고 있던 그것은 홍수로 휩쓴 황하에 비긴다면 아무것도 아니다. 예언자의 실수는 크게 보지 않으면 아니 된다. 개인이 살인을 하였다면 마땅히 사형감이 되나, 일국의 왕이 그 나라의 백성을 죄다 전장을 끌고 나가 죽였다고 해도, 사형으로 몰 자는 아무도 없다. 온 우주를 총관하고 있는 상제는 그 몇 갑절의 큰 도락을 일삼을 수도 있다. 이것이 자연의 이치이고, 인간 사회의 도리이고 보면 어떻게 하는 것일까. 미욱한 개인은 위대함 앞에서 복종하기 마련이다.

예언자의 자질로서 상제와 맞서 보려는 옥관 도사는 따라서 자기의 실수를 황하의 모래알 정도로밖에 생각하지 않았다. 오연히 얼굴을 쳐들어 상대방을 보았다.

"적장 유충렬은 벌써 전에 연경으로 귀양간 유심의 아들이라

---

2) 섶 위에서 잠을 자고 쓸개를 핥는다는 뜻으로, 목적을 달성하기 위해 온갖 고난을 참고 견딤을 비유함.

고 하니, 지금 급히 군사를 재촉해서 유심을 잡아다가 진중에 가두어 놓고 죽인다고 위협을 한다면, 제가 아무리 충신이라 하더라도 인군만 생각하고 아비를 생각하지 않는다는 법은 없을 것이요."

하고 도사는 말을 맺자, 노인답게 기침을 캑캑하고 위엄을 보였다. 그리고는 또다시 상대방의 눈을 말끄러미 지켜보며, 그 표정의 변화를 관찰하였다.

정한담은 도사의 의견이 옳다고 생각하였다. 유충렬을 인간으로서 넘어설 수 없는 윤리를 이용하여 잡아 버리자는 것이니, 그 얼마나 뛰어난 지혜인가? 정한담은 간탄헤서 그대로 실천하기로 결심하고, 그의 앞을 물러나왔다.

날랜 군사 열 명을 불러 놓고, 즉시 연경으로 달려가 유심을 잡아서 오라고 명령하는 그의 음성은 전에 없는 신념으로 넘쳐 흘렀다.

정언주부 유심의 그 후 소식은 비참이라는 한 마디로 전부 다 해서 좋았다. 멱라수의 정자에서 아버지의 유서를 보았던 아들 유 충렬은, 그가 이미 이 세상에서 영원히 사라진 것으로 알고 있었으나, 그는 아직도 십 년 전의 춥고 초라한 적소에서 파리 목숨만한 연약한 명맥을 그대로 지속하고 있었다. 죽은 인간이나 다름이 없는, 그것은 살았다고는 도저히 볼 수 업는 참으로 비참함의 최고 절정에 있었다. 찾아 줄 사람도 없는 무섭게 추운 북녘 땅 객실에서, 배고픔과 추위에 홀로 떨고 있는 자유를 잃은 불행한 노인의 모습이란 송장과 같고, 냉큼 누구도 상상할 수 없을 정도였다. 그러기에 십 년이 하루 같고, 죽지 못하는 것만이 애통할 뿐이었다.

그러나 이런 땅에는 낙엽을 날리는 바람 소리가 있고, 창 밖의 나무에 와서 울어 주는 새들이 있었다. 봄이면 눈을 녹이는 따스한 훈풍을 실어다 주는 바람과 함께 강남에서 찾아 주는 제비가 있고, 가을이면 무서운 겨울을 예고하는 우수의 낙엽 소리와 함께 북극에서 찾아 주는 철새들이 있었다. 이러한 대자연의 철없는 방문객과 함께 때로는 인간 사회의 커다란 움직임이 물결쳐 오는 수가 있었다. 감옥에서 단편적으로 들을 수 있는 바깥 사회의 동정은 옛날과 똑같았다. 그러나 외로운 인간의 마음에는 얼마나 중대한 자극제가 되는 것일까. 이 사회와 제아무리 격리되어 높은 담에 싸여 사는 사람이라 하더라도, 생명이 붙어 있는 동안에는 이 사회와 떠나서 살 수 없다는 것은 역시 인간적인 약점이리라.

지나가는 노파의 불확실한 이야기에서, 남경 황성 안이 피바다가 되었다는 말을 귀에 담아 들었을 때, 불행한 유심의 충성은 얼마나 놀랐을 것인가. 정한담이 적과 내통하여, 천자를 내몰고 용상에 앉을 법하다는 것은 그가 이미 예견하고 예언해 둔 바이지만 그러나 천자의 생사는 그에게 커다란 충격이었다. 그러지 않아도 잠을 잘 수 없었던 그는, 이런 얘기를 들은 뒤로부터는 하루 한잠도 제대로 이루지 못하였다. 밤이면 늦게까지 등불을 돋우어 하늘에 축수를 올리는 것이 생활의 전부가 되어 버렸다.

"명천이 감동하시어 우리 천자 살려 주실진대, 내 아들이 살아 있거든 남경을 구원하고 그로써 아비의 원수를 갚게 하여주소서!"

이런 말로 축수가 시작되면 밤을 새워 끝날 줄을 몰랐다. 열렬한 충신으로서 자신의 고통보다는 천자의 고통을 생각하고, 자기의 사사로운 감정보다는 나라의 보다 높은 감정에 더 많이 골몰하는 것이었다. 그것은 가엾도록 열렬한 충신의 정신적 생활이었다.

그러자 뜻밖에도 십 여 명의 무지한 군사들이 그의 초라한 객실에 달려들어, 이렇다 묻지도 않고, 잡아내어 그를 수레에 싣고 달아나는 것이 아닌가. 늙은 충신은 나라가 멸망한 것을 직감하였다. 정한담이 천자를 내몰고 천하를 휘어잡은 것을 알았다. 그의 쇠약한 두 눈에서는 전신의 피를 짜내듯이 뜨거운 눈물이 쏟아져 흘렀다. 정신이 아찔하니 의식을 잃었다가 깨어나기도 하였다.

"이제는 꼼짝하지 못하고 죽게 되었구나! 우리 천자께서 승전을 하셨다면 나를 잡아갈 리 있겠는가. 정한담이 기어코 역적이 되어 천자를 죽이고, 나를 또한 죽이려고 이렇게 끌고 가는구나. 청천일월도 무심하고 형산 신령도 못 믿겠구나. 내 아들 충렬이도 정녕 죽었구나. 살았으면 어디 가서 아비 원수 못 갚고 이 지경으로 만들어 놓을까!"

이렇듯 늙은 유심은, 머나먼 길을 소리내어 질주(疾走)하는 수레에 앉아 동요에 몸을 내맡기면서, 미칠 듯이 울부짖고 또 소리내어 울기고 하였다. 이때의 늙은 충신의 절망적인 처절한 광태(狂態)를 보았다면 누구나 동정의 눈물을 자아내지 않은 사람은 없을 것이리라.

그러나 명령에 엄숙히 복종하는 십 여 명의 냉혹한 군졸들은 잠시도 수레를 멈추지 않고 전속력으로 달려갔다. 며칠이 지난 뒤에 일행은 적진 중에 도달하였다. 정한담은 이날 따라 더욱 곤룡포(袞龍袍)[1]를 정하게 차려입고 용상에 높이 앉아, 천자의 위엄을 십분 자랑하고 있었다. 그것은 유심에게 보이려는 간악한 계책이었음은 더 말할 나위도 없었다. 그는 유심이 끌려오자 백관이 좌우로 엄숙하게 늘어선 계하에 죄인을 불러 꿇어 엎드리게 하였다.

"그대가 너무 고집을 부려 만리 연경에서 몇 년을 고생하니, 내 마음이 불편하오. 이제는 짐이 천자가 되어 백관을 거느렸는데, 그대 아들이 아직 미거하여 천위를 모르고 죽은 명나라 황제를 살리려고 우리 군사를 침노하고 있소. 그러나 죄상을 논지한다면 죽일 것이로되, 그대를 생각하여 아직 살려 두고 있는 터요. 그런데도 종시 항복하지 않기로, 그대를 데려다가 자식에게 편지하여 부자 함께 만나 나를 도우면, 고관대작은 원대로 할 것이니 부디 사양하지 마시오."

그러나 죄인의 반응은 별안간 달라졌다. 이때까지 죽으리라고 생각하고 절망에 떨기만 하던 유심은 상대방 적과 만나고, 또 적의 입으로부터 이런 말이 흘러나오자, 분이 솟구쳐 발을 동동 구르며 눈을 부릅떠서 노려보았다. 유심의 분노한 감정은 그를 용서할 수 없었다.

"너 이놈! 정한담 놈아! 천지도 무섭지 않고, 일월도 두렵지 않단 말이냐. 나는 자식도 없고, 자식이 설혹 있다 한들 우리 천자를 모시고 너 같은 역적 놈을 죽이려 할 것이다. 그렇거늘, 그 아비가 무엇 때문에 성군을 저버리고 역적을 도우려 한단 말이냐. 내 아들이 어떠한 아들인지 너는 아는가 모르는가? 광태

---

1) 임금이 입던 정복.

한 천지간에 삼척동자도 네 고기를 먹고자 하는데, 하물며 옥황이 점지하여 남경을 도우라 하신 내 아들이 만고 역적 너 같은 놈을 섬길 듯하더냐?"

정한담 역시 참을 수가 없었다. 그는 용상을 치고 소리를 높여서, 저 무엄한 죄인을 즉시 내쳐다가 목을 베라고 엄명하였다. 그러자 옆에 지키고 서 있던 군사들이 검극을 번쩍이며, 벌떼처럼 달려들어 유심을 밖으로 끌고 나갔다. 이러한 광경을 지켜보고 있던 옥관 도사가 옆으로 다가왔다. 이번 역시 자기의 지혜가 실패라는 것을 그는 이미 깨닫고 있는 듯하였다. 그러기에, 일을 더 그릇되게 해서는 아니 되었다. 예언자의 조심성을 가지고 그는 정한담에게 이렇게 충고하였다.

"경솔히 그를 죽여서는 아니 되오! 유심의 상을 보니, 당대 왕후 기상이나 천명이 완연하여 그럴 가망 전혀 없소이다. 만일 그를 죽였다가는 대환(大患)이 목전에 있을 것이니 분심을 참으소서."

정한담은 겨우 분노를 억제하고, 죽이는 것만은 면해서 그 대신 유심을 다시는 돌아오지 못할 곳으로 멀리 귀양 보내 버렸다. 그리고 거짓 편지를 만들어 화살의 꼬리에 달아 활 잘 쏘는 군사를 시켜 명나라 진영으로 보내게 하였다.

유충렬은 간계에 넘어갔던 분풀이를 하려고, 그 기회만 엿보고 있었다. 그러나 적진에서는 문을 굳게 닫고 움직이지 않아서, 매일같이 장대에 앉아 적의 동정을 주시하기 시작하였다. 그러자 화살 하나가 후르르 날아들었다. 충렬은 그것을 집어 오게 해서, 꼬리에 매어 놓은 편지를 떼어 펼쳐 보았다.

"연경에 적거한 유주부는 불효자 충렬에게 일장 서간 부치나니, 급히 받아 떼어 보라. 오호라! 네 부모 연광 반이 넘어 일점 혈육 없었더니 남악산에 산제하고 너를 늦게야 낳아 영화를 보려 하였더니, 내 팔자 기박하여 천자께 득죄하고, 만리 연경에 귀양와서 사생이 관두(關頭)하되, 너는 아비를 찾지 아니하는구나. 부모를 상봉함은 천륜에 당연하거늘, 너는 몸이 장성하자 망한 나라를 섬기려고 새 나라를 침노하니, 새 천자께서 네 아비를 잡아다가 너 같은 자식을 두었다 하시고 도마 위에 올려놓고 죽이려 하니, 이 아니 망극한가. 자식의 힘을 입어 영화를 보는고로 생남하면 좋다 하는데, 나는 무슨 일로 영화를 보기는커녕 이 호호백발 파리한 목에 장검이 웬일이며, 피골상편 늙은 수족 수레 소리를 어이하리. 네가 정녕 내 자식이거든 급히 항복하여 우리 부자 상봉하고, 온갖 종록을 얻게 하라. 만일 내 말을 듣지 아니하면, 죽은 혼이라도 자식이라 아니하고, 모진 귀신이 되어 네 몸을 해하리라. 할 말이 무궁하나 목숨이 경각에 있어 황황하기로 그치노라."

충렬은 여기까지 편지를 읽어 내리는 데에, 최대의 인내력과 노력이 필요하였다. 자식을 꾸짖는 아버지의 눈물겨운 편지가 그의 효성과 마음을 흔들어 놓았다. 가슴이 답답하고 정신이 아찔하여 그는 아무것도 생각할 수가 없었다. 그대로 죽을 것만 같았다.

그러나 잠시 후, 그는 자기를 진정하고 냉정으로 돌아갈 수가 있었다. 일단 이 편지의 진부를 알아 볼 필요가 있다고 생각하였기 때문이었다. 그는 편지를 가지고 천자에게 가서 보시라 하고, 필적을 감정해 달라고 아뢰었다. 천자는 옛날부터 유심의 글을 자주 보셨으니까 알 만한 일이라는 것이었다.

천자는 편지를 보고 나서 히죽 웃으시고, 그것을 태자에게 주셨다.

"원수의 부친이 죽은 지는 오랠 것이오. 혼백이 살아서 편지를 썼다고 하더라도, 글씨를 보니 한 번도 못 보던 글씨이고, 그런 필적은 있지도 않은 것이오. 설령 살았을지라도, 그 사람이 어떻게 그런 말을 할까. 장군은 염려하지 말고 정한담을 사로잡아 편지의 곡절을 물어 보면, 내 말이 옳은지 그른지 알 것이리다."

태자도 편지를 보고 나서 박장대소(拍掌大笑)를 하며, 같은 말을 하는 것이었다. 그 간악한 반역자의 꾀에 빠지지 말라는 것이었다.

충렬은 어전을 물러나오면서도 생각하였다. 천자의 말씀이 틀림없고 뿐만 아니라, 아버지의 최후의 유서를 멱라수의 정자에서 내 자신의 눈으로 보지 않았던가. 그렇거늘 이제 새삼스러이 아버지의 생존을 인정하려 하고, 가짜의 편지 앞에서 이토록 흥분하는 것이 아닌가. 그러나 여하간 슬픈 일이다. 아버지라는 말만 들어도 가슴이 메어지는 듯이 아프다. 충렬은 최후의 비장한 결의를 하고 장대에 오르자, 무장을 다시 고쳐 맸다. 일광주를 다시 썼고, 황용수를 거스르고, 봉의 눈을 부릅떠서 용인갑을 졸라매고, 대장검을 높이 들며 신화경을 손에 들자 천사마를 급히 몰아 적진으로 향해 쏜살같이 달렸다.

"너 이놈! 정한담 놈아! 네놈이 간사한 꾀를 내어 나를 항복시키려 하지만, 내 어찌 그것을 모를 건가. 바삐 나와서 죽어 보라!"

천지를 진동하는 이런 소리를 듣고, 정 한담은 새파랗게 질려서 잠근 문을 절대로 열어 주지 말라고 엄명을 내렸다. 몇 번인가 죽을 뻔하였던 지난날의 경험이 일시에 그의 감정과 혼을 압박해 버린 것이었다.

분노가 불덩어리처럼 되어 버린 유충렬은, 철편으로 가루가 되도록 문을 부수어 버리고, 장성검을 번뜩이며 안으로 쳐들어갔다. 도성을 지키고 있던 군사들은 장성검의 밥이 되어, 이리 몰리고 저리 몰리면서 추풍낙엽처럼 피를 토하고 쓰러졌다. 그 수를 헤아리지 못할 정도였다.

정한담은 놀라 어떻게 할 바를 모르며 피할 구멍을 찾다가, 겨우 도사와 함께 북문을 빠져 호산대로 도망쳐 갔다. 충렬은 아직도 도망치지 못한 그의 가족과 삼족을 죄다 잡아 본진으로 보내 놓고, 반역자에게 붙어 온 만조백관을 호령하기 시작하였다. 그리하여 그들로 하여금 옥연을 갖추어서 천자를 모셔 환궁(還宮)하게 하고, 잡아 둔 한담의 가솔들을 하나하나 씨도 없이 베어 버렸다.

이런 일이 끝나자, 충렬은 조정만을 시켜 본진을 지키게 해 놓고, 자신은 자기 옛 집으로 가 보았다. 옛날 불이 붙던 광경이 그대로 머리에 떠올랐다. 허허벌판이 되어 버린 그 집을 뒤로 남겨 놓고, 그는 다시 궐문으로 향하였다. 마음이 혼란하고, 가지가지 불행한 감정이 일시에 밀려들어, 그는 자기보다 더 불행한 사람은 이 세상에 없느니라고 생각하였다. 이유를 알 수 없는 눈물이 펑펑 쏟아져, 눈앞이 캄캄해서 걸음을 옮길 수도 없었다. 그는 갑주를 땅에 벗어 놓고, 주저앉았다. 그리고 답답한 가슴을 뚫어지라는 듯이 두 주먹으로 무수히 두드렸다. 가슴속 뿌듯이 올라오는 감정이 그대로 소리가 되어 터져 나왔다.

"옛날 은나라의 기자도 나라가 망한 후에 옛터를 지나가다가, 궁실이 무너져서 갈대밭이 된 것을 보고 시를 지어 옛정을 회고하였다는데, 이제 충렬은 물 속 성에 부모를 잃고 거리로 구걸해 다니다가, 이 몸이 장성하여 옛날 살던 터를 다시 보니, 장부 한숨 절로 난다. 우리 부모는 어디에 가시고, 이런 줄을 모르시는가. 상전벽해(桑田碧海)[1]라는 말을 곧이 아니 들었더니, 이제 내 일을 생각하니, 백년 인생 초로(草露) 같고 만세광음 유수(流水)로구나. 부귀영화 본다 하고 부디 사람 경히 말고, 제복이 있어서 잘 산다고 일가친척 괄세 마소. 고진감래(苦盡甘來)·흥진비래(興盡悲來)는 고금의 상사로서, 양지가 음지 되고 음지가 양지로 되는 줄을 뉘라서 알리. 권세 좋다, 귀하다고 천만년을 믿지 마소."

충렬은 이렇게 중얼거리다가도 말을 뚝 끊고, 한동안 먼 하늘만을 지켜보고 있었다.

궐문을 들어간 충렬은, 정한담에게 붙어 날뛰던 내신들을 그 죄의 경중에 따라 처리하였다. 자기의 목숨을 보존하려고 정도의 예외는 있을망정, 정복자에게 복종한 것이 그들에게는 불행이 되어, 부역자라는 불명예스러운 죄명을 뒤집어쓰고, 죄다 죽어 간 것이었다. 약한 인간성의 발로가 죽음에 이르는 죄의 다리가 되어 버린 것이다. 적과 싸울 위치에 있는 군사를 제외하고는, 죄다 정한담에게 붙어서 일한 부역자라는 것을 보아도 알 수 있는 일이었다.

부역자의 처리가 끝나자, 충렬은 또다시 행방불명이 된 정한

---

1) 뽕밭이 변해 푸른 바다가 된다는 것으로, 세상일이 덧없이 바뀜을 이름.

담을 찾기 시작하였다. 정한담은 이때 호산대로 도망쳐서 완전히 절망에 빠져 있었다. 따라 온 군사도 별로 없고, 세력을 만회할 만한 아무런 방법도 생각나지 않았다. 옥관 대사 역시 같은 실망에 빠져 있었다.

"이제는 백계무책이요! 지혜를 다 팔아 버렸으니, 또 무슨 지혜가 있겠소. 인간과 신이 다르다는 것은 바로 이러한 점이겠지요. 그러나 이렇게 하면 좋을 것 같소. 마지막으로 지혜를 하나 내어 보지요. 패하였다는 글을 써서 남만·서번·호국 등에 보내어, 구원병을 청해 보는 겁니다. 저희들도 할 수 없을 게고, 그리해서 한 번 싸운 후에 사불여의(事不如意)[2]할 때면, 목숨만 도망쳤다가 후일을 기다려 보는 거죠."

정한담의 얼굴에는 또다시 활기가 떠올랐다. 옥관 도사의 이 최후의 총명한 지혜는 그의 용기를 일깨워 주었고, 희망을 불어 주었다. 정한담은 지체 없이 패전하였다는 글을 써서, 최후까지 그의 주위를 지키고 다니는 공명의 용사들에게 주어, 오국에 제각기 달려 보냈다. 그리고 스스로는 몸을 깊이 피하여 그 회답이 오기만을 기다렸다.

정한담의 글을 받아 본 오국의 여러 군왕은 똑같이 놀라고 분개하였다. 그들은 승리의 기쁜 소식이 오리라고 믿고 있었다. 따라서 저마다 분개하고 주저는 하였으나, 그렇다고 옥관 도사의 예언처럼 그대로 패전의 누명을 쓰고 내버려둘 수도 없어서, 이들은 정병 팔십만을 뽑아 올렸다. 이 밖에도 용장 천 여 명과 신기한 도사를 좌우에 배치하고, 서천 삼십육 도 군장이며, 가

---

2) 일이 뜻대로 되지 않음.

달·토번 왕과 호국대왕이 제각기 중군이 되어, 그중에서도 명장들만을 뽑아 선봉을 정한 뒤에 행군을 재촉하였다. 이들 팔십만의 군세는 그야말로 명나라를 통째로 삼킬 듯하였다.

원병을 맞이한 정한담과 옥관 도사의 기쁨은 또한 말할 나위가 없었다. 희망은 샘솟고 활기는 넘쳐흘러, 별안간 또다시 황성을 점령하고 용상을 되찾은 듯한 기세였다. 정한담은 그들과 합세하여 호산대에 진을 치고, 명나라 진영에 싸움을 청하였다. 금산성을 지키고 있던 조정만은 크게 놀라, 급히 장계를 올려 적의 재침을 알렸다. 충렬은 천자를 안심시키고, 자기의 실력이 어떤가 조용히 구경해 보시라고 아뢰었다.

"소장은 정문걸과 마룡을 한칼로 베어 없앴나이다. 그렇거늘 오국 호병이야 제 아무리 승천입지하는 놈이 선봉에 있다 한들 조금도 두려울 것이 없나이다. 황상께옵서는 염려하지 마옵시고, 소장의 칼에 적병의 머리가 어떻게 떨어져 가는가 그것이나 재미있게 구경하옵소서."

충렬은 그렇게 아뢰고 나서, 즉시 갑주를 갖추고 본진으로 달려가 군사를 신칙(申飭)[1]하여 항오를 각별히 단속하였다. 그는 기다리고 기다린 정한담에게 최후의 복수를 할 날이 왔다고 마음 속으로 기뻐하고 따라서, 전에 없이 긴장되고 있었다. 그의 갑주와 장성검과 기특한 천사마는 그의 마음에 못지않도록 빛나는 듯하였다.

정한담은 이때 옥관 도사의 지혜를 받아들여 오국 군왕과 작전상의 편리를 의논하고 있었다. 이쪽에서 금산성을 치게 되면,

---

1) 단단히 타일러 경계함.

명나라 군중에서 단 하나 경계해야 할 유충렬은 그쪽으로 달려 갈 것이니, 그런 틈을 타서 정한담 자신은 천자를 사로잡고, 옥새와 항서를 받아 버리겠다는 것이었다. 그렇게 되면 제 아무리 천신인 충렬이라 하더라도 꼼짝하지 못하고 항복할 것이다. 이쪽은 별로 싸우지 않고서도 이길 수 있다는 것이었다. 오국 군왕은 이에 응하였다. 그리하여 이튿날이 되었을 때, 장병 십만을 갈라서 우선 금산성을 치게 하였다. 충렬은 금산성으로 달려가 예의 장성검의 신묘한 위력을 괴사하며, 그들 침략군의 머리를 철저히 베어 버렸다.

이것을 옆으로 보며, 음흉한 반역자 정한담은 도성문을 뚫고 궐내로 달려갔다. 아닌 게 아니라, 도성내는 무방비 상태여서 야심가의 활동에는 다시없이 편리하게 되어 있었다. 십 여 척의 거창한 몸을 자랑하며, 구 척 장검을 휘두르면서 그는 궐내로 뛰어들어가자, 천자더러 나오라고 호통을 쳤다. 닥치는 대로 남녀를 가리지 않고 베어 버리고, 문을 부수고 발을 구르고, 그의 무례한 횡포는 그야말로 미친 짐승과 같았다. 충렬의 위로와 보증을 받아 편히 잠들고 있던 천자는, 이와 같은 위급한 형세에 기절초풍하듯이 놀라 눈을 떠서 옥새를 품에 안고 말을 잡아타 정신없이 뒷문으로 도망쳐 달아났다. 북문을 빠져 변수 가에 가서야 천자는 겨우 정신을 돌릴 수 있었다.

불의의 난폭한 침입자는 천자를 찾아도 없자, 우선 손쉽게 잡을 수 있었던 황후·황태후 그리고 그제야 도망치려던 태자를 잡아서 호왕에게 보내어 맡겨 놓았다. 그리고는 북문을 나서서 천자를 추격하니, 천자는 이때 변수 가에 있었다. 정한담은 단숨에 달려 천자의 말부터 거꾸러뜨리고, 기운을 잃은 천자를 백사장에 굴복을 시켜 버렸다. 천자는 통천관을 파괴당하고 할 수 없이 무릎을 꿇었다.

"너 귀가 있거든 잘 듣거라! 하늘이 나 같은 영웅을 내실 때는 이미 남경의 천자 되라 하심이다. 그런데도 네가 어찌 천자를 바랄 수 있는가. 너 한 놈을 잡으려고 십 년을 공부하여 변화 무궁하니, 너 어찌 순종하지 아니하고 아직도 입에서 젖비린내 나는 조그마한 충렬을 얻어다가 내 군사를 침노하는가. 그러한 네 죄를 논지하건대 이제 서슴없이 죽일 것이로되, 옥새를 드리고 항서를 써 올리면 죽이지 아니하려니와, 그렇지 못하면 너는 물론 네놈의 노모 처자를 죄다 한칼에 죽일 것이다!"

"항서를 쓰자 해도 지필이 없는 것을 어이하리요?"

"이놈! 그게 말이라고 하나! 지필이 없다면 용포를 떼고, 손가락을 깨물어서 혈서를 쓰지 못할까!"

정한담은 더욱 언성을 높이며 구 척 장검으로 위협하면서 외쳤다.

불행한 천자는 그의 말대로 용포를 떼고 손가락을 깨물려 하셨다. 이 얼마나 기막힌 정상인가? 황천인들 무심할 수 없는 일이다.

금산성에 침입한 적군 십만을 죄다 씨 없이 말려 놓고 호산대로 향하려 하던 충렬은, 별안간 혈색이 희미해지며 난데없는 빗방울이 그의 얼굴에 떨어지자, 문득 이상한 생각이 들어 말을 멈추고 천기를 살펴보았다. 그러자 도성에 살기가 가득하고, 천자의 주미성이 변수 가에 떨어져 비치는 것이 아닌가. 그는 깜짝 놀라 자신도 모르게 소리를 질렀다.

"이게 웬 변이냐! 야단났구나!"

갑주와 창검을 살펴보며 급히 말을 몰았다. 이 영묘한 천사마 또한 주인의 마음을 아는지라, 그 원래의 전능한 속력을 마음껏 발휘하여 변수로 달렸다. 아니나 다르랴 천자는 항복자의 고통을 죄다 맛보며, 무서운 정한담은 이제 곧 구 척 장검을 내리치려고 하고 있지 않은가. 충렬과 천사마는 생명의 전부를 다해서 미친 듯이 달려들자,

"이놈! 정한담 놈아! 우리 천자를 해치지 말고 이 칼을 받아라!"

하고 그야말로 천지가 무너질 듯하게 소리쳤다.

정한담은 놀라서 말머리를 돌려 도망치려 하였다. 그러나 무섭게 흥분해서 달려든 충렬은 장성검을 번쩍이며, 상대방이 반격해 올 여유조차 주지 않고 말에서 굴러 떨어뜨려 산채로 잡아버렸다. 그 민속하고 정확하고 초인적인 힘의 과시는 참으로 귀신조차 놀랄 정도였다.

밉기 짝이 없는 정한담에게 최후의 결박을 지은 다음, 충렬은 천자에게 달려갔다. 천자의 의식을 잃고 쓰러져 계셨다.

"소장이 도적을 함몰하고, 정한담을 사로잡아 말에 매어 놓았습니다."

천자를 부축하며 그렇게 말하자, 천자는 기적적으로 눈을 뜨며 충렬을 부르고, 자기의 생사를 확인하는 말을 헛소리처럼 지르셨다. 충렬의 출현을 천자는 전혀 모르고 계셨던 모양이었다. 그리하여 충렬은 불행한 천자를 위로하여 다시 모시고, 결박지은 정한담을 말에 실은 채 궐내로 들어갔다.

그러나 천자의 불행은 또 다른 방향에서 기다리고 있었다. 금산성에서 십만의 군사를 순식간에 잃고, 정한담의 결과만을 기

다리던 오국 군왕은 그 주인공이 잡혔다는 말을 듣자, 재빨리 불리한 형세를 알아채고야 말았다. 그들은 이왕 도망칠 바에는 자그만 이익이라도 얻어야 한다고 생각하였다. 도성의 값비싼 재물과 아름다운 여자와, 게다가 인간은 공평해야 한다는 하늘의 섭리에 따라 내려진 듯한 여자 중의 여자, 고귀한 황후와 황태후와, 볼모로서 가장 적합한 태자를 수레에 싣고 본국으로 삼십육계 줄행랑을 쳤다. 이것은 불행한 천자의 마음에 설상가상(雪上加霜)[1]이 되어, 생명의 이슬이 뜨거운 대낮의 햇볕에 바삭바삭 말라 들어가는 것과도 같았다.

천자는 미칠 듯이 몸부림치시며, 충렬의 팔을 잡고 통곡하셨다.

"이 몸이 하늘에서 득죄하여 이 지경이 되었도다! 그대와 같은 충신을 얻어 나라 회복되었다 하더라도, 부모 처자를 그 악독한 도적놈들에게 빼앗겨 버렸으니 나 혼자 살아 무엇하리. 천하는 그대에게 전하나니 그리 알라. 과인은 이제 죽어 혼백이라도 호국에 들어가 모친을 만나 구천에 돌아가면 여한이 없으리라. 나를 잡지 마오, 나 같은 못난 인생을 잡지 마오."

천자는 좌우의 피눈물나는 만류에도 불구하고, 백화담에 빠져 죽으려고 그리로 달려가시며 안간힘을 쓰셨다. 천자의 이런 정경은 참으로 눈을 뜨고 볼 수 없는 것이었다. 충렬은 천자를 붙들어 용상에 앉혀 놓고,

"소신이 정성이 부족하여 이렇게 되었사오니 부디 진정하옵소서."

---

1) 눈 위에 또 서리가 덮인 격이라는 뜻으로, 불행한 일이 엎친 데 덮쳐서 거듭 일어남을 비유하는 말.

하고 눈물을 뿌리며 아뢰었다.

"이런 불행을 당하여 신하된 도리로서도 소신이 호국을 그냥 두오리이까. 재주는 비록 없사오나, 그 미운 호국에 들어가 호종을 죄다 씨도 없이 함몰하고, 태후를 편히 모셔 오리다."

"아, 그렇다는 말이오? 원수가 정말로 그렇게 해주겠다는 말이오? 경이 충성을 다하여 호국을 쳐 없애고 과인의 노모와 처자를 다시 보게 한다면, 살을 베어도 아깝지 아니하리다!"

이렇게 충렬은 겨우 천자의 불행한 마음을 달래 놓고 어전을 물러나왔다. 그리하여, 비로소 정한담의 처형을 시작하였다. 우선 결박을 끌러서 이 만고의 죄인을 계하에 꿇어 엎드려 놓고, 나졸에게 온갖 형구를 갖추어 매질하였다. 그리고 그의 죄목을 낱낱이 들어 묻기 시작하였다.

"너 이놈! 듣거라! 네놈이 자칭 황제라고 하며 날더러 천위를 모른다 하더니, 어째서 두 팔이 없어서 잡혀 왔느냐?"

천자가 우선 그렇게 입을 떼셨다.

"네 놈이 자칭 십 년 공부하여 천자를 도모한다고 하였는데, 어떤 놈에게서 그런 공부를 하여 역적이 되었느냐?"

"소인이 불행하여 도사 놈의 말을 듣고 이 지경이 되었사오니, 무어라 할 말이 있겠나이까?"

"그 도사란 놈이 어디 있느냐?"

"소인이 변수 가에 갔을 때, 호국에 들어갔을 듯하옵니다."

천자의 말씀이 대체로 끝난 듯하자, 이제는 충렬이 엄숙하게 입을 뗐다.

"네 놈은 나와 불공대천의 원수다! 진작 죽여야 할 것이지만, 내 부친의 존망을 알고자 그대로 두었으니, 바른 대로 아뢰라!"

"소인이 죄 중하여, 도사의 말을 듣고 정언주부를 모함하여 연경에 귀양 갔사옵는데 수일 전에 다시 잡아다가 항복을 받고자 하였으나 종시 듣지 않는고로, 할 수 없이 호국 포관이란 곳으로 귀양을 보냈사온데, 그 후의 소식은 모르나이다."

"강희주, 강승상은 죽었는가 살았는가?"

"강승상도 모함하여 옥문관으로 귀양 보내고, 그 집 가솔을 다 잡아오게 하였사오나, 중도에서 도망쳐서 영릉 땅 청수에 빠져 죽었다 하옵더이다."

충렬은 갈수록 기가 막혀, 말이 나오지 않을 지경이었다. 그러면 그 사랑스러운 아내도 죽었단 말인가. 어머니 역시 이 간악한 악마의 손에 걸려 불행하게 되었다는 것을 그는 꿈에도 모르는 것이었다.

충렬은 죄인을 죽이고 싶은 생각이 몇 번 가슴을 오르내렸는지 모른다. 그러나 그 때마다 꾹꾹 참아 누르고 이성을 되찾아, 복수의 예리한 칼을 마음속 깊이 묻어 두곤 하였다. 아버지를 만난 뒤에 죽이고 싶었기 때문이다. 충렬은 다시 죄인을 결박지어 전옥(典獄)에 가두어 두게 하고 일어섰다.

충렬은 쉬어 볼 여유도 없이 갑주와 장검을 갖추어 차리고 어전에 나아갔다. 하직을 하고 물러서자, 천자는 급히 계하까지 달려 내려오셔서 그의 손을 잡고 눈물을 뿌리셨다.

"짐의 이렇듯 든든한 수족을 만리타국에 보내게 되니, 마음이 괴롭도다. 부디 충성을 다하여 모친과 태자를 구원하여 빨리 돌아오소. 만일 그 사이에 환이 있게 되면 누구로 하여 살아날 것인가?"

그리고 십 리 밖까지 천자가 전송해 주셨다.

충렬은 감명 깊은 이별을 천자와 나누고, 결의도 새로이 필마 단창으로 호국 땅으로 향하여 걸음을 재촉하였다. 그러나 그 동안에 고생은 말이 아니었다. 호국왕이 돌아가면서 후환을 생각하고, 각 도 각 관에 엄명을 내려 길가의 인가를 없애고, 물마다 배를 치우게 하여, 아무도 섣불리 뒤를 쫓지 못하게 만들어 놓았기 때문이었다.

충렬은 밥을 굶고 쉬지도 못하여, 만리 무인지경을 달려야만 하였다. 그러나 그의 충성으로 무장된 숭고한 정신력과, 아버지를 생각하는 효성의 의지력은 이러한 무서운 육체적 고통을 극복시켜 주고, 그를 앞으로 달리게 해주었다. 그리하여 그는 어느새 유주라는 곳에 닿았다.

유주에 들어서자, 고을의 자사를 잡아내어 곡절을 물었다.

"이놈! 네 놈이 세대 국록지신(國祿之臣)으로 국가가 불안한데도, 네 몸만 생각하고 국사를 돌아보지 않는단 말인가. 또한 정한담의 말을 듣고, 유주부를 네 고을에 귀양 하였다 하는데, 그 유주부는 어디 계시냐?"

자사는 공포에 떨며 입을 뗐다.

"소인도 국록지신으로 어찌 무심하리이까마는, 호병이 남경에 가는 길에 소인의 고을에 달려들어 군사와 양식을 탈취하고, 소인을 죽이려 하기에 도망하여, 겨우 목숨만 살아났소이다. 본래 재주 없고 적수 단신이라 어떻게 할 바를 모르겠고, 따라서 나라도 어떻게 되었는지 알 수 없사온데, 수일 전에 소식을 들으니, 호병이 승전하여 황후 · 황태후 그리고 태자를 잡아간다 해서, 황황망조하던 참이올시다. 그런 판에 장군이 오셨는데, 황송하오나 성명은 누구이시며 무슨 일로 유주부를 찾나이까?"

"나는 유주부의 아들이다!"

하고 충렬은 여전히 분개한 어조로 소리쳤다. 그러나 한편 생각하면, 이 우둔한 늙은 자사가 가엾기도 해서, 그의 잘못된 정보를 수정해 주고 보다 부드러운 어조로, 호왕에게 잡혀간 황후 일행을 천자의 명령에 의해서 찾으러 가는 길이라는 자기의 사명을 설명해 주었다. 그리고 이제부터는 국가에 충성을 하되, 확고한 신념을 가지고 해야 하고 결코 비굴한 짓을 해서는 아니 된다고 덧붙여 경고하였다.

그러자 늙은 자사는 깊은 절을 하고 백배 치사하여, 술과 고기와 먹을 것을 산더미처럼 내어 왔다. 충렬은 보처럼 굶주린 배를 채우고 목을 추기며 편히 쉴 수가 있었다. 아버지의 행방은 여기서도 묘연하니 알 수가 없었다. 자사는 다만 유주부가 자기의 고을을 지났다는 것만을 알고 있을 뿐이었다.

충렬은 음식으로 기운을 얻은 후, 멀리 십 리 밖까지 전송해 나온 자사를 뒤에 남겨 놓고, 다시 호국을 향해 깊숙이 파고 들어갔다. 거기서부터 길은 더욱 험하고, 날은 차고, 바람은 불고, 땅은 낯설어 지금까지의 몇 배의 인내력이 강요되고 있었다. 게다가 그들의 오랑캐 땅에 접근해 갈수록 그들의 엄중한 경계로 하여 인가마저 없고 보니, 그 고생은 도저히 붓으로는 형용할 수 없을 정도였다. 충렬은 이런 초인적인 고행을 최고 최대의 정신력에 의하여 극복해 갔다.

이때 호국의 서울은 전에 없는 승리의 축하 기분에 온통 들떠 있었다. 남경에서 십만 병을 잃은 대신, 비싸고 얻기 어려운 재물과 꽃다운 미인과 황후·태자, 황태후를 생포해 왔으니, 그들로서는 승리나 다름이 없었다. 아니, 황량한 사막의 나라에서 이보다 더 좋은 선물이 있을 것인가. 그들이 전쟁을 한 것도 그 목적의 대부분은 이러한 재물과 미인을 얻자는 데 있고, 그것은 십만 명의 인간의 생명으로도 바꿀 수 없는 고귀한 전리품이었다. 따라서 이들의 승리의 환희는 그야말로 그들다운 광풍 노도와도 같은 것이었다. 짐승처럼 먹고, 짐승처럼 날뛰고, 짐승처럼 즐겼다. 연 사흘 밤낮을 계속해서, 궁중은 물론 말할 나위 없고, 온 서울 안이 기쁜 물결로 물 끓듯 끓어올랐다.

그리고 보면, 충렬이가 만나 보았던 유주 자사의 말과 같이, 남경에서 승리를 하하고 돌아오는 길이라는 그들의 호언장담이 그럴 법하게 느껴진다. 아닌 게 아니라, 호왕은 돌아오는 길에 승리감에 취하여, 미인과 재물에 싸인 채 자기 자신조차 잊을 정도였다. 이 무제한의 탐욕과 정열의 소유자인 오랑캐 왕은 남경의 색다른 무수한 미인들을 자기의 광포한 쾌락의 도장으로 삼고, 열화 같은 정열의 과장으로 삼고, 색정의 무진장한 실험대로 삼기를 마지않았다. 짐승의 무서운 광란도 이에서 더할 수 없다고 할 정도였다. 저 만고의 음탕한 정복자 수양제도 참으로 이에서 더할 수 없다고 할 정도였다.

며칠이 지난 뒤에, 호왕은 그의 열렬한 광란의 무대에서 슬며시 옷을 갖추어 입었다. 한도를 알 수 없던 그의 정열도 차츰 권태를 느꼈기 때문이었다. 호왕은 그의 호화로운 용상에 높이 자리를 잡자, 계하로 끌려들어온 황후·황태후·태자를 차례차례로 일일이 자세하게 관찰하였다. 그 무서운 눈은 제각기 특별한 광채로 빛나고, 때로는 묘한 미소가 수염에 덮인 두터운 입술가에 흐르기도 하였다. 더구나 젊은 황후를 지켜보았을 때의 눈은 말할 수 없는 깊은 욕망의 빛으로 지글지글 타오르는 듯하였다. 옆에서 보기에 자못 민망스러울 정도였다. 눈치 빠른 벼슬아치라면 재빨리 그의 의중을 알아보고, 그이 원하는 바를 대번에 실천에 옮겨 보이기라도 하였을 것이었다.

그러나 다음 순간, 그의 눈이 아직도 나이 어린 불행한 태자에게로 갔을 때, 그 탐욕적인 눈은 별안간 위엄으로 빛나며, 두터운 입술이 힘차게 벌어지기 시작하였다.

"네 이놈! 네 놈이 지난날에는 네 아비의 힘을 믿고 버릇없게도 동궁이라 하였거니와, 이제는 과인이 하늘의 명을 받아 네 아비를 항복 받고, 네 어미와 조모를 사로잡아 왔으니, 만승천자가 나밖에 또 있느냐! 그 오만불손한 태도가 무엇인가!"

호왕은 음성의 가락을 맞추기 위하여, 인검으로 용상의 손잡이를 탁 쳤다. 좌우의 신하들의 고개를 숙이고 깜짝 놀랐을 정도였다.

그러나 태연하게 자기를 올려다보고 있는 태자에게 그는 또다시 호통을 쳤다.

"이놈! 네 놈이 어서 빨리 항복하여 나를 돕는다고 하면 죽이지 아니하려니와, 그렇지 아니하면 네놈은 물론이거니와, 네놈의 어미와 조모를 깡그리 집어다가 북해상에 던지리라!"

불행한 젊은 황후와 늙은 황태후는 무서운 공포에 몸을 가누지도 못하였다. 그들은 눈을 꼭 감고, 그 눈에서는 눈물도 아니 나올 지경이었다.

태자는 힐끔 이러한 광경을 옆눈으로 보았다. 그는 아직도 십대의 무서움을 모르는 소년이었다. 그리고는 다시 정면으로 호왕을 쏘아보았다.

"너 같은 되놈의 역적놈이 한낱 자신의 강포만을 믿고 나를 잡아다가 이 꼴로 만들어 놓았다마는 언감생심(焉敢生心)[1] 어디라고 황제를 질욕(叱辱)하며 나를 항복시키려 든단 말인가! 군신의 분의를 논지하건대, 황지는 만민지부(萬民之父)요 황후는 만민지모(萬民之母)라. 너도 만고 역적이 분명하다!"

어린 태자의 입에서 이런 말이 떨어지자, 용상은 또다시 깨어지는 소리가 나고, 분노의 절정에 올라선 포악한 호왕은 무엇인가 외쳐 댔으나, 그 말은 알아들을 수도 없을 정도였다. 다만 좌우에 검극(劍戟)을 잡아들고 벌려 섰던 수십 명 나졸들이 순식간에 달려들어, 이미 준비된 형구에 의하여 태자를 고문하고, 무서운 공포에 떨고 있는 연약한 두 여인을 매질하고, 그나졸들의 압도하는 폭언과 떠밀어 내치는 강포한 행위만이 연속적으로 계속될 뿐이었다. 불행한 희생자들은 그것 외에는 아무것도 의식하지 못하였다.

궐문을 나서서 호복(湖服)을 입은 호국의 구경꾼들이 좌우에 늘어서 있는 큰거리를 빠져 동문 밖 십 리 모래밭에 이르렀을 때에는, 태자는 더 말할 나위도 없으려니와 황후는 쓰러져 의식을 잃고, 늙은 황태후는 옷이 찢겨 사방에서 피가 흐르고 있었다. 그토록 고귀하고 순결을 상징해 오던 젊은 황후의 고운 살결은 보잘것없고, 옷은 남루가 되고 흙투성이가 되어 얼굴과 목과 어깨와 손발 그 어디고 보이는 살은 피가 흐르고 또 검푸르게 부어 올라 있었다. 가엾은 희생자들은 죽음을 눈앞에 두고 송장처럼 의식을 잃고 있었다. 다만 늙은 황태후가 눈을 뜨고 헛소리처럼 이런 말을 입에 담을 뿐이었다.

---

1) 감히 그런 마음을 품을 수 없음.

"내 소중한 아들은 지금 어디에 있을까? 우리가 이렇게 된 줄을 알까 모를까? 전생에 무슨 죄가 있어서 이런 팔자가 되었단 말인가? 하늘이 무심하지 않거든 어서 가서 그 천지간에 다시 없는 우리의 영웅 유장군에게 알려 주오. 이 세상에서 제일 가엾은 우리 세 사람은 이제 곧 저놈들의 사나운 창검 끝에 죽는다고!"

"그 늙은 년부터 해치워라!"

머리 위에서 그런 무서운 호령이 떨어졌다. 그러자 이와 거의 때를 같이하여 기묘한 사태가 일어났다. 기적이라고 할 수밖에 없었다. 동쪽 하늘에 별안간 뿌옇게 먼지 구름이 일면서, 그 속에서 화살같이 날아드는 무엇인가가 처음에는 점으로 나타났다가 차츰 커져 오고, 번갯불이 번쩍번쩍 하고 천둥이 이는 듯하고, 이어서 바로 전면에서 이런 벽력같은 호령이 올랐다.

"이놈들! 게 꿈쩍하지 말고 있거라!"

죄인을 내리치려고 칼을 높이 쳐들었던 자객이나 나졸이나 장군이나, 누구나 할 것 없이 미처 피할 겨를도 없었다. 하늘에서 쏟아지는 듯한 그 무서운 호령과 함께, 변화 무궁한 장성검이 번쩍하며 회오리바람처럼 그 자리를 한 덩어리로 싹 쓸어 버리고야 만 것이었다. 이것이 유충렬임은 더 말할 나위도 없겠다. 고된 험로로 급한 속력으로 호국 땅에 들어선 충렬은, 멀리 지평선 위로 선우대(鮮于臺)가 보이자, 우선 강변으로 천사마를 몰고 가서 갈대 사이로 물을 먹였다. 애마에 기운을 들여놓고, 자기 자신도 지친 몸에 기운을 넣어 주자는 생각에서였다.

말을 혼자서 물을 먹게 내버려두고, 그는 겨드랑까지 닿는 갈대를 헤치고 들어가서, 하얀 모래 위를 잔잔히 흘러내리는 거울처럼 맑은 물을 두 손바닥에 모아 써서 땀난 얼굴을 씻었다. 물은 차고 사방은 한없이 고요하고, 애마는 저쪽에서 혼자서 물을 먹고, 사람이란 구경조차 할 수 없는 이런 곳에서 그는 무엇인가 마음의 신령스러운 위안을 받는 듯하였다. 그러자 이때 난데없는 자그만 쪽배 하나가 물 위를 급히 내려와 그는 놀라서 얼굴을 들었다. 배 위에 서 있던 하얀 옷차림의 아리따운 선녀가 자기를 향하여 우아한 몸매로 절하고, 금낭을 끌러 과실 두 개를 이 세상의 손이 아닌 것이 분명한 그 아름다운 손으로 내밀었다.

"행역이 곤하리니 이 과실 한 개를 자시고 한 개는 두었다가 일후에 쓰려니와, 지금 왕후·태후·태자가 호국에 잡혀 와서 동문 밖 십 리 모래밭에서 온갖 능욕과 형벌을 받으며 죽게 되었으니, 장군은 어서 지체하지 말고 가 보사이다."

이런 말을 남겨 놓고 선녀의 배는 또다시 스르르 물 위를 미끄러져 갔다. 충렬은 꿈속처럼 과실을 쥐고, 아직도 귀를 간지럽게 하는 듯한 선녀의 경고를 생각하면서 그중의 하나를 먹었다. 그리하여 천기를 보고 선녀의 예고가 틀림없음을 또 한 번 확인하자 그 길로 천사마를 재촉하여 폭풍처럼 동문 밖으로 달려든 것이었다.

이미 의식을 잃고 쓰러진 황후 세 사람만을 남겨 놓고, 포악한 오랑캐 무리들을 죄다 한 덩어리로 베어 없애고 분노의 불덩이로 화해 버린 충렬은 이어서, 곧장 성문을 깨치고 들어가 수십만 호군을 피바다에 쓰러뜨리고, 그 여세로 궐내의 만조백관과 궁중의 무리들을 도륙해 버리고 최후로는 용상을 벌떡 뒤집어엎어 놓고, 음탕한 색정의 욕망에 이미 지쳐 버린 호왕 놈의 머리채를 감아 잡고 끌고 나왔다. 그리하여 동문 밖으로 내달아 다시 황후에게로 달려갔다. 이 모든 과정이 불과 얼마간의 일이었기에, 그것은 여의봉을 휘두르며 천궁을 순식간에 때려 엎고 화과산(花果山)으로 돌아온 손오공에게 비길 만한 일이기도 하였다. 악의 조종을 뿌리째 뽑아 버리고, 다시는 후환이 없도록 해 버린 그의 위대한 힘을 도저히 인간의 힘이라고는 볼 수가 없었다.

형장인 모래밭으로 달려오자, 불행한 세 희생자는 아직도 그대로 쓰러진 채 의식을 잃고 있는 듯하였다. 충렬은 말에서 내려 그들을 흔들어 보았다. 죽지 않은 것만은 틀림이 없었다.

"정신을 차리옵소서! 대명국 도원수 유충렬이가 호왕을 사로잡고 그의 무리들을 죄다 죽인 다음 이곳에 와 있습니다."

이런 말을 듣고, 어린 태자가 우선 벌떡 일어나 앉았다. 그는 의문과 경악과 환희의 감정으로 차차 변해 가자, 기뻐서 어쩔 줄을 모르며 어머니와 조모를 마구 흔들어 깨웠다.

황후도 황태후도 정신을 차려 일어나 앉았다. 그들은 이런 사람들에게 누구나 있는 혼미한 상태에서 잠시 깨어나지 못하고 있었다. 유충렬을 알아보지도 못하는 듯하였다. 충렬은 그들의 피투성이가 된 가엾은 모습을 보자, 울컥 슬픈 감정이 솟구쳐 자신도 모르게 눈물을 쏟았다. 울지 않으려고 힘써도 점점 몸이 흔들리고, 마음이 혼란하여 견딜 수가 없었다. 태자도 엉엉 울었다.

"소장은 유충렬이올시다. 모든 위험을 뿌리째 뽑아 버리고, 호왕 놈도 잡아 가지고 왔사오니 안심하옵소서."

겨우 슬픔을 진정하고 충렬은 가엾은 황후를 보며 말하였다.

그러자 황후는 지각이 분명해진 듯, 느닷없이 충렬의 손을 잡고 소리쳤다.

"정말 유장군이시오? 우리 유장군이시오?"

"그러하옵니다. 이제는 염려하지 마옵소서."

"아! 고마워라. 우리가 이렇게 된 줄을 어떻게 알고 왔소? 우리는 죽은 줄 알았더니, 유장군이 이렇게 또다시 살려 주었으니 어떻게 하면 좋을까? 하늘도 고마우셔라. 우리를 가엾이 생각하시고 유장군 같은 만고 영웅을 보내 주시다니, 이 은혜를 무엇으로 갚아야 좋겠소. 황상마마는 어떻게 되셨소?"

충렬은 자기가 달려 온 경과를 전후의 질서를 잡아서 순서 있게 설명하였다. 적의 간계로 금산성에 달려갔던 것이 도리어 큰 화를 당하게 되었다는 얘기로부터, 그 대신 아슬아슬하게 변수가에서 죽을 뻔한 천자를 구출하고, 정한담을 사로잡아 옥에 매어 두었다는 것과 그 후 포로가 되어 간 황후 일행을 위하여 밤낮을 가리지 않고 험로를 달려 왔다는 이야기를 하였다. 그러자 황후는 미칠 듯이 울고, 기쁘고, 신기하고, 고맙고, 대견스러워서 견디지 못하는 것만 같았다.

황태후도 정신을 차려 충렬을 얼싸안고 눈물을 펑펑 흘렸다. 늙은 그 여인의 광희(狂喜)의 태도는 황후에게 비길 것이 아니었다. 하마터면 선녀같이 고운 며느리를 짐승만도 못한 무서운 오랑캐 왕에게 빼앗길 뻔하였다고 벌벌 떨며 소리치기도 하였다.

"아, 이 반가움이여! 이 고마움이여! 북망산(北邙山)[1]에 누워

---

[1] 무덤이 많은 곳이나 사람이 죽어서 묻히는 곳을 이르는 말.

계시는 부모가 회생하셨다 하더라도 이보다 더 반가울 리 있겠소. 이제부터 돌아가서, 우리 천자와 원수로 더불어 결의형제(結義兄弟)하여 만세 유전하도록 떨어져 살지 않는다면, 천하를 반분하여 동락태평(同樂太平)할까 하오이다.”

늙은 황태후는 이런 말을 쉴 새 없이 지껄이기도 하였다. 그리고 눈물을 비 오듯 뿌리며, 그러지 않아도 피와 흙과 먼지와 상처로 더러워진 얼굴을 말할 수 없이 만들어 놓았다.

태자는 아까부터 눈물을 뚝 끊고, 천사마에 칭칭 결박을 지어 매어 놓은 호왕을 지켜보고 있었다. 그리하여 이때가 되자 그는 발딱 일어서서, 충렬의 칼을 뽑아 들고 그리로 달려갔다.

“이놈! 이 오랑캐의 잔인무도한 놈! 네놈이 아까는 황후를 질욕(叱辱)[1]하고 나를 항복 받아 신하로 삼고자 하더니, 청천 일월이 훤히 밝았거든 언감생심 어디라고 하늘을 욕할 수 있느냐! 이놈!”
하고 오랑캐 왕을 말에서 굴러 떨어뜨려 지상에 무릎을 꿇려 앉혀 놓고, 커다랗게 증오에 넘치는 음성으로 호통을 쳤다.

“이놈! 네놈이 만고 역적 정한담 놈과 동심을 해서 우리를 이 꼴로 만들어 놓은 죄업을 내가 그대로 내버려둘 것 같으냐!”

태자는 칼을 번쩍 쳐들기가 무섭게 내리쳤다. 호왕의 머리가 토끼처럼 튀며, 그것은 이어서 칼끝에 붙어 올랐다. 두 눈알이 시퍼렇게 원한으로 차 오르는 것을 태자는 손가락으로 뽑아 내쳤다. 그리고 그의 가슴을 헤쳐 간을 빼내어 입에 넣고 질겅질경 깨물어 버렸다. 복수의 감정에 무섭게 불붙어 있는 태자는

---

[1] 꾸짖으며 욕함.

참으로 사람 같지가 아니하였다. 공자가 이것을 보았다면 무어라고 평가해야 좋을 것인가? 인간은 그 정열에 있어, 인간을 넘어서서 악마도 신도 될 수가 있다.

그것은 여하간, 이들 위험을 헤엄쳐 나와서 다시금 복수의 정열에 불붙기 시작한 태자와 충렬은, 또다시 궐문으로 뛰어들어가 아까의 도륙에서 간신히 죽음을 면하고 살아 남았던 군사들을 이번에는 충분히 시간을 들여 그야말로 씨 없이 말려 버렸다. 그리고는 최후의 정복의 증거로 호왕의 옥새와 지도를 찾아 냈을 때 그들은 또 한 번 아연실색(啞然失色)해 버렸다. 호왕이 그의 색정의 제물로 삼기 위하여 남경에 잡아온 무수한 미녀들은, 여기서는 표현하는 것조차 곤란한 정도로 호왕의 침실인 듯싶은 호화찬란한 넓은 방 안에서 그의 짐승의 광란을 입증해 주는 가지가지 형태로 죽어져 있었던 것이다. 태자는 얼마 전 용상에 앉아 자기들을 고문할 때, 그의 욕정에 넘치는 기묘한 광채의 눈이 자기 어머니 황후에게로 쏠렸던 것을 상기하였다. 태자는 자기의 이러한 연상(聯想)에 스스로 놀라며 그 자리를 피해 버렸다.

충렬은 적의 군사를 죄다 도륙해 버릴 때에도 몇몇 쓸 만한 군사를 남겨 놓고 있었다. 그는 이들을 시켜서 준마 세 필을 구해 교자를 갖추어 태자 · 황후 · 황태후를 각기 모시고 가도록 하였다. 이렇게 하여 비극의 땅을 떠나면서 충렬은 자기에게 아직도 아버지와 만날 일이 남았다는 것을 알았다. 이제는 그의 목적의 전부가 이에 집중되고 있는 듯하였다. 도로마다 장을 불러 포관이란 곳이 어디에 있느냐고 묻고, 그 길로 줄달음질쳤다. 황후도 황태후도 태자도 자기들의 은인의 이러한 희망을 하루 빨리 이루어 주기 위하여, 이제는 온갖 정성을 다하는 듯하였다.

원래 포관이란 땅은 북해에 있는 무인 지대였다. 나무와 하늘과 땅과 바다만이 있는, 원시 그대로의 고장이었다. 무서운 짐승들이 들끓고, 바람은 거세고, 추위는 가혹하고, 모든 것이 잔인한 자연뿐이어서 인간은 도저히 발붙이고 살 수 없는 곳이었다. 잔학한 정한담은 일부러 이런 곳을 택하여, 자기를 반대하는 유심을 귀양 보내어 최후의 막을 닫도록 하였다. 그의 마음이 얼마나 잔인하고 간악한가는 이런 무인 지대를 택한 것만 보아도 알 수 있는 일이다. 그런지라 늙은 충신 유심의 고생은 말할 나위조차 없었다. 연경의 적소는 여기에 비한다면 그래도 살 만한 곳이고, 때로는 인간이 찾는 수도 있었다. 멀리 창 너머의 흰 구름을 보아도 그것이 인간과 호흡을 같이하고 있다는 것을 알 수 있을 만하였다.

그러나 이곳에 어떤 인간이 찾아올 것인가? 길을 잘못 들어 찾아올 사람도 없다. 다만 하나, 그에게 하루 한 끼의 주먹밥을 제공하고, 최후의 죽음을 확인하고 물러갈 군사 하나가 있을 뿐이었다. 그러나 그는 북국의 얼음 바위처럼 차갑기가 짝이 없고, 한 마디도 말을 건네거나 들어주지도 아니하고, 얼굴마저 보여주는 일이 없이 동굴 밖에서 조그만 창구로 자기 일만 끝내면 어디론가 가 버려, 하루고 이틀이고 대답조차 없었다. 이러한 감시인은 유심이 바라는 인간이 아님은 뻔한 일이다. 그의 마음을 낮이나 밤이나 시끄럽게 해주는 것은 지난날의 가지가지 회상이고, 꿈속에서 나타나는 무서운 악귀들이었다. 그는 이러한 악귀에 지쳐 어느새 정신도 육체도 황폐해질 대로 황폐해져 살 가망조차 없을 것 같았다. 피골상접(皮骨相接)[1]이라는 말은 그를 두고 하는 말이고, 헛소리를 지르는 것은 그의 일과처럼 되어 버렸다. 언제나 누워서 송장처럼 움직이지 않고, 눈은 항상 감겨져 있었다. 언제고 밤 같은 동굴의 어둠 속에서 그는 무엇을 하고, 있는지 모를 정도였다. 이따금 기묘한 음향이 들려와, 그것이 그의 잔명을 증명해 줄 뿐이었다.

아! 이 얼마나 고된 죽음에의 행각인가. 충렬이가 이곳에 도착한 것은 바로 이런 때였다. 우선 감시의 군사를 만나, 그는 길도 없는 숲 속을 헤쳐 불행한 아버지의 거처로 달려들었다. 원시의 수목들은 그러지 않아도 어두운 동굴 앞을 밤으로 만들어 놓고 있었다. 눈이 쌓이고, 바람이 세차게 불고, 나무에는 한 발이나 될 듯싶은 고드름이 길게 매달려 있었다. 충렬은 전신이 뜨거워져 올라, 추위도 모르겠고 눈물도 나오지 않았다. 그러나 공연히 자기 자신이 떨리는 것을 그는 알 수가 없었다.

“아버님!”

하고, 충렬은 할 수 없이 소리를 질러 보았다.

그러나 안에서는 여전히 아무 반응도 없었다. 충렬은 별안간 불안해지고, 무엇인지 알 수 없는 공포를 느끼기까지 하였다. 그래서 몇 번인가 같은 소리를 질러 보았다. 그러자 어둠 속에서 유리 같은 것이 가늘게 두 개 비쳐져 왔다. 굴 속에 들은 먹구렁이가 위험을 느끼고 눈을 번득인 것같이 생각되었다.

“아버님!”

“누구냐?”

---

1) 살갗과 뼈가 맞붙을 정도로 몹시 여윔.

별안간 차가운 호통 소리가 들려왔다.

"저 충렬이라 하옵니다. 충렬이가 찾아왔습니다."

"이놈! 저리 가지 않을 테냐?"

또다시 그런 호통을 지르며, 동굴의 주인공은 벌떡 일어나 앉았다.

"내가 누구라고 이놈! 내가 만만히 넘어갈 줄 아느냐. 네 놈은 정한담이 아니면 정한담의 탈을 쓴 간악한 귀신에 지나지 않는다. 네가 나하고 말하고 싶거든 조용히 찾아와서 충신이 되는 길이 무엇인가 물어라. 그러할진대, 나는 너를 반가이 맞이하려니와, 그러지 못한다면 나는 너를 이 자리에서 목을 베고 역적의 말로가 어떠한 것인가 하는 것을 증명해 줄 테다. 별놈 다 보겠다. 네가 나를 매일 찾아오건만 대체 무슨 일로 온단 말이냐. 그리고 내가 호통을 치면 금시 자취를 감추어 버리는 것이 네 놈이 아니냐. 비겁한 놈! 내 앞에서 언제까지라도 비겁한 짓만 할 작정이냐?"

충렬은 울고 싶어졌다. 아버지의 이런 꼴을 눈앞에 당하고 보니, 그는 반가운 마음도 싹 돌아가 그저 가엾어서 울고 싶을 뿐이었다. 누가 이와 같이 아버지를 정신 이상자로 만들어 놓았는가. 그 불구대천(不俱戴天)의 원수를 가슴이 후련하도록 해치웠으면 할 뿐이었다. 그는 두 주먹을 불끈 쥐고 이를 악물며, 그런 시늉을 해 보이기까지 하였다.

충렬은 자기를 진정하고 헛소리를 하는 아버지에게 접근해 갔다.

"아버님! 저는 틀림없는 충렬이옵니다. 잘 보아 주십시오. 아버님께서 아들을 못 두시다가 형산 신령에게 산제를 지내시고 얻었다는 바로 그 충렬이올시다. 명나라가 위험한 것을 알고, 천자를 도와 그 간악한 정한담을 생포하고 지금 또 호국에 들어가 호국을 멸망시키고, 잡혀간 황후·황태후·태자 세 분을 모셔 오는 길입니다. 아버님의 높으신 뜻을 받들어 대명국의 도원수가 되어 있는 충렬이올시다.”

“흥! 네 놈이 이상한 소리를 하는 구나. 오늘은 과연 높은 수단을 쓰는 모양인데, 그래 네 놈이 틀림없는 내 아들 충렬이란 말이냐?”

충렬의 눈도 어둠에 길들어 왔다. 아버지의 얼굴을 분명히 볼 수 있었고, 음성도 옛날 어렸을 때 들었던 그 음성과 다름이 없다는 것을 알았다. 그는 넙죽 아버지에게 절을 드리고, 아버지가 차츰 자기를 알아보려고 노력하는 말투나 얼굴 표정에 반가운 기쁨이 샘솟았다.

그는 되도록 아버지를 흥분시키지 않고 이해시키려고 애썼다. 자기가 걸어온 지난날을 되도록 알기 쉽게 아버지에게 설명해서 들려 드렸다.

“정말 네가 충렬이란 말이냐?”

유심은 또 그렇게 물었다. 그러나 이제는 완전히 자기의 이성을 찾은 듯하였다. 표정이 진실해지고 상대방을 알아내려고 힘쓰는 듯하였다.

“그렇다면 내가 연경으로 귀양갈 때 죽장도를 주었는데, 너는 그것을 가지고 있느냐?”

충렬은 갑주를 벗어 팽개치고, 언제나 한삼에 귀중하게 차고 다니던 죽장도를 끌러서 아버지에게 보여 드렸다. 아버지는 그것을 받아 침울하게 지켜보고 있다가, 또 문득 생각난 듯 아들의 가슴과 잔등을 보자고 하였다. 충렬은 서슴없이 훌렁훌렁 죄다 벗고 아버지에게 보여 드렸다. 삼태성과 대장성이 앞뒤로 번쩍이고, 대명국 도원수라는 글자도 뚜렷하게 보인다. 그러자 유심은 스르르 쓰러져 버렸다. 이제야 정말로 아들과 만난 것에 놀라서 의식을 잃고 쓰러진 것이었다.

충렬은 어떻게 해야 좋을지 몰랐다. 한동안 의식을 잃고 쓰러진 아버지를 안고 정신없이 땀만 흘렸다. 그러나 좋은 방법이 생각났다. 호국 땅에 들어올 때 강변에서 만난 선녀가 과실 두 개를 주었고, 그중 자기가 하나 먹고 하나 남은 것을 의식을 잃은 아버지의 입에 넣었다. 그러자 이상하게도 아버지는 의식을 회복하였고, 아까보다도 더욱 싱싱한 기력으로 아들을 얼싸안고 기쁜 눈물을 흘렸다.

"참말 반갑구나! 너를 보니 반갑구나! 어린 네가 이렇게 자라서 훌륭한 장군이 되어 나를 찾아 주다니. 이것이 하늘의 도우심이 아니고 무엇이냐. 나는 이제 죽어도 한이 없겠다. 천자를 도와 그 만고 역적 정한담 놈을 잡아 주었으니, 내가 또 바랄 것이 무엇이 있겠느냐. 자, 어서 그 옷을 입어라. 여기는 추운 곳이니까 몸을 조심해야 한다."

아버지도 울고 아들도 울었다. 울면서 지나간 쓰라린 이야기를 되풀이하고, 아들은 또 신기한 과실의 비밀에 대해서도 설명해 주기 않으면 안 되었다. 어머니의 존망을 모르는 것만이 이 두 부자의 한이었고, 강희주 일가의 비극도 그대로 눈물 아니고는 들을 수 없는 이야기였다. 서로는 할 말을 다 못 하고, 두고두고 하자고 부자간의 단단한 약속도 하였다.

이때 뒤늦게 따라오던 황후 일행이 달려들었다. 여기서 또 한

번 눈물과 울음과 한숨과 회고담이 되풀이되었다. 늙은 황태후
는 자기의 이야기를 빼앗기지 않으려고 무척 애쓰기도 하였다.

"주부는 어찌 저런 귀한 아들을 두어 만리 타국 이런 곳에서
그대와 우리를 살려내고, 서로 만나 보게 해주었단 말이오?"

황태후가 이런 말로 감격하니, 기운을 얻은 유심은 풀썩 꿇어
앉아,

"이게 다 황상의 덕택이로소이다!"

이렇게 해서 북해의 차가운 무인 지대를 감격으로 뜨겁게 물
들여 놓은 일행은 또다시 행장을 차려 걷기 시작하였다. 만 오
천육백 리의 머나먼 길도 이제는 즐겁기만 하고, 언제 일어났는
지도 모르게 지나 버렸다. 황주에 들러 요기를 하고 나오면서,
유심은 일부러 멱라수에 돌아가 자기의 자살을 증명하는 것이
되었던 회사정의 벽에 붙인 글을 떼어 버리기도 하였다. 충렬은
미리 천자에게 장계를 올리고, 일행을 호위하며 걸었다. 도중
그들을 환영하는 백성들의 기쁨은 말할 나위조차 없었다.

장계를 받아 보고, 천자는 십 리 밖까지 마중을 나와 주셨다.
천자에게는 모든 것이 기쁜 것뿐이며 반가운 것뿐이었다. 서로
는 오랜만에 해후를 하며 울고, 웃고 지난 경험담을 하기에 시
간가는 줄도 몰랐다. 이쪽에서 웃음이 나오면 저쪽에서는 눈물
이 쏟아지고, 서로는 얼싸안으며 몇 번인가 그런 일을 계속하였
다. 황후와 황태후의 상처도 이제는 회복되어 옛날의 품위를 되
찾고, 그 고귀한 얼굴에는 기쁜 미소가 그칠 사이도 없었다. 어
린 태자는 호왕의 간을 내어 씹어먹어 복수를 마음껏 하였다는
이야기해서 천자의 칭찬을 받았다.

천자의 감사는 오직 충렬에게로 집중되었다. 지난 몇 차례의

감명에 비한다면 그 농도는 훨씬 높았다. 충렬의 위대성이 새삼 느껴지는 듯도 하였다. 어떠한 말로써도 표현할 수 없는 그의 위대한 공로와 희생 정신과 충성심과 효도심은 천자의 감정을 완전히 사로잡고, 어떻게 대처해야 좋을지 모르실 정도였다. 그에게로 갚아야 할 은혜는 너무나 컸기 때문이었다.

"옛날 유·관·장 세 사람이 도원결의(桃園結義)[1]를 하였듯이 과인도 경으로 더불어 결의형제하리라!"

하고, 천자는 충렬의 어깨를 툭툭 치며 그 한 마디로 마음의 내용을 죄다 털어놓는 듯한 감동의 어조로 말씀하셨다. 황후도 황태후도 태자도 똑같은 표시를 하셨다.

천자는 이어서 유심의 손을 잡으시며 한없이 눈물을 뿌리셨다. 정한담의 간악한 충고를 받아들여 그를 배척하였던 옛날 가지가지 기억이 죄다 머리에 떠올랐다. 충신에 대하여 죄를 지은 것 같고, 자기로서는 볼 낯도 없는 듯하였다. 더구나 충렬 같은 위대한 영웅의 부친이고 보니, 천자의 마음은 한결 측은해서 견디지 못할 정도였다.

"폐하를 다시 뵈오니 만행이오나, 폐하 이렇듯 국사에 근고(勤苦)하시는데도 소신의 충성이 부족하여 아무 도움도 되지 못하였사오니 죄사무석(罪死無惜)이로소이다."

"이게 웬 말이오! 모두 다 과인이 불명한 맛이오. 주부의 얼굴을 보니, 죄 중한 이내 몸이 무슨 면목으로 사죄할까. 그대의 공덕을 갚으려 할진대, 살을 베어 봉행(奉行)하고 천하를 반분한들 어찌 다 갚겠소?"

---

1) 중국 촉나라의 유비·관우·장비가 도원에서 형제의 의를 맺었다는 고사에서 유래한 것으로, 의형제를 맺음을 일컬음.

충신과 그 천자는 기쁜 눈물을 흘리며 이런 말을 주고받을 뿐이었다.

일행이 도성에 들어서자, 성내의 백성들과 군사들의 환영하는 기쁜 물결은 폭풍을 만난 파도같이 들끓었다. 모처럼의 평화의 기쁨과 함께, 그들의 환호성은 온 천지를 뒤흔들 것만 같았다. 충렬은 여기서 백성들의 본질은 평화와 통한다는 진리를 새삼 느끼기도 하였다. 침략군이 들어와 있는 동안, 그들은 얼마나 불안과 공포에 떨고 있었을 것인가. 그중에는 그들에게 붙어서 협력하며 살아온 자도 있을 것이다. 그러나 그것이 어쨌다는 말인가. 그런 사람도 저런 사람도 이제는 똑같이 평화를 즐기고, 영광스러운 천자와 충렬을 진심으로 환영하고 있다. 지난번에 부역한 대신들을 죽인 것조차 후회될 정도로, 충렬은 평화를 외치는 백성들에게 둘러싸여 그들에 대한 송구한 마음조차 없지 않았다. 부역자를 골라내어 그들을 벌주기 전에 백성들의 생활을 혼란과 파괴로 몰아넣은 최고 지배자 임금을 죄 주고 싶을 정도였다. 그만큼 백성들의 환희는 열렬하였고, 평화에 대한 그들의 갈망은 참으로 위대하게 보이는 듯하였다.

선두에 선 조정만의 인도를 받으며 우렁찬 환영의 물결 속을 서서히 행진해 갈 때, 군중 속에서 백발 노인 하나가 허둥지둥 뛰쳐나와 충렬의 앞을 가로막았다. 허리가 활 등처럼 굽고, 가슴까지 늘어진 수염마저 백설같이 하얀 노인이 한 손에 죽장을 잡고 또 한 손에 어린아이의 손목을 잡고 있었다. 더욱 신기한 것은, 그 죽장을 잡은 손에 술이 가득 넘쳐흐르는 술잔을 받쳐 들었고, 안주는 손자인 듯싶은 아이의 손에 들리고 있는 점이었다.

노인은 만세를 부르며 길을 건너오면서도, 술잔의 술이 흐르지 않도록 애쓰고 있는 것 같았다. 그는 눈물을 뚝뚝 떨어뜨리고 노인다운 더듬는 음성으로 자기의 기쁨을 토로하였다. 그의 평면적인 산란한 긴 설명을 간단히 추려 요약한다면, 그는 원래 삼대 독신으로 이 남 일 녀를 두었다. 정한담이 호적들과 합심하여 도성을 점령하고 있을 때, 위의 두 아들을 강제로 빼앗겨 이 빼앗긴 아들들은 정한담의 군사로 들어가 충렬에게 다 죽어 버렸다.

이러다간 끝의 아들도 정한담에게 빼앗겨 두 놈의 운명과 같이 될 것 같아, 노인은 몰래 밤중에 명나라 진영인 조정만의 휘하에 들여보냈다. 그리고 노인 자신은 북두칠성에 날이면 날마다 빌어 충렬의 승리를 희망해 왔다. 그리하여 결국은 뜻대로 되었는데, 이 때문에 하나 남은 아들은 죽지 않았고, 그 아들이 낳은 이 손자가 있어서 자기의 대를 끊기지 않고 연면(連綿)하게 이어가게 되었노라는 이야기였다.

"이것이 모두 장군님의 덕인 줄로 아오. 늙은 놈이 자식마저 죄다 잃었다면 어떻게 되었겠나이까. 그래서 밤이나 낮이나 일 년 삼백육십오 일 찬물을 떠놓고 북두칠성님께 빌었습지요. 사실 그때의 성중에는 그 짐승 놈들 때문에 먹을 것도 없드랍니다. 쥐를 잡아먹고, 쥐도 없어서 조그만 그놈들이 버텼더라면 우리는 서로 인간을 잡아먹었을 것이오. 팔십 평생을 두고 짐승이 따로 없는 법이라오. 짐승이 사람을 먹는다면 사람이 사람을 먹어도 짐승이 아니겠소. 그래서 말씀이야 장군님! 장군님이 고마워서 이 아이를 일부러 데리고 박주 일배를 올리려고 이렇게 달려나온 거랍니다. 이 아이는 장군님의 아들이라고 해도 진배없습지요. 장군님, 이 박주를 들으시고 만세무량하옵소서. 나는 이제 죽어도 여한이 없소이다."

"그렇다면 이것은 모두가 노인이 축수한 공이요, 천자의 은덕이죠. 나 같은 사람이야 무슨 공이 있겠소. 이 술은 천자께서 드셔야 하실 거고, 노인은 어서 돌아가 편히 사시오."

충렬은 조금도 싫은 기색이 없이 노인의 지리한 설명을 죄다 듣고 나서 그렇게 대답하였다. 그는 백성들의 마음을 이 용감한 노인이 표현해 준 것이라고 생각하였다. 백성들은 어떠한 간악한 권력 아래서도 살아야 할 권리가 있는 법이다. 충렬은 그 점을 뼈저리게 느꼈다.

천자는 노인의 술을 받아 들고 조정만을 불러서, 노인의 아들이 있다면 데려오라고 분부하셨다. 아들이 나타나자 천자는 몸소 칭찬하시고, 친국문호위장을 삼아 백종록을 붙여 늙은 아비를 잘 섬기라고 위로까지 하셨다. 이 사건의 감명은 황후와 태후와 유심 태자에게까지도 감염되어, 모두가 백성들의 괴로움을 다시금 깨닫게 되었다.

궐내에 들어서자 거기서도 환영의 기쁜 물결은 멈추지 않았다. 그 동안 남아 있던 신하들이 모두 백배 치사하고, 삼군이 또한 충렬을 송덕해 마지않았다. 천자는 충렬 · 황후 · 황태후 · 태자 · 유심 등과 자리를 같이하여 연회를 즐기고, 그 동안 수없이 되풀이된 회고담이 여기서도 또 한 번 계속되고, 그럴 때마다 웃음과 울음과 감격은 쉴 새 없이 폭발되었다. 무서운 회고담은 몇 번 되풀이되어도 싫증이 나지 않는다는 진리를 그들은 직접 체험하는 듯하였다.

이튿날은 정한담을 잡아내 계하에 엎드려 놓았다. 충렬은 그의 처형을 아버지에게 맡겨 버렸고, 유심은 천자의 옆에 앉아 불구대천이 원수를 한동안 무섭게 내려다보고만 있을 뿐이었다. 천자도 죄인의 처형을 충신에게 내맡기고 계셨다.

우선 나졸들을 시켜 마음이 후련할 때까지 죄인을 치라고 유심은 명령하였다. 그리고는 그것이 끝나자, 죄인에 대한 온갖 죄목을 이미 조사해서 알고 있는 그는 소리 높이 외쳤다.

"너 이놈! 정한담아! 천상을 쳐다보라."

정한담은 힘없이 고개를 쳐들고 올려다보았다. 죽음을 각오하고 있는 자의 고요한 체념적인 표정이 있을 뿐이었다. 유심을 보고서도 알아보았는지 못 알아보았는시, 아무런 반응도 없었다.

"나를 아느냐 모르느냐? 네가 자칭 천자라고 하더니, 만승 천자도 두 팔이 없을 수 있느냐. 조그만 유심의 아래에 무릎을 꿇고 엎드린 것은 무슨 일일까? 네 죄를 아느냐 모르느냐?"

"소인의 머리털을 뽑아 죄를 논지한다 하더라도 털이 모자랄 것이오니, 어서 죽여 주옵소서."

"그렇다면 이놈! 내가 네 죄목을 들어볼 것이니 잘 듣거라. 모두 열 가지이다. 네놈이 천상 익성으로 명나라에 적강하여 용맹이 절인(絶人)한데, 그것을 미끼로 도사를 데려다가 항상 천자를 도모하고자 하였으니, 만고의 큰 죄 하나요. 조정의 직신을 꺼려 무죄한 신하를 모함해서 나를 연경으로 귀양 보냈으니, 죄 둘이요. 도사 놈의 말을 듣고 신기한 영웅이 황성에 있다 하여, 내 자식을 죽이려고 내 집에 불을 놓았고, 살아서 회수로 도망쳤다는 말을 듣고 재차 군사를 급송하여 물 속에 던져 죽이려 한 것이 죄 셋이요. 전임 재상 강회주를 역적으로 몰아 옥문관으로 귀양 보냈으니 죄 넷이요. 강승상의 가족을 잡아다가 중도에서 죽였으니 죄 다섯이요. 황후·태후·태자를 사로잡아 진중에 가두어 주려 죽게 하려 하였으니 죄 여섯이요. 충신을 다 죽이고, 천자를 속여 도적을 막으려 하다가 도적에게 항복하였으니 죄 일곱이요. 자칭 천자라 하여 민생을 도탄하고 충신을 잡아 항복을 받고자 하였으니 죄 여덟이요. 호국에 청병하여 황후·태후·태자를 호왕에게 잡아 보내고, 황성의 미색 보화를 모두 다 탈취하여 그들에게 보냈으니 죄 아홉이요. 천자를 변수가에서 죽이려 하였으니 죄 열이라. 이토록 만고에 없는 열 가지 죄목을 가졌으니, 네놈의 이러고서도 살기를 바랄 수 있겠느냐?"

정한담은 아예 바보가 되어 있는 듯하였다. 감각이 없고 아무 것도 실감하지 못하는 모양 같았다. 고개를 들고, 열 가지 죄목을 하나하나 따져 가는 유심을 멀거니 올려다보고만 있을 뿐이었다. 적어도 겉으로는 그렇게만 보였다.

"이놈! 그래도 네 죄를 모르겠느냐. 우리 황상께옵서 이렇듯 무수한 비참한 일과 황후·태자·태후마마께옵서 여러 번 죽을 뻔하신 일과, 만성 인민과 육군 군병을 죄다 죽인 일과, 강승상·유주부가 타국에서 죽게 되려던 일과, 천하를 진동하여 종묘사직이 위태하고, 백성들이 황겁하여 신자가 사방에 도망하니, 이게 도시 네놈의 죄가 아니란 말인가!"

정한담은 여전히 끄떡도 하지 않았다. 유심은 소리를 높여, 죄인을 거리로 내쳐다가 목을 베라고 나졸들에게 소리쳤다.

정한담은 묵묵히 몸을 내맡겼다. 순교자의 그것에서나 볼 수 있을 만큼 무섭게 냉정하였다. 인간이 이토록 자기 자신에도 잔인할 수가 있을 것인가. 하지만 명령을 받은 나졸은 그런 것에는 아랑곳조차 없이 엄엄하게 달려들자 죄인의 목을 매어 수레에 싣고 큰거리로 밀쳐 나갔다. 뿐만 아니라, 그들은 무슨 재미있는 장난이라도 생각난 듯이 군중들에게 정 한담의 처형을 선고하고, 구경 나오라고 소리치기도 하였다. 죄인의 사형 집행에 군중의 동원이 얼마나 무서운 것인가 하는 것을 그들은 전혀 생각도 하지 못하는 모양만 같았다.

군중들은 삽시간에 사람의 바다를 이루었다. 성내는 물론이거니와 성 밖에까지 내가 먼저라고 달려들었다. 남자·여자·노인·어린아이들 할 것 없이 그 모두가 서로의 호기심의 경쟁터로 만들었다. 성내가 이 거리를 위하여 온통 뒤집혀 버렸다고 해도 좋을 것이리라. 도무지 형언할 수조차 없는 난장판이었다. 살인과 파괴의 약탈을 그토록 많이 겪은 백성들이건만, 그들은 그러한 엊그제의 일은 언제 있었더냐 할 만큼, 이제 또다시 선혈의 처절한 형장으로 달려든 것이었다. 그들은 저마다 자기의 원수를 갚겠다고 외쳐 대고 있었고, 만고 역적 정한담의 얼굴만이라도 보자, 그가 어떻게 죽어 가는가를 보자라고 흥미거리 삼아 소리소리 지르는 자도 있었다. 어떤 애국적인 자는 만고 역적의 간을 내어 씹어 보겠다고 두 주먹을 불끈 쥐며 핏대를 울려 보이는 자도 있었다.

나졸들은 군중들의 이러한 흥분에 함께 어울려 좋아라 하였다. 따라서 그들이 정 한담의 목을 베었을 때, 그 목과 몸이 어디로 굴러 나갔는지도 모르고 있었다. 와아 하고 군중의 무서운 함성이 오르기가 무섭게, 머리는 이쪽으로 날고 몸은 저쪽으로 날아 팔은 팔대로 발은 발대로 제각기 찢겨 날아서 또 찢기고,

그리하여 군중의 손에서 손으로 옮겨질 때마다 점점 작아져 마침내는 그림자도 찾아볼 수 없게 되었다. 공동묘지에서 송장을 발견한 개떼가 있다고 하자. 이 개떼는 송장 하나를 삽시간에 먹어치운다. 그리고는 아직도 먹을 것이 없나, 나중에 가서는 서로 바라보며 섭섭한 듯이 입맛을 다시며 사라져 간다. 뼈다귀라도 물은 놈은 그것을 오붓하게 갉아먹으려고 혼자서 도망쳐 간다. 여러 놈이 그것을 쫓는다. 여기서 개끼리 물고 뜯고 하는 법인데, 여기에 모인 군중들이 그러한 개떼와 조금도 다를 것이 없었다. 한쪽에서는 자그만 죄인의 뼈를 놓고 다툼질을 하고 있는데, 한쪽에서는 입맛을 다시며 돌아서고 있었다. 그들의 입언저리에는 피가 묻고, 손과 앞자락에도 빨갛게 피가 묻어 있었다. 아이들은 쓰러져 울고, 노인들은 죽었다고 소리치고, 이것이야말로 아수라장이었다. 아! 얼마나 무지한 무서운 군중들인가. 이들이 어제 유충렬을 환영하였던 기쁨에 넘친 평화와 군중이었다고 생각하면, 그 돌연한 변모에 아니 놀랄 사람이 없을 것이리라. 게다가 이들은 돌아갈 때 저마다 유충렬의 공덕을 칭찬해 마지않았다.

정한담은 이렇게 해서 뼈도 추리지 못하였다. 나졸들은 자기네 일이 덜어진 것을 좋아라 하였고, 명나라에서는 누구 하나 이러한 살인에 의문을 가져 보는 자도 없었다. 죄를 지었으면 벌을 받아야 하는 법이고, 원수가 있으면 마음이 후련하도록 그 원수를 갚아야 한다는 것이 이들의 공통된 인간성이었다. 그렇기에 고귀한 태자는 호왕의 같을 씹어 원수를 갚았고, 천자께서는 이것을 칭찬해 주셨다. 해를 준 자에게 복수를 한다는 것은 그들의 정의였다.

이런 일이 끝난 후, 천자는 각 도의 각 관에 회시(回示)하여 정한담과 최일귀의 일가붙이 삼족을 죄다 잡아서 씨 없이 말려 버리도록 하였다. 그리고는 서서히 삼 층 단에 올라 천제를 지내고, 유심·유충렬 등에게 벼슬을 놓여서, 금자광록 태부 대승상 연국공에다 연왕을 봉하시고, 옥새·용포와 통천관을 상급하셨으며, 만종록을 주셨다. 유충렬에게는 태사마대장군에다 겸 승상 위국공을 봉하시고 만종록을 내리셨으며, 이미 약속한 바와 같이 도원결의를 하시어 충무후를 봉하셨다. 이 외에 공로가 있는 장수와 군사들에게는 차례도 벼슬을 주시고 상사하셨다. 이런 일로 황성 안은 또 한 번 기쁨과 감격으로 넘쳐흘렀다. 어디를 가나 새로운 벼슬에 대한 이야기이고, 유충렬을 송덕하는 소리는 그칠 줄을 몰랐다.

연왕 부자가 천자의 은덕을 축하하자, 천자는 이렇게 말씀하셨다.

"그대의 숙소를 우선 정하여 약간 공을 쓰겠거니와, 그 은혜를 갚을 길이 없도다."

"천은이 망극하와 우리 부자는 만났거니와 모친은 어디 가시고 이런 줄도 모르실까요."

하고, 충렬은 자기의 행복을 어디가 처분할 방법을 모르면서 그런 말을 아뢰었다.

"옥문관에 귀양가신 강승상은 죽었는지 살았는지 가련하옵니다. 강낭자는 청수에 빠져 죽었으니, 어디 가서 만난단 말씀이오. 낭자의 부탁한 대로 옥문관을 찾아가 강승상의 뼈나 거두어다가 묻어 주고, 회수의 모친을 제사하고, 청수를 지나오며 강낭자의 혼백이나 위로하고, 부친의 영화를 누리기 위하여 다른 데 취처(娶妻)[1]해 볼까 하옵니다."

이런 말을 들으시고, 천자는 별안간 용안이 흐려지셨다. 아닌 게 아니라 그럴 법하고, 충렬에게는 아직도 할 일이 많이 남아 있는 듯하였다. 유심은 가엾은 아내와 아들의 장래를 생각하고 역시 우울해져서 눈물을 뿌렸다.

천자는 입을 꾹 다물고 깊이 생각하는 듯하고 계시다가, 나중에 황태후에게 이 말을 전하였다. 태후는 강승상의 고모여서 조카의 뼈를 찾겠다는 충렬의 결심을 듣자, 그 기쁨은 말할 나위가 없었다. 태후는 이내 충렬을 입시시켜, 그의 손을 잡고 눈물을 뿌렸다. 조카를 생각하면 마음이 한없이 우울해졌다.

"강승상은 내 조카야."
하고, 천자와의 도원결의를 알고 있는 황태후는, 충렬에게 벌써부터 말로 그 증거를 보이기 시작하였다.

"친정 일가라곤 그 조카 하나뿐인데, 지금까지 살았는지 죽었는지 알 수는 없으나, 자네의 힘으로 조카를 찾게 된다면 얼마나 좋을까. 호국의 오랑캐 놈들에게서 나를 살려 왔듯이 조카가 살아 있거든 데려오고, 죽었거든 백골이라도 주워 와 주게."

"사위로서 당연한 의무인 줄로 아옵니다."

황태후는 이 말에 펄쩍 뛰면서 반가워하였다. 만고 영웅 유충렬 같은 충신을 내 친정 조카사위로 두었다니 얼마나 자랑스러운 일인가라고 늙은 할머니답게 좋아라 하였다.

황태후는 진작 모든 것을 섭섭해하고 있었다.

"그렇다면 더구나 어서 가서 장인의 생사를 알고, 모친과 소

---

1) 아내를 얻음. 장가를 듦.

녀를 위하여 제사 지내고, 급히 돌아와 주게."

충렬은 태후전을 물러나와 천자와 아버지에게 각각 하직을 하고, 즉시 출발의 차비를 차렸다.

옥문관은 서번국에 들어 있었기 때문에 우선 그쪽으로 가야만 되었다. 충렬은 대군을 휘동하고 양관을 넘어서서 평관으로 직행하였다. 거기서 격서(檄書)[1]를 띄워 서번국에 보내 놓고, 행군을 계속해 들어갔다. 대명국 대사마 대장군 유충렬의 기치를 하늘 높이 휘날리며, 그 운무처럼 밀려가는 기세는 그야말로 오랑캐 나라인 서번국의 천지를 온통 뒤집어 놓을 것만 같았다. 충렬은 물론이거니와 그의 군병들도 이제는 대국의 면모를 완연히 갖추고 있었다.

서천 삼십육 도 군장들은 이러한 충렬의 위명의 벌써부터 잘 알고 있었다. 남경에 쳐들어갔을 때, 그들은 실제로 충렬의 불사신과 같은 용감성과 변화 무궁한 신비성과, 그의 장섬검과 천사마를 죄다 보았다. 정문걸과 같은 위대한 용사가 번쩍 하는 장성검의 검광에 여지없이 쓰러져 버렸고, 마룡이 또한 그렇게 되지 않았던가. 이런 것들을 제 눈으로 본 자라면 누구나 그의 이름만 들어도 무서운 공포를 느낄 것은 뻔한 일이었다. 삼십육 도의 군장들이 바로 그러하였다. 그들은 난데없는 격서를 받았을 때, 그 무서운 이름을 보고 벌써부터 벌벌 떨었다.

그리하여 이들은 전쟁보다 항복을 원하였다. 항복을 반대하는 자가 있다면 목을 베었을 정도였다. 금은 보화를 몇 대의 수레에 그득 싣고, 옥새와 지도와 항서를 정중히 써서 들고, 명나

---

1) 격문을 적은 글.

라군이 성문을 들어서기 전에 멀리 십 리 밖까지 나가서 충렬 앞에 무릎을 꿇고 차례로 항복을 하였다. 충렬은 임시로 마련한 장대에 높이 앉아 이들의 항복을 받고, 군왕을 잡아내어 죄를 주고, 항서 삼십육 통을 한데 겹쳐서 남경의 천자에게 장계를 올렸다. 그는 이런 일을 엄숙하게 마친 다음, 최초의 승리에 기운을 돋구면서 이제는 목적지인 옥문관으로 향하여 갔다.

옥문관에 들어서자, 충렬은 지체 없이 수문장을 불러 천자의 공문을 뵈고, 강승상의 소식을 물었다.

"아! 강승상을 말씀이오니까? 그 강승상이라면 성중에 계셨 는데, 십 여 일 전에 남적들이 달려들어 그분을 호국으로 잡아 갔나이다."

수문장의 대답을 듣고 충렬의 가슴은 대번에 열화같이 끓어 올랐다. 기대에 어그러졌기 때문이었다. 그와 동시에 그의 격렬 한 증오의 감정은 분출구를 찾은 듯이 남적들에게로 집중되어 갔다. 두 눈은 시퍼렇게 빛나며 그들의 하늘을 노려보고, 주먹 은 자신도 모르게 불끈 쥐어졌다. 이런 때의 충렬은 어떻게 보 면 아름답고도 한편 한없이 무서웠다.

충렬은 이내 수문장에게 엄명을 내려서, 군사를 잘 돌보고 잘 먹이라고 하였다. 자기가 돌아올 때까지 잘 맡고 있되, 그때 가 서 그의 충성심의 여하를 알아보겠노라고 하였다.

그리하여 충렬 자신은 필마단검으로 남적들의 나라를 향해 달려갔다. 대군을 떼어 맡겨 놓고, 날랜 청사마를 채찍질하여 달려가니, 참으로 거뜬거뜬하고 길은 빠르고 하늘을 나는 것만 같았다. 뜨거운 분노와 증오를 가슴에 가득 부풀어올려 놓고, 주인의 성급함을 알아주는 애마(愛馬)에 몸을 맡겨 하늘을 나듯 달려가는 것은, 언젠가 천자의 위급함을 알고 백룡사에서 남경까지 가던 때가 그러하였고, 황후·황태후·태자를 최후의 죽음에서 살려내기 위하여 무인지경의 호국 땅을 달려가던 때가 그러하였다. 충렬은 지금 그때의 일을 회상하며, 그때도 지금과 같은 마음이었으리라고 생각하였다. 그의 머리에는 오직 강승상의 존망의 위험과, 그를 괴롭히는 짐승 같은 남적들의 잔인한 행동만이 쉴 새 없이 떠오르고 있을 뿐이었다.

남적 가달왕은 지난번 남경에서 물러갈 때, 호국의 호왕과 마찬가지로 얻기 어려운 보물과 꽃다운 미녀들을 많이 납치해 갔다. 호국왕이 그러하였듯이, 가달왕도 계집애를 무척 좋아하고, 풍악과 술과 계집으로 날을 보내고 있었다. 이 색다른 남경의 일등 미색들은 며칠이 못 가서 그의 생명을 불태워 버려, 그의 육체나 정신을 완전히 파괴에 몰아넣을 것만 같았다.

이런 때여서, 충렬이가 쳐들어왔다고 하고, 그의 무서운 격문을 보았을 때, 가달왕의 놀라움은 이만저만이 아니었다. 신하들을 급히 불러 적을 막아야 할 것인가 아닌가를 격론을 벌이고 있었다. 적을 막아야 한다는 것은 꼭 필요하고, 그래야 한다는 것으로 누구나 말하고 누구나 생각하고 있는 것이었으나, 그렇다고 용감하게 내가 나서리다 하고 창검을 집어들고 나서는 사람은 아무도 없었다. 말하자면 절망이 그들을 지배하였다. 그러자 난데없는 서광이 그들의 어두운 절망에다 불을 키워 주었다. 황금 투구에다 흑운포를 입고, 삼천 근 철퇴와 구 척 장검을 좌우의 손에 잡은 거창한 장군 세 사람이 뜻밖에도 이 절망의 판국에 나타난 것이었다.

그들은 생김생김도 같고, 몸도 같고, 입은 것도 같고, 무장도 같았다. 그들은 삼형제였고, 다른 점이 있다면 그 형제가 주는 차이가 있을 뿐이었다. 그리고 음성도 똑같이 세 사람이 나란히 가달왕의 어전에 부복하여,

"소장 삼형제는 번양 석장동 사는 마철 형제올시다."
하고 소리 높이 기운차게 자신 있게 아뢰었다.

이쯤 되면, 이미 이들이 누구라는 것을 대략 짐작하리라. 언젠가 회수의 넓은 강물에서 유충렬 모자를 나룻배에 태워 물 가운데에 끌어다가 아들을 물 속에 던져 버렸고, 어머니는 묶어서 석장동 제집으로 끌어다가 백년 결합을 강요하였던 마찰, 회수를 무대로 뱃사공을 가장하면서 살인 강도를 일삼아 오는 저 무서운 도적의 괴수를 바로 그들인 것이었다. 마철 형제는 충렬의 어머니 장 씨를 재차 잡으려다 큰 손해만 보고 놓친 뒤에 양산박(梁山泊)[1]에 모여든 백팔 명의 의적들과 같은 큰 뜻을 품고 천하를 두루 살피다가, 이때 남적의 위험을 보고 달려든 것이었다. 여기서 얼마간의 공을 세워 천하의 명장의 대열에 올라 보려는 것이 그들이 까놓고 내세운 야심이었다.

"남경 유충렬이가 들어온다는 말을 듣고 불원천리 왔사오니, 선봉을 주시면 충렬의 목을 베어 오리다."
하고, 마철이가 삼형제를 대표해서 말하는 그 말에는, 참으로 누구라도 믿음직한 신뢰감을 주고도 남을 만한 것이었다. 어두운 절망에서 헤어날 줄 모르던 사람들에게는 더구나 말할 나위조차 없었다.

입과 마음만이 살아서, 전쟁과 같은 존망의 순간에 있어서는

---

1) 《수호전》에 나오는 중국 전설상의 산채. 산동성에 있음.

그보다 더 중요한 몸과 결단력이 없는 신하들은 물론이거니와 이미 음탕한 색정으로 정신 조직이 파괴될 대로 파괴된 가달왕은 마철의 이런 말을 듣자, 그의 첫 순간의 경악의 표정은 대번에 환희와 희망의 미소로 변해 갔다. 삼형제가 똑같이 신장이 십 척이나 되고, 얼굴과 그 장엄한 몸은 사람 하나쯤 삼켜 버려도 꿈쩍도 하지 않을 사나운 산짐승처럼 생겨 있어, 이들 비겁한 군신들의 신뢰감도 그럴 법한 일이었다. 이런 장군 삼형제가 이런 때 나타났다고 하는 것은 정말 천우신조인가 보다 하고 남경의 미녀들에게 정열의 불을 죄다 태워 버린 가달왕은 생각하기도 한 것이었다.

가달왕은 지체 없이 선적을 포고하고 명령을 내렸다. 선봉에 마철, 중군에 마응, 후군에 마학, 이렇듯 삼형제를 중요한 자리에 각각 배치해 놓고, 정병 팔십만을 순식간에 뽑아 올려 전투 대열을 갖추었다. 전진은 충렬이가 달려들 석대산 기슭의 넓은 벌판에 펴고, 가달왕 자신은 정신적 영도자인 도사와 충성을 맹세한 문무백관을 거느리고 이것을 내려다보는 산꼭대기로 올라가서 구경하기로 하였다. 구경에 흥미를 가하기 위하여 풍악과 술과 계집들을 준비하는 것도 그는 잊지 않았다. 마철 형제가 그들의 뛰어난 무예에 의하여 가달왕을 얼마나 기쁘게 해줄 것인가라는 것은 매우 커다란 기대였다.

가달왕은 이때 강희주를 옥문관에서 잡아다가 전옥에 가두어 두었다. 애초에는 그를 복종시켜서 신자(臣子)로 써 보려고 한 것이었으나, 이 열렬한 명나라의 애국 충신은 오랑캐 왕의 어떠한 무서운 강요나 고문에도 굴하지 않고 반항하였기 때문에, 전옥에 가두어 두고 그대로 굶주려서 죽게 한 것이었다. 전쟁은 가달왕을 무지하게 만들고, 강희주의 존재를 전혀 잊게까지 한 것이었다.

그러나 강희주는 아직도 죽지 않고 있었다. 남경에서 잡혀 온 미녀 가운데 역시 열렬한 애국자가 있었기 때문이었다. 같은 미녀라고 하더라도 옥에도 티가 있을 수 있는 것처럼, 유독 이 여자만큼은 가달왕의 마음에 들지 않았다. 가달왕의 취미가 원시적이고 변태적이었기 때문인지, 그렇지 않으면 수많은 미녀들의 바다에 풍덩 빠져 버린 것처럼 되어 버린 그의 눈이 미처 이 여자의 가치를 발견해 내지 못해서 그런지 그 이유는 분명하지 않았으나, 어쨌든 이 미녀는 가달왕을 둘러싼 육체의 향락의 권에서 외톨이가 되어 있었다. 이것은 도리어 그 여자의 향수와 고독에 불을 켜 그 여자의 원래의 애국 정신을 열렬한 것으로 만들어 놓은 동기가 되었다.

미녀는 정조와 충성의 동일한 가치를 깨달았다. 자기의 수절을 강희주의 수절과 비겼다. 그리하여 동병상련(同病相憐)[1]의 고결한 정신적 동정심과 연민의 정을 느끼기에 이른 것이었다. 같은 오랑캐 나라에 끌려와서 어떠한 고문에도 저항을 하며 절개를 지킨다고 하는 것은, 피차간 동감이 갈 수 있는 고결한 정신적 자세였다. 미녀는 충신의 수절을 이해하며 가달왕에게 정조를 바치는 대신, 강희주에게 온갖가지 친철과 존경을 바치려고 결심하기 시작하였다. 쾌락의 광장에서 슬며시 빠져나와 옥고에 신음하는 강희주를 돕고, 그에게 먹을 것을 훔쳐다 주고, 그의 편의를 보았다.

---

1) 어려운 처지에 있는 사람끼리 동정하고 도움.

이렇게 해서 때로는, 순결한 소녀는 충신의 팔을 붙잡고 울기도 하고, 티없이 맑은 청백한 소녀의 혼으로 유충렬의 구원을 빌기도 하였다.

"강승상께서는 항상 모르신다고만 그러시지요. 명나라에 영웅이 나셨답니다. 유원수 충렬이란 분은 명나라를 구원하고 천자님을 도와 만고 역적 정한담을 잡았더랍니다. 역적은 수절을 하지 못하는 여자와 같은 것이 아니겠어요. 간에 가 붙고 콩밭에 가 붙고, 아침에는 이 남자 저녁에는 저 남자 하며, 사시사철 시세에 움직이며 사내들의 사타구니를 미꾸라지처럼 헤엄쳐 다니는 여자와 같은 것이 아니겠어요. 그러나 충신은 절개 좋은 여자와 같은 거고, 남자 중의 남자예요. 유원수는 언제나 이런 분을 돕는답니다. 강승상처럼 훌륭한 분을 도우셔요. 그분이 우리의 이런 고생을 아신다면 얼마나 놀라시며 달려 오실까요? 그분만 오신다면, 여기 오랑캐 같은 것들은 멸문지화(滅門之禍)1)를 당하며, 가달왕에게 정조를 바친 화냥년들도 죄다 잡아 죽이실 거예요. 강승상께서도 빌어주세요. 모르신다고만 마시고 그런 영웅이 계시는 것은 소녀의 눈으로 분명히 보았으니까, 승상께서는 저와 같이 빌기만 하셔요. 유원수 어서 와서 남적을 함몰하고, 본국 사람을 살려내어 부모 얼굴을 다시 보게 하옵소서!"

강희주는 말없이 빌고 있는 미녀의 동작만 보고 있으나 그의 야위고 전보다 훨씬 크게 보이는 두 눈에서는 그러나 눈물이 뚝뚝 떨어지고 있었다. 그 눈물은 늙은 열렬한 충신의 가지가지

---

1) 멸문을 당하는 큰 재앙.

심정의 혼란을 표현해 주고 있는 듯하였다. 아니, 그가 자기의 사위인 유충렬의 존재를 분명하게 기억하고 있을 것인가. 그가 입밖에 말하지 않는 이상 알 도리는 없었다. 아마도 이 위대한 충신은 지금 이 순간에, 충렬이가 자기를 찾아 필마단검으로 가달왕의 팔십만 대군에게 싸움을 청해 왔다는 것조차도 전혀 모르는 것이리라. 불행한 늙은 강희주는 미녀의 친절로 겨우 명맥을 지탱해 가고 있을 뿐이었다.

석대산을 멀리 바라보며 말에서 내려 잠시 휴식을 취한 유충렬은, 예의 하늘을 나는 것과도 같은 속력으로 천사마에 채찍질을 하여, 팔십만 적군의 진을 치고 있는 석대산을 향해 줄달음질치고 있었다. 선봉대장 마철은 앞장서서 유유히 대기하고 있다가, 이와 같이 비호처럼 달려오는 충렬이가 불과 백 보 안으로 들자, 제법 큰 호통을 지르며 삼천 근 철퇴와 구 척 장검을 좌우 손에 갈라 잡고 춤추듯 달려나갔다.

마철 역시 보통 사람을 넘는다는 것은 그의 커다란 무기나, 칼쓰는 법이나, 열 척을 넘는 장신 거구만을 보아도 알 수 있는 일이었다. 언젠가 충렬의 어머니 장씨를 잡으려 하였을 때, 그의 뛰어난 무예와 용감성을 증명해 보였다. 가달왕이 그의 웅장한 생김생김만 보고서도, 놀라고 믿음직하게 생각한 것은 이미 다 아는 사실이다. 살인 강도를 일삼아 오는 그의 생업도 전쟁의 잔인성과는 통하는 점이 있다. 어쨌든 그가 뛰어난 장군임은 틀림없었다. 살인 강도가 못마땅하다고 한다면, 한나라 유방[2] 은 처음에 무엇이었던가? 후손들의 미화 작업을 제쳐놓는다면,

---

2) 중국 한나라 고조의 이름.

역대의 창업 군주는 그 본질에 있어서 살인자가 아니고 약탈자가 아니고 무엇일까? 그것은 여하간, 이 위대한 야심가는 상대방 적이 언젠가 자기가 물에 집어던지고, 그 어머니를 강점하려던 가엾은 소년이라는 것을 전혀 모르고 있었다. 아! 이 얼마나 기구한 운명의 장난일까? 얼마나 냉혹한 불구대천 원수의 상면일까? 마땅히 진작 만났어야 옳을 일이었으나, 이렇게 뒤늦게 만나서조차 운명의 조물주는 서로가 원수라는 것을 알지 못하게 하는 것이었다. 망각의 신은 이따금 인간에게 우연한 항로를 만들어 놓고 있다. 두 사람이 불구대천 원수가 여기서 이렇게 만난 것도 바로 이런 행로라고나 할까. 용서하지 않는 총명하고 용감한 충렬도 몰랐으니 말이다.

그러나 충렬의 갑주나, 장성검이나, 천사마는 이미 상대할 존재를 인정하지 않는다는 것은 뻔한 일이다. 마철의 무예와 용기가 제아무리 위대하다 하더라도, 정한담을 사로잡고 불사신의 천하 명장이라고 일컬어 온 정문걸과 마룡과 최일귀를 한칼에 베어 온 장성검을 당할 수 있을 것인가? 원수라는 것을 모르고 대적한 것만도 다행이라 아니할 수 없었다.

반 합도 못 가서 천하에 제 이름을 떨쳐 보려던 전신 도적의 괴수는 한 손에 삼천 근 철퇴를 잃어버리고, 또 한 손의 구 척 장검을 잃어버리고야 말았다. 철퇴와 장검이 그의 손을 떠나서 허공에서 몇 조각으로 갈라져 없어지는 것을 보자, 본진에서 차례 오기를 기다리며 버티고 서 있던 마응과 마학이 일시에 형에게 가세해 달려들었다. 형으로서는 대단히 창피한 일이지만, 이렇게라도 해서 적을 쓰러뜨리지 않고서는 그들 형제의 야심은 물거품처럼 꺼져 버릴 것 같았다.

삼형제의 야심가들은 문자 그대로 용전분투하였다. 그러나 정문걸과 최일귀를 한칼에 베어 버리고, 정 한담을 사로잡아 버린 장성검은, 그때와 똑같이 하늘에서 세 번 가량 번쩍 하였다. 그것이 정확한 검법에 의하여 그랬다는 것은 거의 같은 시각에 세 개의 머리가 휘휘 재주를 넘으며 떨어지는 것을 보고서야 알 수 있는 일이었다.

공명심에 분별마저 잃어버린 마철·마응·마학의 삼형제 야심가는 이렇게 해서 제각기 여섯 조각으로 갈라져서 저승을 더듬어 갔으나, 충렬의 장성검은 여전히 허공에서 번쩍이며 적진을 무찔러 들어갔다. 팔십만 대군이 넓은 벌판에서 시체의 산을 이루고 피의 바다를 이루어 놓았음은 더 말할 나위도 없었다. 산꼭대기에서 도사와 충신과 아름다운 계집들에게 싸여 향긋하고 부드러운 가락 속에서 술을 즐기며, 제게는 위험이 없는 유혈의 열전극을 관람하던 가달왕은 얼굴이 하얗게 양초처럼 변하여 도망치기 시작하였다.

그의 주위에는 이제는 충신도, 도사도, 계집도, 술도, 아름다운 노랫소리도 없었다. 죽음과 오직 냉혹하고 어두운 절망의 바다만이 그를 싸잡고 놓지 않았다. 그런 바다조차 지금의 그에게는 차갑고 잔인해서, 돌은 발에 걸리고 나무는 몸에 걸려, 그에게는 영화였고 천성과 다름없던 자유는 이제는 아무것도 없었다. 절벽을 미끄러져 내려온 그의 앞에는 전사마가 발굽의 건강함을 과시하며 서 있고, 그의 머리 위에는 하늘의 햇빛조차 무색할 장성검의 광채가 내리 덮어씌워 눈이 부셔서 쳐다보지 못할 정도였다.

"이는 모두 내 죄가 아니오라, 옥관 도사의 죄인 듯 싶소이다."

통천관(通天冠)[1]이 깨어져 달아나고, 상투마저 없어진 가엾은 가달왕은 무릎을 꿇고, 더듬는 음성으로 그렇게 애걸하였다.

"옥관 도사! 그놈 어디 있느냐?"

"저기, 저리로 도망쳤습니다."

충렬은 가달왕을 잠시 살려 놓고, 그가 가리키는 곳으로 달려가 옥관 도사를 사로잡았다.

정한담의 마음을 뒤에서 조종하며, 그로 하여금 명나라에 커다란 비극을 가져오게 하였던 옥관 도사는 정한담이 붙들리는 것을 보자, 재빨리 자취를 감추어 가달왕의 곁으로 온 것이었다. 그이 지혜를 짜내어 정한담을 멸망시킨 것과 같이, 여기서도 가달왕을 멸망으로 이끌고 있었다. 인간을 창조한 신이 아무런 예고도 없이 인간을 멸망에 이끌어 버리듯이, 이 위대한 예언자도 눈 하나 깜짝하지 않고 냉랭하게 자기의 노예의 죽음으로 이끌어 버린 것이었다. 그렇다고 신을 죄주려는 인간은 없으려니와, 이와 같은 신을 모방하려는 예언자는 인간의 형벌을 받지 않을 수가 없다.

충렬은 그에게 문죄(問罪)[2]를 하고, 최후로 이렇게 말을 맺었다.

"여기서 죽여 버려도 좋겠으나, 너와 같은 자는 남경으로 잡아다가 천자와 부친 전에 바쳐서 죽이는 것이 옳을 줄로 안다!"

충렬은 너와 같은 자라는 말로써 옥관 도사의 무서운 본질을 죄다 설명해 버렸다. 그리하여 그의 양발과 양 손목을 잘라 수

---

1) 임금이 조칙을 내릴 때나 정사를 볼 때 쓰던 관.
2) 죄를 캐어물음.

레에 싣고, 가달왕을 데리고 성중으로 들어갔다.

충렬은 가달왕을 족쳐서 강희주의 생존과 거처를 알아냈다. 급히 전옥으로 달려가 옥문을 열고 들어가자, 가엾은 충신은 예의 친절한 미녀와 같이 있다가 별안간 기절해서 쓰러져 버렸다. 나중에 알고 보니, 가달왕이 자기를 불러내는 줄 알고, 무서운 공포를 이기지 못하였다는 것이었다. 미녀 역시 똑같이 놀랐으나 노인처럼 쓰러지지는 않았다. 이름을 조낭자라는 여자로, 조낭자는 이때도 가달왕이 자기를 부르지 않은 것을 감사하게 여기면서, 남의 눈을 속여 몰래 옥중의 충신 옆으로 와 있었기 때문에 이미 각오는 하고 있었으나, 그 놀라움은 이만저만이 아니었다. 충렬을 보았을 때, 조낭자는 한쪽 구석으로 피하여 공포와 불안에 전신을 오돌오돌 떨면서 결과를 기다리고 있었다.

"승상! 승상!"

충렬은 쓰러져서 의식을 잃어버린 불행한 충신의 옆으로 달려가 흔들며 불렀다.

"승상! 승상! 이게 웬일이세요? 저를 보자 금방 쓰러지시다니, 이것을 어떻게 하나? 저번 아버지께서 이러셨을 때에는 그 신기한 과실이라도 있었지만, 이제는 무엇으로 어떻게 해야 할까? 아무런 방법도 없다. 그런데 거기 있는 건 누구냐? 자, 빨리 가서 찬물을 한 사발 떠 오렴. 어서 가서!"

충렬은 그제야 여자가 있는 것을 알아보며 그렇게 명령하였다. 그렇다고 조낭자에 대하여 생각해 보려는 것 같지는 않았다. 그럴 마음의 여유도 없었다.

"승상! 저를 알아보시겠어요? 언젠가 회사정에서 만나 뵌 일이 있는 유충렬이올시다. 저를 구원해 주시고, 사위로 삼아 주신 유충렬이올시다."

조낭자가 물을 떠오고, 그것을 노인의 얼굴에 끼얹어 어느 정도 정신이 들은 것 같았을 때, 충렬은 말하였다.

조낭자는 충렬이라는 말을 듣고, 이내 자기가 밤낮으로 빌고 있던 명나라의 유원수가 왔다고 본능적으로 느꼈으나, 옆에 선 채 말없이 지켜보고만 있었다. 강희주에게는 유원수를 보았노라고 장담하였으나, 그것은 어디까지나 죄 없는 소녀의 꿈에서 얘기하였던 것이고, 막상 눈앞에 대하고 보니 그런지 저런지 알 수 없다는 생각도 들었다. 게다가 노인더러 사위라고 이상한 말도 해서, 전에는 전혀 모른 체하며 자기가 같이 빌자고 하며, 빌 때마다 묵묵히 고개만 흔들고 있던 노인과 오히려 관계가 있는 것이 아닌가? 고개를 흔들며 눈물을 뿌리던 노인이 그러면 의미가 있는 것이었고 자기와 같은 여자에게 말할 문제가 아니었던 모양이다라는 생각도 들어서 비상한 호기심을 가지고 기다리고 있었다. 따라서 이제는 아까와 같은 불안이나 공포 같은 것은 전혀 없었고, 도리어 마음이 든든해질 정도였다.

"유충렬!"

노인은 의식을 제대로 차리지 못하면서도 깜짝 놀라 소리쳤다. 오히려 그 한 마디로 완전히 의식을 회복한 듯하였다. 무서운 꿈을 꾸며 정신없이 자던 사람이 자기의 공포의 외침 소리에 깨어나듯이, 노인은 별안간 두 눈이 빛나 올랐다.

"그러하옵니다! 유충렬이올시다. 장인의 소원하신 대로 대명국의 도원수가 되어 천자를 도와 남적을 함몰하고, 호왕과 도사를 사로잡아 장인을 구원하려고 왔습니다."

"아! 정말 그 유충렬인가?"

강희주는 사위의 손목을 잡으며, 격렬한 환희의 눈물을 뿌렸다.

그러자 조 낭자가 역시 와락 달려들어 미칠 듯한 소리를 질렀다.

"장군님이 어찌 아시고 이렇게 오셔서, 죽은 사람이나 다름이 없는 우리를 구원해 주시나이까. 고국 산천 다시 보고, 부모 동생 다시 보게 되니, 이런 기쁜 일이 또 있겠습니까. 천자님은 살아 계시나이까?"

충렬은 살아 계시다고 대답하였고, 강희주는 조낭자의 열렬한 애국 정열을 사위에게 소개하고, 조낭자는 늙은 충신의 비참한 고생담을 늘어놓고, 이렇게 해서 서로는 얼싸안고 한없이 눈물을 뿌렸다. 조 낭자는 자기가 충신의 수절을 본받아 어떠한 고문에도 감연히 정조를 지켜 왔고, 하루빨리 유원수가 와서 구원해 주기를 하늘에 빌었노라고도 얘기하였다.

충렬은 조낭자를 칭찬하고, 명나라의 모든 여자를 대표할 수 있는 애국적인 열녀라고 존경하였다. 그리고 장인을 돌아보며, 그 후의 자기의 걸어 온 과정을 죄다 설명하였다.

"장인의 최후의 글월을 받아 뵙고, 우리 장모와 아내와는 서로 갈라져 저는 혼자서 구걸 행각을 하다가, 백룡사로 들어갔소이다."

이런 식으로 과거의 이야기를 낱낱이 더듬어 갈 때, 불행한 늙은 충신의 두 눈에서는 쉴새없이 눈물만이 줄줄 흘러내렸다. 자기를 위하여 일가가 멸망하고, 충렬은 행복을 잃고 밥을 얻어먹으며 고생을 해야 하였고, 충렬의 성공은 좋았으나 그것이 자기의 죄업에 얼마만큼의 보탬이 된단 말인가? 아무리 고상한 애국적인 감정이라 하더라도, 그것으로 인하여 다른 인간의 행복과 사랑과 생활을 희생시킬 수 있을까. 주인의 열렬한 충성심으로 해서, 그 일가를 멸망에 이끈다는 것은 과연 옳은 일인가 아닌가? 남의 행복을 위해서 자기를 희생시킨다고 하는 것이 한낱 졸렬한 정의감의 소치에 지나지 않는 것처럼, 자기는 자기의 애국 정열을 완수하기 위하여 일가를 멸망시킨즉 노인은 그것이 한없이 죄송스럽고 분하기도 하였다.

조낭자도 노인의 눈물에 발을 맞추어 그대로 울고 있었으니, 이때의 그 여자의 감정이나 사상이나 상념이 노인과는 물론 달랐지만, 그 여자는 그 여자대로 자기를 비판하고 있었다. 수절이라는 문제는 공연한 겉치레나 미신에만 치우쳐 있는 것이 아닌가 하고도 생각하였다. 충렬은 자기의 이야기를 죄다 끝마치고, 충신과 정조 굳은 여자를 데리고 옥문을 걸어 나왔다.

가달왕에게 적당한 죄를 주고, 토번국에 연락하였다. 토번국의 번왕은 채단을 갖추어 항복해 왔고, 충렬은 이곳에서 임무를 다 끝마치자, 우선 승리의 장계를 올려 천자를 기쁘게 해주었다. 그러자 남경에서 잡혀 온 미녀들이 수없이 모여들어 고국으로 보내 달라고 애원해 왔으니, 가달왕의 색정의 도구가 되었던 그들은 고국이 그립고 부모가 보고 싶어 견딜 수 없는 모양이다. 조낭자는 처음 한동안 자기와 똑같이 끌려온 그들을 미워하였으나, 가달왕의 세력이 없어지고 보자, 미워할 것도 없다고 생각하였다. 충렬은 이 가엾은 여자들을 죄다 본국으로 데려가기를 결심하였다.

이런 여자를 하나 하나 준마에 태워 보니, 준마가 모두 삼백 필이었다. 늙은 강희주와 조낭자만은 가달왕의 옥교(玉轎)를 빼앗아 나란히 태우고 행렬의 앞에 서게 하였다. 이 밖에도 남적·토번국에서 바쳐 온 가지가지 금은 보화와 채단을 실은 수레가 따르고, 또 옥문관에 와서는 거기서 기다리게 하였던 대군이 합세하여 개선하는 충렬의 행렬은 십 리를 뻗쳐 길가의 촌락에서는 구경 아니 나오는 사람이 없었다. 모두가 장한 행렬이라고 손뼉을 치며 기뻐하기를 마지않았다.

번양성에 들어왔을 때의 일행의 화려함은 만고에 없을 듯하였다. 천하를 통일하고 돌아온 진시황인들 이런 거창한 환영을 받았을 것인가? 당(唐)나라의 곽분양이 양경을 회복하고 분양에서 왕이 되어 고향에 돌아왔을 때에도 이런 호화로운 영접이 있었을 것인가. 각 도의 백성들은 성중·성밖으로 밀려들고, 열읍 수령들은 좌우에 나열하여 그 환영의 형식은 갖가지로 그칠 줄을 몰랐으니, 그저 온 천지가 기쁘고 화려하다고 할 뿐이었다.

번양에서 며칠을 묵으며, 회수에서 불행한 고혼이 되었다고 생각되는 가련하고 불행한 어머니를 제사하려 하였을 때에는 번양 태수의 특별한 친절이 그들을 만족시켜 주었으니, 번양에서 회수의 물가에 이르는 길의 좌우에는 충렬의 효심에 감격해서 달려든 백성들이 꽉 차고, 백사장에는 백포천장을 둘러쳐 가지가지 제물과 음식을 수레로 진종일 실어 내렸다.

충렬은 백이 입고, 백건 백대에 흰 갓을 쓰고, 어제 밤새도록 눈물을 뿌리며 지은 슬픈 축문을 들고 서서히 물가로 걸어가고 있었다. 목욕재계를 하고 소복단장을 한 정숙한 여인 조낭자가 이날의 집사가 되어 충렬을 삼 층 단 높이 진실되고 엄숙한 제사상으로 인도하였다. 향로를 들어 만인이 감명 깊이 주시하는

가운데 단상에 올려놓고, 역시 조낭자가 집사가 되어 충렬은 분향하고 꿇어앉아 손에 든 축문을 펼쳐서 엄숙히 읽어 내려갔다.

군중들은 그 음성을 들으려고 한 걸음 한 걸음씩 다가들고 있었다.

'유세차, 부경 십칠 년 갑자 이월 인삭 이십팔 일 신시에 남경 동성문 내 사는 불효자 유충렬은 모친 장씨 전에 예를 갖추어 진정으로 수중고혼(水中孤魂)을 위로하오니 혼백이나 받으소서. 오호라! 우리 부모 연광이 반이 넘어 일점 혈육이 없었기로, 흉중에 맺힌 설은 마음을 남악산에 정성 들여, 천행으로 충렬을 낳아 애지중지 키워서 영화를 보려 하시더니, 간신의 해를 보아 부친이 만리 연경으로 가신 후에 모친만 모셨다가, 화를 입어 도망갈 제 이 물에 다다르니, 난데없는 수상수적 사면에서 달려들어 우리 모친 결박하여 풍랑 중에 내쳐 놓으니, 모친께서는 가신 데 없고 천행으로 모진 목숨 충렬이만 살아나서, 모친께서 주신 옥함을 얻어 전쟁 기계를 갖추어 도적을 함몰하고, 정한담과 최일귀를 벤 후에 천자를 구원하고, 만리 연경에 적거하신 부친을 모셔다가 천은을 입어 연왕이 되어 만종록(萬鐘祿)을 받게 하고, 남적을 소멸한 후에 강승상을 살려내어 이 길로 오옵더니, 모친을 생각하여 이곳에 왔사오나, 모친은 어디 가시고 충렬을 모르시는가. 호국에 갔던 부친도 살으셨는데, 옥문관 갔던 승상도 살아 나오셨고, 호국에 잡혀갔던 고국 사람들도 살아오고, 황후의 중한 옥체 번국에 잡혀갔다가 충렬이가 살려왔소만 모친께선 어디 가셔서 살아오실 줄 모르는가. 이번에 부친께서 소자를 보내실 때 부탁하시기를, 번양 땅에 가서 네 어머니를 찾아오라 하셨는데, 만경창파 같은 물에서 백골인들 찾을 수 있으리까. 모친께서 옥함을 주실 때 수건에 쓴 글씨를 가져왔으니, 혼백이나 와서 충렬을 만져 보시오. 충렬은 명나라 대사마 원수에다 겸 승상위국공이 되고, 부친께서는 금자광록대부 겸 대승상 연국공에다 연왕이 되었으니, 이와 같은 만고 영화를 어머니께서는 어디 가시고 모르시는가. 우리 집에 불을 놓은 정 한담을 사로잡아 전옥에 가두었다가, 부친을 모신 후에 부친 앞에서 엎지르고, 전후 죄목을 물은 후에 그놈의 간을 내어 모친 전에 제사하였는데, 어머님은 그런 줄이나 아셨는가. 충렬이 귀히 된 줄을 혼령은 아련만, 언제 다시 만나 뵐까요. 세상에서 귀한 영화도 나 같은 사람 또 없으련만, 피 같은 이내 눈물 어찌하여 솟는단 말이요. 모친님을 편히 모셔 연만하셔서 돌아가셨다면, 이렇게도 통탄할 리는 없겠지요. 만리 연경으로 남편을 잃으시고, 무변 수중에 자식을 잃으시고, 도적에게 결박하여 수중고혼이 되었으니, 천만세를 지나간들 어머니같이 통박(痛駁)[1]한 일이 또 있을까요. 혼령이라도 나오셨거든 이렇게 만반 진수를 흠향하고 돌아가셔서, 후생에나 다시 만나 세세 상봉 모자 되어 잊지 못할 자모지정(子母之情)을 다시 풀까 바라나이다. 하올 말씀 무궁하오나, 눈물이 흘러 옷이 젖고 흉중이 답답하여 그만 그치나이다.'

충렬은 그대로 축문을 손에 잡은 채 이마를 땅에 대고 울어댔다. 충렬은 그 동안의 무수한 슬픔 중에서도 이렇듯 슬퍼 본 일은 없는 듯하니, 어머니 없는 자식은 이 세상에서 가장 불행한 인간이라는 것을 그는 이 순간에 뼈아프게 체험하였다.

---

1) 통렬하게 공박함.

상향하고 우는 소리는 용궁에 사무치고 산천이 합루하니, 용신도 낙루하고 산신령도 비감하게 우는 듯하였다. 벌써부터 흑흑 느끼며 눈물을 떨어뜨리기 시작한 군중들은 이때가 되어 드디어 왁 하고 울음을 터뜨렸다. 그리하여 온 천지가 사람도 귀신도 초목도 온갖 삼라만상(森羅萬象)이 다같이 감동하여 울고 있는 것만 같았다. 그들은 충렬의 솔직하게 감정을 털어놓은 소박한 축문의 글귀에나, 그의 감명 깊은 음성에나, 효심의 두터운 발로에 그만 감격해서, 자신도 모르게 울기 시작한 것이었다. 노인은 노인대로, 젊은 사람은 젊은 사람대로 제각기 감명을 달리하여 울기 시작한 것이었다. 그중에도 늙은 홀어미와 홀아비의 미칠 듯하게 슬퍼하는 모양은 특기해서 좋을 만하니, 자식을 낳는 보람의 증거와 이상을 그들은 충렬에게서 찾은 것이었다.

제사가 파한 뒤에 충렬은 제물과 음식을 군중들에게 풍부하게 나누어주도록 명령하였다. 그리고 그 음식은 성중의 가가호호(家家戶戶)에 분배하고, 군사들을 호군(護軍)하고도 남을 만하였다. 이런 일이 만족하게 끝나자, 충렬은 행군을 재촉하여 남경으로 향해 갔다.

그런데 운명의 신의 기묘한 장난이라고나 할까? 이 군중의 틈바구니에 시골에서 묻혀 사는 듯한 선비 하나가 끼어 있었으니, 그것은 누구의 기억에도 있을까 말까 하는 저 활린동 이처사라는 사람이었다. 벼슬아치들의 부정 불의를 증오하고 활린동 깊은 산중으로 들어와, 농사를 지으며 자연과 책을 벗삼아 살아오는 도덕이 높고 학문이 깊은 이처사, 언젠가 도적 마철에게 쫓겨 겨우 목숨만 살아난 장부인이 갈 곳조차 없이 헤매던

끝에 산중으로 들어가 모처럼 안식처를 얻게 된 이처사, 그것은 바로 그 이처사였다. 이것을 인간은 알 수 없는 운명의 신의 장난이라고 아니하고 무엇이라고 해야 좋을 것인가.

이처사는 군중 틈에 끼어 같이 감격하고 있다가, 유충렬의 행렬이 남경으로 향하며, 일단 금릉성 안으로 들어가는 것을 보고 급히 달려서 활린동으로 돌아갔다. 얼마나 정신없이 달렸는지 알 수 없었다. 내 집의 한가한 사립문을 밀고 들어섰을 때에는 이 약하다 할 늙은 선비는 숨이 막혀 벌러덩 주저앉아 버리고야 말았다. 그러면서도 그는 방에 있는 장부인을 불러 댔다.

"세상에 이렇게 신기한 일이 또 있겠소이까!"
하고, 무슨 일인지 알 수 없어 방문을 열고 나온 장부인에게 그는 성급하게 말하였다.

장부인은 이때에 많이 늙은 것 같았다. 이마에 잔주름이 서고, 그렇게 곱던 살결도 어딘가 힘이 없어 보이고, 머리도 희뜩 희뜩 흰 가락이 섞여 보였다. 그러나 이러한 외관상의 노쇠보다는 그 여자의 정신적 노쇠는 더욱 현저한 것이 있었다. 무엇인가 내부에서 빛나는 듯한 그 여자의 두 눈이 그것을 증명해 주었다. 눈 가장자리의 피부도 얄팍해져서 검은 기가 있고, 그것은 이미 죽었다고 제사마저 지내게 된 그 여자의 지난 십 여 년 동안의 말할 수 없는 정신적 고통과 육체적 고통을 말해 주는 듯하였다.

아닌 게 아니라, 장부인은 지난 십 여 년 동안을 이처사의 친절과 성의 있는 주선에 의하여 표면상으로 매우 평화로운 세월을 보내 왔으나, 내부에서는 어느 한 날 어느 한 밤이고 괴로움이 없을 때가 없었으니, 남편의 생사를 모르고, 자식의 생사도 모르는, 집을 잃은 아내이고 보면, 더구나 그 여자와 같은 특별한 경우고 보면, 그 여자의 괴로움이 얼마나 뼈에 사무친 것인가는 누구나 가히 알 만한 일이었다. 인간은 늙은 부모를 잃어도 슬프다고 한다. 이웃을 잃어도 괴롭다고 한다. 그렇건만 하늘 아래 단 하나의 희망으로 생각해 온 남편과 생이별을 하고, 산제를 지내어 얻은 아들을 강물에 보내고, 집을 잃고, 대대로 이어 내려 온 부귀영화를 야심 많은 악마의 손에 넘겨 버렸을 때, 그 여자의 괴로움은 얼마나 컸을 것인가? 장부인이 아니고서는 짐작할 수 없는 괴로움이었다. 십 여 년의 세월이 흘러가는 동안 활린동의 깊은 산에서는커녕, 이처사의 자그만 오두막집에서조차 거의 밖에 나와 본 일이 없다는 것만 보아도 그만한 사정을 알 수 있었다.

남경에 전란이 일어났다는 이야기를 이처사가 어디선가 듣고 와서 전해 주었을 때에도, 그 여자는 자기의 남은 생명이 단축되는 것이라고 매우 기뻐하였을 따름이다. 이왕 희망 없이 살아가는 것이라면 정녕 죽는 편이 낫다는 것이 그 여자의 뼈아픈 지론이었다. 그러면서도 죽지 못하는 것은, 죽었을 그들이 혹시나 살았을지도 모른다는 그러한 막연한 기대 때문인 것이라고 그 여자는 이따금 밥상머리에서 이처사에게 말하기도 하였다.

"남경에 난이 났다면 잘 되었지 뭐야. 나도 죽고 다 죽을 텐데 뭐. 충렬이가 살아 있다면 몰라도, 그렇지 않으면 우리 천자님을 도울 사람도 없어. 그 애만 있다면 능히 평란하고, 천자님도 구원하고 부모도 찾아 주겠지. 그 애는 낳을 때부터 하늘이 도우신 상제의 아들이었으니까. 그러나 내가 미쳤지. 회수에서 그 무서운 도적놈들이 물에 던져 버린 아들을 살았으려니 생각하니 말이야. 아무튼 그 애는 아직도 죽은 것 같지는 않단 말이야. 왜인지 그 이유는 나 자신도 설명하지 못하겠지만 말이야. 그렇지만 나는 죽을 때가 가까워졌다고 보아요."

친척의 먼 조카뻘이 되는 이처사에게 그런 말을 하며, 장부인은 막연한 희망을 안고 하염없이 눈을 뿌리기도 하였다.

그래서 이날도 이 처사가 기진맥진해서 내 집에 뛰어 들었을 때, 방에서 누워 있던 장부인은 무엇인가 새로운 위험을 알려 주려는 것인가 하고 놀랐다.

"대관절 이렇게 신기한 일이 있소이까?"

"신기하다니? 내가 죽게 된 것이 그렇게 신기하다는 얘기인가?"

하고, 장부인은 자꾸만 되풀이하는 이처사의 말을 받아, 별로 신기할 것이 없다는 듯이 그렇게 농조로 대답하였다.

"제 말씀을 들어 보십시오. 오늘 제가 번양에 들렀습지요. 그러자 마침 남적을 함락시키고 왔다는 군사들이 들어와 있었는데, 이날 회수로 가는 길에 남녀 노소 억만 백성들이 구름처럼 모여 있단 말씀이요. 그래서 웬 구경이 났나 하고 그리로 가서 한 늙은 백성을 잡고 물어 보니, 이 사람의 말이 걸작이란 말씀이요."

하고, 늙은 선비는 전에 없이 흥분해서 상대방에게 기쁜 소식을 전하는 기쁨을 좀더 앞으로 전속시키려고 노력하는 듯하였다. 장부인은 궁금증이 더욱 올랐으나 그렇다고 아까와 같이 공포의 불안은 없었다.

"남경 도원수 유충렬이란 분이……."

"유충렬?"

부인은 깜짝 놀라 상대방의 말을 받았다.

"그렇지요! 놀라실 줄 알았습니다."

"그래서, 그 유충렬이가 누구란 얘긴가?"

"누구란 얘기는 이따가 하고, 우선 그 백성의 얘기부터 하겠소이다. 남경 도원수 유충렬이란 분이 자기의 모친을 위해 회수에 제사를 지냈다 이런 말씀이요."

"그래서, 그 제사지내는 걸 보았나?"

부인은 또 긴장해서 한 걸음 다가서며 물었다.

"보았습지요! 백성들의 사이에 끼어서 그분이 축문을 읽는 것을 죄다 들었소이다."

"축문에 무어라고 하였던가?"

"말씀 마십시오! 눈물을 뿌리며 한 자 한 자 읽어 내려간 그 축문이 죄다 끝났을 때, 천지는 울음의 바다, 곡성의 장사진이 되었소이다만, 나는 그 속에서 두근거리는 가슴을 두 손으로 꾹 눌러 잡고, 축문의 내용을 재검토해 보았더랍니다. 그런 결과에 자신을 갖고 말씀드리는데, 그 축문은 유충렬이가 틀림없다는 것을 보증하고, 그 유충렬은 부인의 아들이 틀림없다는 것을 증명해 주는 그런 명확한 증거였소이다."

"내 아들이?"

"예, 부인께서 언제나 저한테 이야기하셨습지요. 그 이야기와 축문의 내용은 읽은 사람이 다를 뿐이지, 한 자 한 귀도 틀리지 않았습니다. 가령 정한담의 이야기라든가, 집에 불이 났다든가, 회수에서 도적을 만나 모자가 갈라졌다든가, 옥함의 이야기라든가, 귀양간 압지에 대한 것이라든가……."

"옥함을 받아 보았다는 거요?"

"그럼요! 옥함을 모친한테 전해 받아서 전쟁 기계를 얻고, 그 기계로 천자를 돕고 오랑캐를 무찔러서 공을 세웠다는 겁니다. 옥함과 함께 모친의 수건을 받았다고 하였더이다."

"그렇다면 틀림없지! 틀림없고말고! 내 아들이 정녕 살아 있었구나. 살아서 내가 기대한 것처럼 훌륭한 일을 해주었도다."

장부인은 마침내 확신을 얻고, 기쁜 눈물을 흘리었다. 기뻐서 어쩔 줄을 모르는 것만 같았고, 그 기쁨이 너무도 넘쳐서 이처사는 부인이 돌지나 않는가, 그런 소식을 전해 준 자기가 후회할 정도였다.

장부인은 또 몇 번 들은 대로 본 대로 말해 달라고 이처사에게 졸랐다. 이처사는 되도록 상대방에게 조심하면서 아는 것을 설명하였다. 장부인은 아직도 아들에 대한 회의가 완전히 사라지지 않은 듯, 충렬의 생김생김이라든가, 나이라든가, 입은 옷이라든가, 음성이라든가, 걷는 걸음걸이라든가 그런 것에 관심이 있는 듯하였다. 최후로 장부인이 아들과 만나기 위하여 금릉으로 가겠다는 것을 이처사는 겨우 만류하여, 부인을 대신하여 자기가 가겠다고 나섰으니, 유충렬더러 어머니를 모셔 가라고 하기 위해서였다.

충렬의 화려한 개선 행렬은 아직도 금룡성에 머물고 있었고, 이처사는 군사를 통하여 면회를 요청하고, 충렬은 이내 허락을 내려서 맞아 주었다. 충렬은 예의 범절에도 매우 겸손해서, 시골 선비에 대한 정중한 태도를 잊지 않았다. 첫 대면의 두 사람은 한참 동안 좌석을 가지고 겸양의 덕을 발휘하여 실랑이를 하다가, 이어서 서로는 남이 아니라는 것을 알았다. 보학(譜學)[1]

---

1) 계보에 관한 학문.

에 조예가 깊은 이 처사는, 충렬의 아버지 유심이 자기의 처숙이라는 것을 증명하였고, 충렬은 지난날의 유명한 학자이며 애국 충신인 한림학사 이인학과 실례지만 어떻게 되느냐고 겸손하게 물었다.

"바로 제 부친이로소이다."

하고, 대학자인 이 처사는 그렇게 물어 올 줄 알았다는 듯이 비로소 양 어깨를 세우며 대답하였다.

이쯤으로 두 사람의 우정은 대번에 접근되었고, 양반 사회에서의 족보의 권위는 바로 이런 데 있다고 해도 좋았다. 생면부지의 인간조차 족보는 뜨거운 핏줄로 이어주니, 어떠한 역사의 기록도 이러한 힘을 개인에게 미쳐 주지는 못할 것이다. 서로는 형·아우로 호칭하며, 이처사는 두터운 우의를 미끼로 해서 찾아온 신명을 서슴없이 해결하였다. 그 사명 역시 충렬에게는 중대한 것이어서, 서로는 놀라고 손을 잡고 울고 또 울었다. 이와 같이 신기는 일이 또 있을 것이냐 하는 것이 두 사람의 최후의 결론이었다.

유충렬은 가슴의 혼란을 미처 정리도 하지 못한 채, 이 처사를 따라 활린동 그의 집으로 달려갔으니, 모자의 반가움은 한두 마디로 형용할 수도 없었다. 언젠가 북해의 무인지경에서 아버지와 만난 것보다도 그 인상은 강하였고, 광희의 절정인 것 같았다. 그때와 마찬가지로 여기서도 모자는 얼싸안고 기절해 넘어지고, 의식을 회복시키려고 소동을 일으키고, 눈물과 한숨을 짓고, 옷을 벗어 앞가슴과 잔등에 있는 자식의 명확한 증거를 보여 주고, 이런 소동을 피운 다음, 서로는 울면서 긴 과거 이야기를 전개시켰다. 말하자면 이런 경우의 모자가 죽음을 초월하여 오랜만에 상봉한 온갖 감정의 기교를 아끼지 않았다.

얼마 후 강희주와 옥교를 가지고 장부인을 모시러 왔고, 각도 각 관의 방백 수령들이 저마다 축하의 인사말을 준비하고 전후해서 달려들었다. 근처의 백성들이 죄다 웃음과 눈물을 한 아름씩 안아 들고 달려들었다. 활린동 깊은 산중은 금시에 대도시가 된 것 같았으니, 이 처사를 부러워하지 않는 사람이 없었다. 충렬의 간곡한 종용(慫慂)에 의하여, 이 처사가 그의 오랜 은신처를 헐어 버리고 그 자리에 짤막한 돌비석을 세우고 내려왔을 때, 짓궂은 백성들은 그 명당에 나중에 집을 짓고 살아야겠다고 은근히 야심을 품는 자도 있었다.

활린동에서 금릉까지의 넓은 길은 환호를 부르는 구경꾼들로 꽉 차고, 금릉 성중이 또 한 번 와글거리고, 여기서 며칠 쉬었다가 행렬이 영릉으로 향하여 떠났을 때, 그 행렬은 몇 배나 불어나 마치 황야의 홍수와도 같았다. 실줄기와도 같은 작은 물은 하류도 내려가면서 점점 불어, 미침내 온 천지를 뒤덮어 버리고야 만다. 금릉에서 떠난 일행의 행렬은 그 화려함을 다하여, 연도의 구경꾼들은 간신히 흩어 뚫으며 전후 백 리나 계속되었다.

"무슨 팔자로 저런 아들을 두었을까? 어머니도 좋기는 하겠네!"

가도 가도 이런 탄성이 구경꾼들의 틈에서 멈추지를 아니하였다. 옥교에 앉아 가는 장부인은 기뻐서 어쩔 줄을 모르며, 즐거운 미소가 그 얼굴에 쉴 새 없이 가득히 피어오르고 있었으니, 옛날의 곱고 아름다운 그 여자의 모습이 이제는 완연히 되살아 온 것만 같았다.

그러나 일행이 영릉으로 접근해 갈 때, 부인의 기쁜 표정과는 대조적으로 늙은 강희주의 얼굴에는 검은 그늘이 서리기 시작하였으니, 이것을 누구보다 먼저 간과한 자는 물론 유충렬 자신이었다. 충렬은 벌써부터 노인과 똑같은 상념에 사로잡혀 있었기 때문이었다. 아버지도 구원하였고, 장인도 구원하였고, 이제는 죽었다던 어머니마저 만났다. 그러나 아내는 어디에 가서 찾아야 할 것인가? 충렬의 마음은 이런 생각으로 앞이 캄캄한 만큼 수심에 가득 차 있었다. 노 충신의 처자를 생각하는 마음과는 본질적으로 다르다고 하더라도, 그 내용에 있어서 충렬의 마음은 강하면 강하지 결코 약한 것은 아니었다.

이때는 시절도 시절인 춘삼월 태평성대라, 자연은 인간의 생활을 꽃다운 향기로 축복해 주고, 전쟁의 무서운 곳에서 돌아온 군사들은 제각기 자기 집과 가족들을 찾아 즐거운 생활의 새 출발을 준비하였다. 가는 곳마다 유충렬을 송덕하는 노랫소리로, 그의 다행다복(多幸多福)을 축수해 마지않았다. 이러고 보니 충렬의 마음은 더욱 흔들릴 수밖에 없었다. 그는 무거운 마음을 안고 영릉에 들어서자, 똑같이 비액의 무거운 짐을 지고 있는 늙은 강희주와 함께 며칠을 묵으면서 월계촌의 소식을 들어보기로 하였다.

그러면 어머니의 뒤를 이어 역시 청수에 몸을 던지려다가 지나가던 고을의 관비의 손에 잡혀 죽지도 못하고, 그 여자의 집으로 갔던 강낭자는 그 후 어떻게 되었는가? 누구든지 매우 궁금할 것이다. 아닌 게 아니라, 그 여자의 생활은 전혀 햇빛조차 보지 못하고 이름과 내력조차 속이고, 남편과 아버지가 똑같이 죽은 것으로만 알고 있을 만큼, 실로 비참한 두더지의 생활을 계속하고 있었으니, 두더지는 땅속을 맹목적으로 헤매지만, 불행한 강낭자는 인생의 시궁창을 헤매고 있었다. 그리고 그것이 캄캄하게 어두운 절망에 싸여 있었기 때문에 역시 두더지의 생활이었다.

청수에서 어머니의 뒤를 따라 죽지 못한 것만이 한없이 후회될 뿐이었다. 낭자를 죽지 못하게 자기 집으로 끌고 간 악마의 여인은 그 죽음 이상으로 가혹하게 혹사하고, 이용하고, 매질을 하고, 추악한 윤락의 세계로 그 여자를 밀어 넣고야 만 것이었으니, 온갖 방법과 은인이라는 미명과 달콤한 유혹에 의하여, 그 여자를 자기의 제자로 삼고 충실한 후계자로 삼으려고 애쓴 것이다. 낭자를 수양딸로 삼고, 태수에게 수청을 들도록 강요하였다. 놓은 벼슬아치들이 고을을 지날 때마다 낭자를 제공하여, 자신은 재물과 명예를 얻어, 고을의 관비 중에서도 가장 이름 있는 존재가 되어 있었으니, 남의 희생에 의하여 자기와 자기의 명성을 유지해 가는 이 사회의 악마 같은 종족이 할 만한 것이라면, 그 여자는 무엇이든지 서슴지 않고 하였다. 그 여자는 자기의 젊었을 때의 아름다움을 자랑하며 강낭자를 유혹해 마지 않았다. 그렇다고 그 여자의 얼굴이나 보기 싫게 뚱뚱해진 허리는 결코 미인의 기억을 남겨 놓고 있는 것 같지는 아니하고, 오히려 무서운 마녀가 되어 요리조리 꽁무니를 빼어 버리는 약한 강낭자에게 쥐 앞의 고양이처럼 제멋대로 할퀴고, 때리고, 욕지거리를 퍼부어 대는 편이 그 여자가 타고난 천성인 듯싶었다.

이런 속에서 아무런 피해도 입지 않고 초연하게 있는 것은, 고양이 앞의 쥐보다도 어려운 일일 것이다. 아닌 게 아니라, 또 하나 연심이라는 여자만 없다고 한다면, 강낭자의 서리 같은 정조도 순결한 혼도 대번에 허물어져, 지금쯤은 아마도 영원히 헤어나지 못할 만큼 파멸에 접근해 있을 것이다. 강낭자는 연심의 희생 정신에 의하여 겨우 자기를 지탱해 가고 있었다.

연심은 판비의 딸이다. 어머니를 따라 어려서부터 몸을 팔아 왔으니, 몸을 판다는 것은 그 여자의 생업이었으니, 그래도 정신만은 결백해서 언제나 어머니의 악마성에 반항하고, 어머니 같은 여자나 남자를 증오해 왔다. 강낭자의 정조 굳은 의지력을 보았을 때, 연심은 동정을 하기 시작하고, 자신의 결백한 혼의 표본을 거기에서 찾아보려고 애썼다. 비록 썩어 버린 육체라 할지라도, 그 속에 싸여진 혼과 정신만은 어머니의 악마의 편이 아니라 강낭자의 천사의 편이라는 것을 믿어 마지않았다. 그래서 연심은 강낭자를 대신해서 그 여자가 괴로워해야 할 밤의 고통을 죄다 혼자 도맡았다. 어머니에게는 엄중한 비밀로 해 놓고, 자기의 썩은 육체를 제공하여 숭고한 벗을 구제하고, 이어서 자기의 혼을 구제하려고 한 것이었다. 어떠한 어려운 때라도 연심은 벗을 위해서 발벗고 나선 것이었다.

대명국 도원수 유충렬이 영릉 땅에 들어왔을 때에도, 강낭자는 여전히 연심의 희생으로 자기를 살려 가고 있었다. 영릉 태수는 개선장군 충렬을 위해 관비의 수청을 명령한즉, 관비는 이때도 강낭자를 들여보내며, 잘하면 오랑캐 나라에서 뺏어 온 금은 보화가 산더미처럼 내려질 것이며, 그것으로 황비에 못지않을 화려한 생활을 하게 되리라고 옆구리를 쿡 찌르며 다짐해 두었다. 이날 역시 강낭자를 대신해서 연심이가 들어갔다. 유충렬이라는 말을 듣기는 하였으니, 그것이 자기의 남편인지 알 수도 없고 대명국 도원수라는 벼슬은 그때의 남편으로 보아서 너무나 거리가 먼 듯하고, 게다가 만일 남편이라면 이런 데서 만날 수 없다라는, 그렇게 되면 지금까지 금성탕지(金城湯池)[1]처럼 지켜 온 정조마저 헌신짝이 되어 버릴 것이 아닌가라는 복잡한 생각 때문이기도 하였다.

동헌에서 혼자 고요히 밤을 지내던 충렬은 손에 들고 보던 아내의 옛글을 다시 금낭에 집어넣고, 태수의 지나친 친절에서 수청 들어온 연심을 호통쳐서 내보냈다. 아내를 생각하는 그의 마음은 다른 여자를 용납할 수가 없었다. 이곳에 들어오면서 부쩍 가엾은 아내를 생각하기 시작한 그는 편집광(偏執狂)[2]이 되었다고 해도 좋을 만큼 기묘하도록 아내의 환상을 더듬고, 아내의 뼈라도 찾아 묻어 주기 전에는 어떠한 여자와도 접근하지 않으리라고 굳게 맹세하였다.

연심이가 쫓겨 나온 것을 보자, 관비는 대뜸 화를 내며 충렬을 찾아 들어갔으니, 강낭자를 대신해서 연심이가 들어간 것도 화가 나려니와 연심이가 쫓겨 나온 것은 필경 얼굴이 곱지 못한 탓이다. 그러나 오늘 밤과 같은 다시없을 요행을 놓쳐 버린 두 계집을 아예 원수에게 고자질을 해서 목을 베도록 하자. 그 대신 자기에게는 적당한 상이 내려지겠지. 이렇게 생각한 무서운 마녀는 그러나 결국은 헛물을 켜고야 말았다.

관비의 고자질을 듣고, 충렬은 연심을 불러오라고 하였기 때문이었다.

"너는 무슨 욕심으로 대신을 잘 다니느냐? 죽을 데도 대신 간단 말인가?"

연심이가 끌려오자, 충렬은 일종의 호기심을 가지고 그렇게

---

1) 매우 튼튼하고 잘된 성지.
2) 어떤 일에 집착하여 상식 밖의 짓을 예사로 하는 정신병자.

물었다. 연심은 대답할까 말까 생각하다가 마침내 입을 뗐다.

"소녀는 비록 천비이오나, 수절하는 사람을 존경할 마음만은 갖고 있나이다. 몇 해 전에 어머니가 외촌(外村)에 갔다가 어떤 여자 하나를 데려다가 수양딸을 삼고 번번이 수청을 들이려고 애쓰지만, 그 여자의 굳은 절개는 청천의 일월 같고 삼동의 촛불같이 변할 길이 없는고로 소녀가 언제나 구제하옵는데 마침 상공이 행차하옵시사, 그 여자를 구원하기 위하여 대신 왔사오니 죄를 주옵소서."

"그런 여자가 있단 말인가? 그럼 그 여자의 이름은? 절개가 있다 하면 뉘 집 여자냐?"

"소녀와 사 년을 동거하되 종시 이름은 알 수가 없고, 어디서 왔는지조차 알 수가 없소이다."

충렬은 이상한 예감이 들어 그런 여자를 즉시 입시시키라고 명령하였다. 얼마 후 끌려오는 여자를 창문을 밀고 미리 조심스럽게 관찰해 보았다. 어딘가 닮았다고 생각되나, 여자의 몇 해의 고생은 그의 눈을 의심하게 하는 것이 되어서, 그는 더 자세히 확인할 필요를 느꼈다.

제하에 엎드린 강낭자는 여자의 본능으로 그것이 누구라는 것을 이내 알아보았다. 묻는 음성도 옛날의 그 음성과 조금도 다름이 없는 것만 같았다. 그러나 결백한 그 여자의 긍지는 이때 벌써 죽을 각오를 하고 있었다. 충렬이가 언성을 낮추어 꼬치꼬치 캐어묻는 물음에 이미 죽음을 각오하고, 대담해진 순결한 여자는 이때까지 숨겨 온, 지난날의 모든 비밀을 털어 버렸다.

"이렇게 해서 연심의 힘을 입어 이때까지 살아왔사오나, 이제는 원수를 보았으니 자결하고자 하나이다."

충렬은 아내에게 달려 내려가 정신없이 끌어안았고 그리고 강승상을 어서 불러오라고 소리쳤다.

얼마 후 강승상이 달려왔다. 강희주는 딸이 살아 있다는 말을 듣고 허둥지둥 달려왔으나, 막상 딸과 만나자 별로 말도 하지 못하며 어리둥절하였고, 딸은 아버지에게 달려들어 펑펑 눈물을 쏟았다. 충렬은 옛날 이별할 때 증거로 나누어 가졌던 글을 내어 보여, 이제는 그것이 자기가 그리고 찾던 아내라는 것을 완전히 확인하였다. 강희주도 딸을 얼싸안고 통곡하면서 이것이 꿈이냐 생시냐 하고 떠들어댔다. 청수에서 어미와 함께 죽었다고 믿던 딸이었기 때문에, 그의 놀라움도 짐작이 갈 만한 일이었다.

내동원에 머물고 있던 장부인도 소식을 듣고 달려왔다. 부인은 며느리의 이야기를 눈물을 흘리며 듣고 나자 그 손을 잡으며,

"세상 사람이 아무리 고생이 많다 하더라도 우리 고부와 같겠느냐?"

하고, 그 한 마디로 모든 감정을 토로하였다.

충렬은 즉시 악마 같은 관비를 잡아들여 죄를 묻고, 훈계를 내렸다. 아내에 대한 죄과로 보면 마땅히 죽여야 할 것이지만 원래 무식한 관비고, 아내를 청수에서 살려냈다는 점을 고려해서 그대로 용서해 둔다는 얘기였다. 연심은 칭찬을 하고 상을 주어서 보내려고 하였으나, 강낭자가 영원히 자기 옆에 데리고 있겠다고 고집을 세워, 충렬은 그 말을 들어 본인에게는 잘 모시라고 일렀다. 연심의 기쁨이 또한 말이 아니었다.

충렬은 영릉에서 목적을 이루었기 때문에, 이번에는 무한히 즐거운 마음으로 행군을 재촉하였다. 우선 이상의 모든 사건을 천자께 장계를 올려놓고, 어머니 장 씨 부인은 금덩을 타고, 강 낭자와 조낭자를 옥교에 태워서 좌우로 모시고 가게 하였다. 강 승상은 수레에 올라 오국 사신들이 이를 모시고 가게 하였다. 충렬 자신은 일광주 용인갑에 장성검을 들고 천사마 높이 앉아 오마대로 행군하여 서서히 나아갔다. 청수에 당도하였을 때, 충렬은 행군을 멈추고 그 물에서 투신자살한 장모 노 부인의 제사를 지냈다. 이것도 희수에서 어머니를 제사 지낼 때의 그것과 똑같은 규모로 성대히 지냈다. 이제는 도중에 할 일이라곤 아무 것도 없었다. 기쁘고, 즐겁게 오직 영화로운 개선의 행군만이 남아 있었다. 온 세상이 그들을 축복해 주고 그들은 지상의 온 갖 영광의 진수를 차지하고 있는 듯하였다.

남경 못 미처 혼산대에 이르자, 호산대 십 리 벌은 환영 나온 사람들로 꽉 차서 움직일 수도 없게 되었다. 그들은 저마다 기쁜 소리를 지르며, 자기에게 가장 가까운 사람을 찾고 있었다. 천자와 황태후와 황후와 태자는 옥교에 올라 금사성에서 기다리고 있었다. 충렬의 손을 잡고 반가워하시는 천자나 황태후의 기쁨은 무어라도 형용할 도리가 없었다. 눈물과 웃음과 환호, 그것만이 한동안 이쪽 저쪽에서 계속되었다. 강승상도 살아 왔고, 강낭자도 살아 왔으니, 서로가 기쁨은 찾아 천지가 온통 뒤집힌 듯하였고, 잡혀간 미녀들도 돌아와 백성들의 환호는 한결 이채를 띠었다. 죽은 아내와 다시 만난 유심의 기쁨은 누구보다도 특별한 것이 있었다. 강승상의 손을 잡은 천자는 자신의 불명을 뉘우치며 눈물을 흘리셨다.

최후로 오국 사신의 예를 받은 천자는 옥관 도사를 잡아들여 계하에 엎어놓고 문죄를 하였다. 천자의 옆에는 충렬의 아버지 연왕이 있고, 충렬 자신은 그 모든 할 일은 다 하였으니 죽어도 마땅하다고 하고, 자기의 이 세상의 모든 것을 지배할 수 있었으나, 다만 서해 광덕산 백룡사에 있는 노승과 남해 형산 화선관이 자기의 영을 좇지 않아 그것을 괘씸하게 생각해 왔노라고 술회하였다. 충렬은 그의 재주를 인정하고, 무사를 시켜 거리에 내쳐다가 처참하도록 한 연후에, 오국 사신을 제각기 돌려보냈다.

그런 후, 천자는 황성 동문의 인가를 죄다 헐어 별궁을 짓게 하고, 직첩을 돋우어 산동 육국에서 들어오는 결총은 모두 다 연왕에게 붙이고, 충렬에게 남평·여원 양국 옥새를 주어 남만 오국을 차지하게 하고, 녹을 붙였으되, 대사마 대장군 겸 승상 인수를 주어서 국중 만사를 모두 다 맡겨 슬하에서 떠나지 못하게 하니, 장부인은 정렬부인에 겸 동궁야후 연국왕후를 봉하여 경양궁에 거처하게 하고, 강승상에게는 달왕 직첩을 주어 빈사 지위에 있게 하고 강부인은 정숙부인에 겸 동궁후 인성왕후를 봉하여 시네 삼백에다 강승상으로 하여금 봉황궁에 거처하게 하여 육조를 다스리게 하고, 영릉광비 연심은 남평왕의 후궁으로 봉하여 인성요후 직첩을 주어 봉황궁에서 강부인을 모시게 하고, 다른 장군들에게도 차례로 벼슬을 올려 주었다.

이때 적국의 옥중에서 강승상에게 열렬히 시중 들어온 조낭자는 알고 보니, 지난번 개선 때에 충렬에게 술 한 잔 권하던 노인의 딸이었다. 그 노인은 불러 상면한 후에 낭자는 남평왕의 우부인을 봉하고, 그 여자의 오라비는 총융대장을 삼아 늙은 아버지를 봉양하게 하였다.

이러고 보니, 상하 인민의 송덕하는 소리는 천지를 진동하고, 세상은 한없이 태평스럽기만 하였다.

작품해설

<유충렬전>에 대하여

조선 시대 때의 군담 소설로 지은이와 연대는 알려져 있지 않다. 국가와 군주에 대한 충성을 권장하는 내용으로, 임진·병자 양란 이후에 작품화된 것으로 추측된다.

명나라 홍치 연간에 유심이란 명관이 있었다. 오래도록 자식이 없어 부인 장 씨와 남악 형산에 들어가서 기도를 드렸더니, 그 달부터 부인에게 태기가 있어 열 달 후에 충렬을 낳았다. 충렬은 날 때부터 만고 영웅의 기상을 타고났다.

충렬이 일곱 살 되던 해 유공은 간신의 참소를 입어 연북으로 귀양가게 되었다. 유공은 처자를 이별하고 적소에 가서 원한 많은 귀양살이를 했다.

한편, 간신 정한담은 유공의 처자가 아직 황성에 있는 것을 알고 밤중에 충렬의 집에 불을 질렀다. 그러나 장부인은 일몽을 얻어 충렬을 데리고 난을 피하여 도망했다. 장부인과 충렬은 회수가에 이르러 수적을 만났는데, 수적들이 충렬을 물에 던지고 장씨 부인을 데려갔다. 장부인은 적장이 아내를 삼으려 하매 도망하여 남해 용왕의 도움을 받아 금릉 광덕현 활인동으로 가서 이인학이란 집에 의탁했다.

회수에서 수중고혼이 되려던 충렬은 상선의 도움을 받아 살아나고, 영릉 지방에 가서 강승상의 도움을 입어 의탁했다. 부친의 옛 친구인 강승상은 충렬의 비범한 인물을 보고 자기 딸과 결혼시켰다. 충렬로부터 유공이 간신에 몰려 귀양갔다는 소식을 들은 강승상은 상경하여 천자에게 충간하다가 도리어 귀양살이를 하게 되었다.

이에 충렬은 피할 곳을 찾아 광덕산에 있는 백룡사로 들어가서 도승을 만나 수학했다. 이때 조정에는 정한담이 천자가 되기를 도모하는데, 호국이 침입해 왔다. 정한담이 출전한다면서 수십만 대군을 거느리고 나갔다가 호국과 밀통하고는 회군하여 황성을 쳤다. 이에 천자는 부득이 금산성으로 피난했다.

백룡사에서 수학하던 충렬이 도승의 지시를 받고, 순식간에 금산성에 당도하여 위기에 빠져 있는 천자를 구출했다. 이러한 사이에 호병이 황성에 들어와서 황태자·황후·태자들을 잡아 본국으로 돌아갔다. 충렬이 다시 호국으로 가서 모두를 구출하여 귀국했다.

충렬은 부친 유공과 강승상·모친·부인·장모 등을 다 만나고, 다사마 겸 대장군 승상이 되어 부귀공명을 일세에 누리게 되었다.

영웅 소설의 대개가 그러하듯이 〈유충렬전〉도 주인공의 영웅적인 활동과 군주에 대한 신하로서의 충성을 그린 작품이다. 주인공의 영웅적인 활동은 오직 국가와 군주를 위함이었다. 주인공이 산사에 들어가서 도승을 만나 무술을 공부하는 동기도, 도승이 유충렬에게 무술을 가르쳐 주면서 일러주는 말도 그렇다.

또한 〈유충렬전〉에서도 주인공이나 주인공의 가족들이 부처님의 가호를 받아 위기를 모면하며, 부처님의 영험에 의해 주인공이 탄생하며, 도승의 지도에 의해 주인공이 움직이는 것을 살펴보면 불교 사상이 바탕이 되어 작품을 형성하고 있음을 알 수 있다.

그리고 주인공이 국가와 군왕을 위해 전장에 나가 영웅적인 활동을 하여 국가의 위기를 바로잡고 군왕을 위기에서 구출하고 부귀와 영화를 일세에 누리는 것은 유교 사상에 의한 구성이라고 하겠다.

이를 통해 볼 때 〈유충렬전〉을 비롯한 영웅 소설은 군주 국가에 있어서 유·불 양교의 사상적 배경에 의해 쓰여진 작품이라 할 수 있다.

한편으로 이 작품은 충신과 간신의 대립을 통해 충신이 마침내 승리하는 과정을 보여 주고, 이로써 당시의 사회상과 조선조 중세 질서 속에서의 충신상을 표현했다.

아울러 무능한 왕권에 대한 규탄과 역경에 처한 왕가의 비굴함이 함께 나타나고 있다. 이것은 지은이를 비롯하여 정치 현실 속에서 세력을 잃은 계층이 자신의 권좌를 다시 만회해 보려는 욕망이 투영된 것으로 볼 수 있다. 또한 호국을 두 번이나 정벌하고 호왕을 살육한다는 점 등은 병자호란 이후 호국 청나라에 대한 강한 민족적 적개심의 반영으로 해석된다.

이 작품의 목판본으로 완판본만 남아 있고, 경판본으로는 나오지 않은 것 같다. 활자본으로는 1913년 발행된 덕흥서림판과 1919년 발행인 대창서원판 등이 있고 필사본도 많이 있으나, 내용은 모두 비슷하다.

군담 소설에 대하여

선조 25년인 1592년부터 1598년까지 일어난 임진왜란, 그리고 인조 14년인 1636년 12월부터 다음해 1월까지 발발한 병자호란은 조선 사회 및 평민들의 삶과 정신을 뒤바꾸었다. 이후 평민들은 난국을 수습할 수 있는 영웅의 출현을 애타게 갈망했다. 이에 결부하여, 당쟁으로 국가적 위기를 초래한 무능한 집권층에 대한 비판 의식이 높아져, 새로운 권력층의 탄생을 요구하게 되었다. 임진왜란과 병자호란은 우리 민족에게 물질적·정신적으로 커다란 타격을 주었는데, 특히 이전까지 오랑캐라고 멸시하던 청과 일본에게 국가적인 치욕을 당했으므로 평민들로서는 이에 대한 대비를 하지 못한 지배층에 대한 울분이 극에 달했다.

이때 학문적으로는 실익을 강조하는 주기론과 실학이 발달했으며, 양란이라는 사회적 혼란의 여파로 신분제가 동요하면서 평민 의식이 성장했다. 평민들이 자신들의 문화와 의견을 직접

적으로 드러내고 향유하게 되면서 이와 같은 평민 의식의 성장은 더욱 가속화되었다.

이 시기에 나관중의 《삼국지연의》가 우리나라에 전래되어 널리 읽히면서 무사적 영웅의 호쾌한 활약과 전쟁 이야기가 일반 국민들 사이에 보편화되었다. 이것이 문학 속에 응집되는 한편, 15세기에 창제된 한글의 보급으로 양반 부녀자들과 일반 평민들도 문자 생활이 가능해지면서, 그 수용층이 확대되는 등 문학 향유층의 기반이 마련되었다.

군담 소설의 작품명이 최초로 나타나는 문헌은 일본인 야마다 토운이 쓴 《상서기문》(영조 18년에 간행)으로, 여기에 〈장풍운전〉·〈소대성전〉·〈임장군충렬전〉 등이 거명되고 있으며, 조선 후기의 시인인 조수삼의 문집 《추제집》에 〈소대성전〉·〈소인귀전〉 등의 이름이 나타나 있기도 하다.

대부분의 군담 소설들은 내용 흐름은 유사하다. 주인공은 고귀한 혈통을 지니고 있지만 비정상적인 과정을 거쳐 태어난다. 이후 뜻하지 않은 시련을 당하고, 이 과정에서 은인이 나타나 주인공을 구하고, 갖가지 도술과 무술을 익힌 주인공은 영웅적 투쟁을 통해 위업을 이룬다. 마침내 그는 수많은 이들의 축하 속에서 고향으로 돌아오고, 국가로부터 고귀한 지위를 획득한다.

군담 소설의 지은이들은 대부분 익명이지만, 조선 후기에 형성된 몰락한 양반이나 중인 계층이 주된 집필층이라는 짐작은 가능하다.

한편, 군담 소설은 다른 장르보다는 문학적 우수성이 떨어지는데, 그것은 작가 의식을 강조하기보다는 당시 독자층이 원하는 대중적 요구와 현실적인 면을 중시할 수밖에 없었기 때문일 것이다. 따라서 작가 정신이 부족하다는 점, 천편일률적인 인물 유형과 틀에 박힌 듯한 전개, 한문 고사의 남용 등은 비판의 대상이기도 하다.

여기서 군담 소설과 영웅 소설에 대한 명확한 이해가 필요하다. 군담 소설과 영웅 소설은 엄격하게 따지면 같은 개념이 아니다. 군담 소설이란 군담, 즉 싸우는 이야기라는 소재상의 공통점만 지닐 뿐이라면 영웅 소설은 작품의 서사 구조의 공통성을 근거로 부여한 명칭이다.

군담 소설은 역사적인 사건이나 인물을 허구화한 역사 소설에 가깝다면, 영웅 소설은 영웅이 나타나 불의를 물리치는 가공적인 이야기이되 전쟁이라는 무대가 그다지 중요하게 다루어지지 않는다. 아울러 영웅 소설의 주인공이 가문의 명예와 개인의 공명을 추구하는 데 반해 군담 소설의 주인공은 대부분 민중적 영웅으로 형상화되었다.

영웅 소설이란 평범한 사람과는 다른 비범함을 구비한 영웅의 일대기를 그린 소설을 말한다. 그러나 주인공의 영웅적 삶을 다루었다고 해서 모든 작품을 영웅 소설로 보지 않는다. 아무리 영웅적 삶을 다루고 있다고 해도, 주인공이 집단적 가치를 이룩하고 이를 통해 집단의 숭앙을 획득하는 영웅적 일대기보다는 애정의 성취라는 개인적 욕구를 추구한다는 점에서 그 추구하는 목적을 따져 영웅 소설인가 아닌가를 가늠한다.

아울러 영웅의 일생을 작품화해서 쓴 소설 모두를 지칭할 때는 군담 소설도 영웅 소설의 범주 안에 들지만, 군사적인 영웅의 활동에만 중심을 둘 경우 영웅 소설과 군담 소설을 나눈다. 즉, 영웅 소설은 군담 소설보다 한층 포괄적인 개념으로, 이러한 구별을 토대로 본다면 〈홍길동전〉·〈구운몽〉·〈숙향전〉·〈유충렬전〉 등은 영웅 소설에 포함되며, 군담만을 취급할 때는 〈유충렬전〉·〈조웅전〉·〈임경업전〉 등이 군담 소설에 포함된다.

군담 소설에는 작품의 소재를 어디에서 취했느냐에 따라 창

작 군담 소설, 역사 군담 소설, 번역 및 번안 군담 소설로 나뉜
다.

 창작 군담 소설은 소설의 주인공이 역사상 실제 인물이 아니
라 지은이가 허구로 만든 가공 인물이며 작품에 나타나는 전쟁
또한 실재가 아니라 지어낸 것이라는 특징을 지닌다. 임진왜란
과 병자호란의 피해와 정신적 패배감을 허구적 승리를 통해 보
상하려는 의도를 담고 있으며, 몰락한 양반이나 평민들의 출세
의지와 정치 의식, 역성 혁명의 의지 등이 나타난다. 대부분이
지은이와 집필 연대가 알려져 있지 않으며, 대체로 한글로 쓰여
졌고, 필사본·방각본·활자본 등 세 가지 형태로 유통되었다.

 창작 군담 소설은 내용상 충신과 간신의 대결, 이로 인해 몰
락한 충신 가문에서 태어난 주인공이 영웅적이며 도술적인 활
약을 통해 국가에 큰공을 세운다는 내용을 담고 있다. 이러한
부류의 작품으로는 〈유충렬전〉·〈조웅전〉·〈소대성전〉·〈장익

성전〉·〈사각전〉·〈장국진전〉·〈장풍운전〉·〈장백전〉·〈황운전〉·〈이대봉전〉·〈현수문전〉·〈김진옥전〉·〈곽해룡전〉·〈권익중전〉·〈정수정전〉·〈홍계월전〉 등 수십 종에 이른다. 이 중 대표적인 창작 군담 소설인 〈유충렬전〉과 〈조웅전〉은 영웅 소설과 군담 소설을 대표하는 작품으로, 〈유충렬전〉은 주인공인 유충렬의 무용과 기상을 찬양한 것이고, 〈조웅전〉은 임진왜란 후 중국 송나라를 배경으로 한 조웅의 무용담을 다루고 있다.

역사 군담 소설은 역사적으로 실재했던 인물과 그의 사실적 행위를 소재로 한 작품이다. 이들 작품은 양란의 피해와 정신적 패배감을 허구적 승리를 통해 보상하려는 의도를 담고 있는데, 국가적 혼란을 겪은 우리 민족에게 민족적 자긍심을 고취하는 한편 무능한 집권층에 대한 비판 의식이 깔려 있다. 대표 작품으로는 임진왜란을 배경으로 한 〈임진록〉과 병자호란이 배경인 〈임경업전〉·〈박씨전〉을 꼽는다.

마지막으로 번역(안) 군담 소설이란 중국의 소설을 번역했거나 번안한 작품으로, 창작 군담 소설이 대중적인 인기를 얻는 한편 중국 소설 《삼국지연의》에서 일부를 번역한 것이 가장 많은데, 〈삼국 대전〉·〈적벽 대전〉·〈화룡도실기〉 등을 꼽을 수 있다.

┃구 인 환┃
서울대학교 사범대학 국어교육과 졸업
서울대학교 대학원 국어국문과 수료(문학 박사)
서울대학교 사범대학 교수
국어국문학회 대표이사 및
한국소설가협회 이사
문학과문학교육연구소 소장
서울대학교 명예교수

판 권
본 사
소 유

우리 고전 다시 읽기

유충렬전

초판 1 쇄 발행 2004년 6월 10일
초판 4 쇄 발행 2012년 4월 20일

엮은이 구 인 환
펴 낸 이 신 원 영
펴 낸 곳 (주)신원문화사

주   소 서울시 영등포구 당산동 121-245 신원빌딩 3층
전   화 3664-2131~4
팩   스 3664-2130

출판등록 1976년 9월 16일 제5-68호

＊ 잘못된 책은 바꾸어 드립니다.

ISBN 89-359-1189-5 04810